녹 멱스 비스코

코부쿠보 신지

SHINJI COBKUBO
PRESENTS

도시 생명체 「도쿄」

3

   THE WORLD BLOWS THE WIND ERODES LIFE—

"나는 아폴로. ⋯⋯알기 쉽게 말하자면,
너희를, 멸하러 왔다."

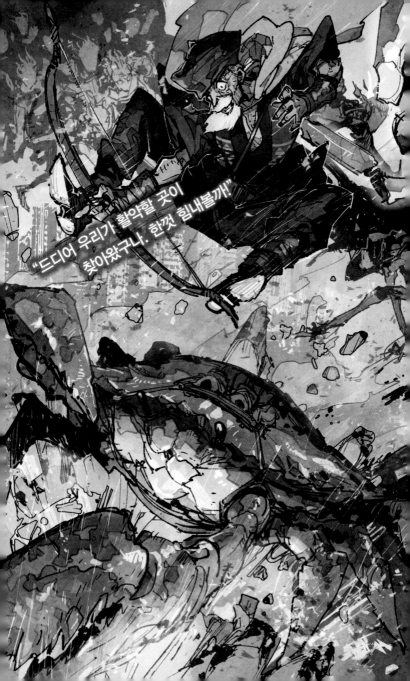

[일러스트] 아카기시K

[세계관 일러스트] mocha (@mocha708)

DESIGNED BY AFTERGLOW

The world blows the wind erodes life.

A boy with a bow running

through the world like a wind.

지금부터라네. 비스코, 미로!

인류를 가로막던 과거의 벽은 사라지고,

이제는 그저

미지의 미래가 끝없이 펼쳐질 걸세!

내일이⋯⋯

진정한 내일이 지금,

자네들로부터 시작되는 거야!

하늘색 머리 위에 다양한 버섯을 조합한 등세공(藤細工) 관을 쓴 미로는 의외로 무거운 것에 놀라면서 눈을 살짝 떴다.

화톳불 몇 개가 켜져 있는 취락의 밤은 영험한 정숙으로 가득했고, 그 자리에 나란히 선 버섯지기들 모두가 장로와, 그 앞에 무릎을 꿇은 새로운 버섯지기의 모습을 지켜보고 있었다. 때때로 아이들이 미로를 가리키며 즐겁게 떠들다가 어머니에게 야단을 맞았다.

"그, 새며을 가져따면, 노근."

"그 생명을 가졌다면, 녹은 두려워하며."

"……그 아, 페."

"그 앞에 길을 열리라."

이빨이 다 빠져버린 장로의 말을 옆에 있는 무녀가 대변하며 미로에게 전했다. 무녀가 자기 말을 계속 중간에 가로막자 장로는 뭔가 불만스러워 보였지만, 미모의 새 버섯지기가 엄숙하게 고개를 조아리는 걸 보자 만족스럽다는 듯이 크게 끄덕이고는 뒤에 있는 젊은이들을 향해 크게 외쳤다.

"무녀!"

'……무, 문어?'

자비나 비스코에게 들은 의식의 순서는 여기까지였기에, 생각지도 못한 흐름을 느낀 미로는 무심코 고개를 들었다. 이윽고 젊은이들이 초목이나 풀을 엮어서 만든 커다란 문어 오브제를 들고 의식의 방에 모습을 드러냈다.

"예로부터 문어는 게의 천적이라고 하잖아. 그러니 저 녀석

11

을 버섯으로 날려버릴 수 있다면 어엿한 한 사람 몫을 한다는 증거를 준다…… 바로 얼마 전부터 장로님이 의식에 추가한 거야."

"활로, 저걸…… 말인가요?"

"응. 뭐, 그냥 여흥 같은 거니까 피우지 못하더라도 웃음거리가 될 뿐이야. 참 편하다니까."

갈색 피부의 무녀가 아름다운 얼굴을 미로에게 가져가며 속삭였다. 화톳불의 불똥에 비친 왕문어 오브제는 여덟 개의 다리를 펼치고 미로를 잡아먹을 듯한 자세로 광장 중앙에 놓였다.

'……와. 잘 만들었네.'

예술에 뛰어난 버섯지기다운 공들인 조형이어서, 미로는 반쯤 어이가 없어졌다. 이윽고 무녀가 화살 몇 개와 녹색 단궁을 건네줬다.

주변을 돌아보니, 의식에 참석한 버섯지기들은 목소리야 죽이고 있지만 두근거림이 멈추지 않는 듯했다. 어른부터 아이까지 눈을 반짝반짝 빛내며 미로의 동향을 지켜봤다.

미로는 그 분위기에 눌려서 침을 꿀꺽 삼키고는 잠시 뒤를 돌아봤다.

안쪽에 지어진 높은 받침대에 앉아있는 낯익은 얼굴이 두 개 보였다.

소녀가 핑크색 해파리 머리를 흔들거리면서 즐거운 듯 손을 흔들었고, 그 옆에 있는 붉은 머리 파트너는 미로의 의식조차 보지 않고 어떤 만화책을 몰입해서 읽고 있었다.

붉은 머리는 미로의 찌르는 듯한 눈빛을 느꼈는지 놀라면서 시선을 맞추고는, 한눈에 대략적인 사정을 파악했는지 별일 아니라는 듯이 턱짓으로 왕문어를 가리켰다.

'……저 바보!'

미로는 파트너를 향한 불만을 눌러 담듯이 녹색 활에 화살을 메겨서 강하게 당겼다. 활시위가 끼릭끼릭끼릭 울자, 가녀린 몸에서는 상상도 할 수 없는 완력에 마을 전체가 웅성거렸다.

"……싯!!"

한 호흡 뒤에 눈을 크게 뜬 미로는 공중으로 뛰어올랐고, 한 번의 도약에 세 발의 화살을 쏘는 재빠른 기술을 선보이며 왕문어의 머리 꼭대기에 세로로 가지런히 꽂아버렸다.

"오오!!"

"와아~!"

"굉장해!"

입을 모아 외치는 버섯지기들의 목소리를 바로 지워버리면서 폭발한 만가닥버섯이 뽕, 뽕, 뽕!! 하고 왕문어의 골조를 날려버리며 성대하게 피어났다.

발아의 기세로 쓰러진 장로는 젊은이들의 황급한 부축을 받으면서 기쁜 듯이 손뼉을 치며 외쳤다.

"미로!!"

"미로!"

"미로, 미로!"

장로의 말에 응한 군중들도 입을 모아 새로운 버섯지기의 이름을 외치며 한꺼번에 몰려왔다. 미로는 그대로 짓눌려서 젊은이들에게 안겼고, 그 가벼운 몸은 한동안 헹가래의 제물이 되었다.

　"오! 새로운 버섯지기가 왔구만…… 아, 아하하하! 미로, 머리, 머리!!"
　조절할 줄 모르는 축제광 버섯지기들의 헹가래에서 겨우 풀려난 미로는 판다 얼굴을 퉁명스럽게 부풀리면서 삐죽삐죽 곤두선 머리를 자주 살폈다.
　"사이어인 같아서 좋잖냐. 그 녀석들도 보름달을 보면 판다가 되던데."
　"거대 원숭이!"
　"잠깐, 왜 화내는 거야? 멋있었잖아! 장로도 엄청 좋아하던데."
　"그치만. 중요한 의식이라고 해서 나왔는데 비스코는 전혀 안 봤잖아?!"
　"나는 볼 필요 없어, 파트너니까."
　광장 중앙에서 풍기는 거대한 생선 굽는 냄새에 이끌린 비스코는 즐거워하며 일어났다.
　"너를 누구보다 잘 알잖냐. 진짜 왕문어를 처리하는 모습도 생생하게 봤으니까."
　"어……."
　"그렇다네. 자, 미로, 우리도 먹으러 가자!"

티롤은 미로의 손을 잡고는, 멍하니 파트너의 등을 바라보던 그의 얼굴을 찰싹 때렸다.

"아, 아얏! 티롤, 갑자기 왜 그래?!"

"미로는 아카보시한테 너무 쉽게 넘어간단 말이야! 좀 더 내성을 붙여야지."

이미 이빨 가다랑어 통구이의 살점 많은 부위를 그릇에 담는 비스코를 쫓아, 두 사람은 축제의 열기에서 떨어진 곳에 앉아 음식을 맨손으로 먹으면서 한동안 버섯지기의 축제를 지켜봤다.

시마네 이즈모 육탑에서 마쇼텐 켈싱하를 쓰러뜨린 두 사람은 그대로 비스코의 고향, 시코쿠 에히메의 이시즈치산에 있는 시코쿠 버섯지기의 마을로 향했다. 중간에 순금 가난자상을 팔아치워서 장사를 위한 목돈을 손에 넣은 티롤이 버섯지기와 거래하고 싶다는 목적으로 아쿠타가와에 올라타서 오늘까지 함께해왔다.

마을로 귀성하면 사람들이 바로 비스코를 엉망진창으로 만들어버릴 것 같았지만, 현재 비스코는 영웅이라기보다는 버섯의 신이 되어버려서, 강한 아이로 기르기 위해 갓난아기의 손이나 게의 집게발을 만져달라는 등(티롤과 미로가 머리를 쓰다듬으면 바보가 되어버릴 거라며 비스코에게 넌지시 조언했다), 아무튼 절이나 신사처럼 수많은 버섯지기가 비스코를 숭배했다.

당연하지만 비스코로서는 거북하기 그지없었다.

모처럼 귀성했는데 이래서는 딱하다고 생각했기에 비스코가 가져온 쿠로카와의 만화, 애니, 영화 컬렉션을 마을에 뿌리자, 눈앞의 것밖에 보지 않는 버섯지기들의 흥미는 그쪽으로 쏠렸고, 비스코를 향한 관심은 어디론가 사라져버렸다.

실제로 오늘 미로의 의식도 원래는 하룻밤에 걸쳐서 이루어져야 했는데, 이미 아이들은 그런 건 아랑곳하지 않고 광장에 놓인 TV를 쳐다보고 있었다.

"아…… 아…… 이런……."
"워, 원기옥이, 맞았는데……!"

"핫! 꼬마들은 단순해서 부럽구만. 애니 따위를 저렇게 몰입하다니."
"저 장면, 비스코도 완전히 똑같은 리액션이었는데."
"……."
"단순해서 부럽구만."
"판다 너 인마!!"
서로 붙잡고 뒹구는 길고양이 같은 소년 2인조는 아랑곳하지 않은 채, 아이들은 잡아먹을 듯이 애니를 계속 보고 있었다.

그러다 조금 전부터 묘하게 움찔거리던 한 명이 드디어 참다못해 일시 정지 버튼을 누르며 일어났다.

"미, 미안. 멈춰봐! 자, 잠깐 화장실."

"뭐어~?! 웃타, 너 이걸로 몇 번째야! 지금 엄청 재미있을 때인데!"

"바로 돌아올 테니까! 멈추고 있어!!"

웃타 소년은 강경하게 동료들의 다짐을 받고는, 작은 게를 안고 부지런히 취락 구석의 어둠 속으로 달려갔다.

그리고 돌로 만든 게 지장이 많이 늘어선, 전몰(戰歿)한 게들을 모아놓은 사당으로 가더니, 소년답게 무서운 줄도 모르고 그곳에서 볼일을 보고 말았다.

"……후ㅡ. 귤 주스를 너무 많이 마셨나. 나츠메, 너도 할래?"

한숨 돌린 웃타가 자기 게에게 말을 걸자, 게는 천천히 웃타의 팔에서 나와 눈앞의 게 지장으로 뛰어들어서 그걸 집게발로 계속 두드렸다.

"자, 잠깐만! 나츠메, 그만둬. 지장님을 부수면 또 아빠한테…… 으, 으읍?!"

웃타는 그제야 멀리 있는 불빛에 미약하게 비치는 그것이 지장이 아니라, 매우 반듯한 직육면체 집합체라는 것을 알아챘다.

"뭐…… 뭐야 이게?!"

표정이 풍부한 게 지장들과는 다른, 자연이 전혀 느껴지지 않는 직선적인 모양에 웃타는 약간 공포를 느끼면서 조심조심 손을 뻗었다.

그렇게 웃타의 손이 직육면체를 건드린 직후.

콰쾅! 콰쾅! 콰쾅, 콰쾅, 콰쾅!!

대지가 깨지는 듯한 진동이 주변을 덮치며 눈앞의 게 지장 사이에서 거대한 직육면체 같은 것이 차례차례 솟구쳤다. 그중 하나가 웃타의 반 발짝 앞에서 어마어마한 기세로 솟구쳤고, 풍압에 맞은 소년의 검은 머리가 펄럭펄럭 나부꼈다.

"우와아아…… 뭐야 이거—!!"

웃타의 비명에 호응하듯이, 솟구친 직육면체는 일정 간격으로 가지런히 늘어선 창문에서 하얗고 강한 불빛을 켜며 게 지장원 주변 일대를 밝혔다.

불빛은 파직! 파직! 전기 튀는 소리를 내며 연쇄적으로 퍼져서 밤의 어둠을 날려버렸다. 마치 낮처럼 하얗게 빛나는 옛 게 지장원에 모시고 있던 지장들은 흔적도 없이 무참하게 부서져 버렸고…….

그 밑에서, 크고 작은 다양한 직육면체가 미쳐버린 나무처럼 사방팔방에서 솟구치더니 각자 무작위로 창문의 불을 켰다.

"우, 와아, 아……!"

지금도 사방팔방에서 계속 솟구치는 직육면체 무리는, 마치…….

목숨을 잡아먹으며 피어오르는, 감정이 없는 멸망의 숲처럼 웃타의 눈에 비쳤다.

"……빠, 빨리, 어른한테, 알려줘야……!"

애완 게 나츠메를 꼬옥 안고, 공포를 억누르며 어떻게든 일어선 웃타를 쫓아오듯이.

네모난 것들이 콰쾅, 콰쾅, 콰쾅! 하고 지면을 뚫으며 솟구쳤다.

"와아—악!"

필사적으로 도망치는 웃타의 뒤에서 직육면체 무리가 가차 없이 차례차례 솟구쳤고, 마침내 그중 하나의 뾰족한 철골이 웃타의 셔츠 옷자락에 걸렸다.

"살려줘, 아~빠~~아!!"

비명은 굉음에 지워지고, 공포에 질려 눈을 감을 수밖에 없어진 웃타의 뺨을 스치며.

어마어마한 위력의 화살이 흰 벽에 콰직! 꽂혔다.

"우, 와악!"

딱딱한 벽에 격렬한 금을 새기며 꽂힌 와이어 화살, 그것을 재빠르게 감은 붉은 그림자가 외투를 펄럭이며 벽에 탁! 달라붙었다.

"비스코 형!!"

"붙잡고 있어, 웃타!"

활대 끝을 내리쳐서 철골을 부러뜨린 비스코는 그대로 웃타를 업고 여전히 솟구치는 벽을 박차며 밤의 어둠 속을 날았다.

"우리 구역에. 양해도 안 구하고! 튀어나오지 말라고!!"

비스코가 공중에서 활을 당기며 비취색 눈동자를 번뜩! 빛내자, 마치 타오르는 불똥처럼 포자가 입가에서 흘러나왔다. 끼릭끼릭끼릭, 하고 새로 메긴 화살을 당기자, 남색이었던 것이 손이 닿은 곳부터 점점 태양빛으로 물들었다.

'……녹식, 비스코!'

숨을 삼키는 웃타의 귀청을 때리면서 푸슝! 하는 권총 같은 소리가 활에서 터져 나왔고, 붉은 직선이 잔광을 남기며 직육면체를 꿰뚫었다.

거기서 아주 잠시 뒤…….

빠끔, 빠끔! 하고 태양빛으로 빛나는 녹식이 튼튼한 벽을 깨부수며 직육면체 이곳저곳에서 피어났다. 직육면체는 순식간에 거대한 버섯에 전신을 잡아먹히면서 융기를 멈추고는, 힘이 빠진 듯이 꺾여서 쿠우웅! 하고 지면에 떨어져 흰 연기를 피워 올렸다.

"뭐야 이거?!"

비스코는 웃타를 지면에 내려주면서 선물이라는 듯이 화살을 하나 더 쏴서 직육면체 무리에 녹식의 균사를 박았다. 버섯에 먹혀가는 직육면체를 보는 비스코의 표정은 험악했다. 녹식이 통하는 건 확실하지만, 이게 비스코의 생애를 통틀어서 여태껏 본 적이 없는 정체 모를 위협이라는 건 틀림없었다.

"하얀…… 상자? 꺼림칙해. 정체를 모르겠어……!"

"비스코! 아래!"

뒤에서 파트너의 목소리가 들리자마자 비스코는 즉시 웃타를 안고 그곳에서 물러났다. 비스코의 민첩한 움직임을 계산해서 날린 화살이 비스코의 발끝을 스치며 지면에 꽂혀서 빠끔, 빠끔! 잎새버섯을 광범위하게 피웠다.

비스코의 발밑에서 튀어나오려던 직육면체는 그 직전 잎새

버섯에 막혔지만, 그런데도 억지로 나오려다가 뚜둑 꺾여버렸다. 부러진 하얀 직육면체가 지면에 쓰러지며 흰 연기를 피워 올리는 걸 바라본 비스코의 옆에, 미로가 훌쩍 내려섰다.

"그 아이는 무사해? 다행이다!"

"미로, 저 하얀 탑 같은 건 대체 뭐야?! 신종 버섯이냐?"

"모르겠어……! 그래도 겉보기만 보면, 이건 《도시 빌딩》의 형태야."

"《도시 빌딩》이라니…… 고대 건축이잖아. 스파이 영화 같은 데 나오는 거. 그게 왜 버섯지기의 마을에서 튀어나오는 건데?"

"나도 몰라! 아무튼 서두르자. 지금 남쪽에서 다들 싸우고 있어. 이 취락이 뭔가 묘한 녀석들의 습격을 받는 것 같아!"

"알았어! 아쿠타가와—!"

비스코가 외치자 몇 초도 지나지 않아 거대한 대게의 모습이 부러진 도시 빌딩의 흔적에서 튀쳐나와 소년들 옆에 쿠우웅!! 착지했다. 웃타는 곧바로 안장에 올라탄 두 사람에게 손을 흔들며 외쳤다.

"비스코 형—!! 힘내! 녹식으로 해치워버려!"

"웃타는 꼬마들 데리고 장로네 집으로 도망쳐! 알았지?"

"알았어~!"

경례한 웃타 및 애완 게 나츠메를 뒤로 한 비스코와 미로는 아쿠타가와를 몰고 전장으로 달렸다.

"……젠장, 우리 마을이……!"

비스코는 작은 언덕 위에서 아쿠타가와를 잠시 멈추고 취락을 내려다보며 어금니를 악물었다.

조금 전까지 축제의 기쁨으로 넘쳐나던 광장은 웃타를 구했을 때처럼 《도시 빌딩》의 숲에 완전히 유린당했고, 포근하던 불빛은 백색등의 강렬한 빛에 지워졌다.

여전히 《도시 빌딩》의 나무들은 이곳저곳에 있던 가옥들을 부수고 넓어지면서 마을 전체를 착실하게 이름 없는 숲으로 바꾸고 있었다.

"어디 사는 누구야…… 무슨 원한으로! 이런 짓을 하는 거냐고!"

'비스코……'

미로는 너무나도 불합리한 눈앞의 광경을 보며 부들부들 떨고 있는 파트너의 비취색 눈빛을 바라봤다. 내면에서 솟구친 연민의 감정을 일단 눌러놓은 미로는 파트너의 어깨를 탁 두드렸다.

"상대가 어디 사는 누구든 한 방 먹여서 그만두게 해야지! 서두르자, 비스코!"

"……그래!"

비스코는 파트너의 격려에 정신을 차리고는 아쿠타가와의 고삐를 몰아서 고향의 축젯날 밤을 짓밟은, 아직 보지 못한 적을 향해 분노의 불꽃을 태우며 달렸다.

1

"아이와 새끼 게를 지켜라! 더는 물러서지 마라! 여기서 막 아라!"

"빌어먹을. 타쿠보쿠가 당했어! 어려도 좋으니까 이쪽에 게를 보내줘—!"

의식의 광장에서 남쪽, 취락 입구 부근에서는 노성이 오가는 처절한 싸움이 펼쳐지고 있었다.

밤의 어둠 속에서 푸르게 빛나는 수수께끼의 덩어리가 운석처럼 쏟아져서 가축, 인간, 게 구별 없이 닿은 것들을 차례차례 파괴하고는 전신주나 신호등, 도로 같은 《도시》로 바꿔 버렸다.

전장은 이미 버섯지기의 소박한 가옥과 《도시》가 뒤섞인 혼돈의 극치였다.

역전의 버섯지기들은 계속해서 지면을 뚫고 솟구치는 《도시 빌딩》의 틈새를 누비며 활과 게를 몰아서 텐구처럼 재빠르게 미지의 적을 상대하고 있었지만, 한 명, 또 한 명 도시의 힘 앞에 쓰러졌다.

황급히 몸을 숨기며 거친 숨을 내쉬던 티롤이 보기에도 명백하게 열세라는 것이 충분히 느껴졌다.

"……히에에엑…… 뭔가 큰일이 벌어지고 있잖아. 이거 슬슬 세상의 끝인가?"

티롤은 어둠 속에서 전장을 엿봤지만, 적은 버섯지기를 뛰어넘는 속도를 가진 집단인지 모습을 전혀 확인할 수 없었다. 때때로 격돌하는 화살과 단검 소리가 밤중에 울릴 뿐이다.

"버섯지기가 당해내지 못하다니, 어떤 녀석들이야……? 머, 멍하니 있으면 안 되겠어. 나는 당장 작별해야……."

재빨리 정리한 장사 도구를 짊어지고 그늘에서 뛰쳐나오려 한 티롤의 눈앞에서.

와장창! 하는 잡동사니 떨어지는 소리가 나면서 무언가가 빠르게 떨어졌다. 티롤은 「히이익!」 하고 목구멍 속에서 비명을 내지르고는 그 잡동사니를 들여다봤다.

버섯지기가 처리한 것인지 버섯에 배를 먹힌 채 불똥을 튀기는 그것은, 매우 정교하게 만들어진 「기계 인형」이었다.

쭉 뻗은, 인간보다 5할은 더 기다란 팔이 눈길을 끌지만, 매끈한 광택을 가진 하얀 피부와 보디 라인은 아름답고 슬림한 조형이다. 머리는 새빨간 금속 섬유에 덮여있어서, 외모만 보면 인간의 머리털과 손색이 없었다.

"……아니, 뭐야 이 녀석?"

티롤이 조심조심 쪼그려 앉아서 무표정한 흰 얼굴을 들여다본 순간.

하얀 인형은 상반신만 벌떡 일으켜서 오른손을 티롤에게 뻗었다. 손바닥에서는 푸르게 빛나는 큐브 모양의 무언가가 천천히 굳어지고 있었다.

"런……치…… 시티이…… 메이, 커……."

"으아아아아악—!!"

반광란 상태가 된 티롤은 반사적으로 허리춤의 쇠지레를 뽑아서 눈앞에 있는 인형의 머리를 향해 내리쳤다.

까아앙! 소리를 내며 인형의 머리가 부서지자, 푸른 큐브의 조준이 티롤에게서 빗나가서 뒤쪽 석등롱에 맞았고, 철컹! 철컹! 금속 스치는 소리를 내며 순식간에 전신주로 변해버렸다.

"히에에에엑…… 이 녀석들 대체 뭐야!"

티롤이 경악하며 전전긍긍하던 사이, 취락 입구에서 한층 커다란 폭발음이 울려 퍼졌다.

이어서 역전의 버섯지기들이 내지르는 단말마의 절규와, 대 게가 튕겨나며 대지를 부수는 소리가 연속해서 들려왔다. 티롤의 본능은 필사적으로 도망치고자 했지만, 여전히 떨리는 대지의 진동과 단순히 허리에 힘이 빠져버린 탓에 움직일 수가 없었다.

그런 가운데…….

또각, 또각, 또각.

이 대자연 속과는 전혀 어울리지 않는 신발 소리를 내며, 무언가가 걸어왔다.

또각, 또각, 또각.

소리가 가로지르자, 취락을 완벽하게 유린한 《도시》 무리가 호응하듯이 빛을 켜며 그 인물을 어둠 속에서 비췄다.

"원숭이, 놈들……이라고, 모멸의 의미로…… 쓰고 있긴 했다만."

그림자의 주인은 타오르는 듯한 붉은 머리를 짜증과 함께 휘날렸고, 꺼림칙할 정도로 새빨간 눈동자로 허공을 노려보면서 백의 주머니에 손을 꽂아 넣고 불쾌한 듯이 걸었다.

"설마, 정말로…… 원숭이 수준으로 퇴화했을 줄이야. 석기 시대 같은 무기에, 《화이트》를, 맨몸으로 쓰러뜨리는 신체 능력. 낭비가 심해……! 이걸, 인류라, 불러도 되는 건가……."

투덜투덜 중얼거리는 붉은 머리의 발밑에서는 마치 파도치 듯이 아스팔트가 생겨나 지면을 덮어서 신발을 흙에 닿지 않게 했다. 뒤에는 조금 전의 하얀 기계 인형을 다수 거느리고 있었는데, 아무래도 저 인형의 용모는 붉은 머리와 비슷하게 만들어진 모양이었다.

"뒈져라, 괴물아—!!"

고민에 잠긴 붉은 머리의 위쪽에서 갑자기 한 마리 대게가 버섯지기와 함께 뛰어내려 왕집게발을 내리쳤다.

부웅!

바람을 가르는 굉음이 마을에 울려 퍼졌지만, 붉은 머리는 고개조차 들지 않았다. 대게의 집게발은 붉은 머리에 닿기 직전에 주변에 퍼진 푸른 입자 배리어에 닿더니, 마치 모래처럼 하얀 가루가 되어 사라져버렸다.

"우, 오오……?! 야스나리의 집게발이!"

"게를, 탄다? 이런…… 발상도, 이해할 수 없어. 정말이지, 정신이 나갔군……."

붉은 머리가 손을 들자 푸르게 빛나는 입자가 거대한 돌풍을 일으켰고, 대게는 마치 거대한 철구에 얻어맞은 듯이 날아갔다. 대게는 그대로 가옥 하나에 부딪히고는 폭발하면서 소형 빌딩으로 변해버렸다.

"……아스나리—! 빌어먹을, 이 자식—!!"

떨어진 버섯지기가 분노를 터뜨리며 단도를 들어 승냥이처럼 붉은 머리를 덮쳤다. 붉은 머리는 그의 목덜미를 너무나도 간단히 잡아서 괴력으로 자기 눈앞에 꿇렸다.

"이 시코쿠에서는, 복원 프로그램의 버그가 현저하다. 아폴로 입자를 가로막는, 다른 입자의 존재가 확실히 느껴지는데…… 착각했나. 이런 원숭이들이, 그런 걸 만들 수 있을 리가 없지."

"……헤, 헤헤…… 그, 점잔빼는 낯짝도, 지금뿐이라고……."

"무슨 뜻이지?"

"우리에게는 신이 있거든. 버섯의, 신이 말이지…… 비스코가, 반드시, 너를……."

푸확! 목을 뚫고 피어난 《도시 빌딩》이 버섯지기의 말을 가로막았다. 붉은 머리에게 잡힌 부분을 중심으로 몸 전체가 조그만 빌딩, 전신주 같은 도시군에 잡아먹혔고, 그것은 버섯지기가 절명한 뒤에도 멈추지 않았다. 붙잡은 시체가 원형을 잃고 조그만 도시 디오라마처럼 되어버리자, 붉은 머리는 그제야 시시한 듯이 그 몸을 내던졌다.

"나는 점잔빼지 않았어. 『매너』를 모르는 놈들이군."

붉은 머리는 무척 엉뚱한 소리를 하면서 뒤쪽의 하얀 인형들을 돌아봤다.

"지금, 정리한 것은 고작 일부다. 전부 근절시킨다. 네 대는 장로의 집으로. 세 대는, 게…… 젠장, 난센스야…… 게 목장으로 가서……."

붉은 머리가 명령을 끝내기 전, 화살 한 발이 하얀 인형의 가슴에 꽂혔다.

빠꿈!

커다란 버섯이 작렬해서 인형을 터트리자, 하얀 인형들은 바로 흩어지면서 날아올랐다. 붉은 머리만이 미간에 주름을 잡으며 피어나는 버섯의 흔적을 바라봤다.

빠꿈, 빠꿈, 빠꿈!

하늘색 머리가 빌딩 사이를 점프할 때마다 하얀 인형이 밤하늘에서 차례차례 버섯을 피우며 바닥에 떨어졌다. 하얀 인형 한 대에서 피어난 거미줄 같은 버섯이 다수의 인형에 엉켜서 뭉치게 되자, 대게가 왕집게발을 내리쳤다.

"가라아, 아쿠타가와!"

쿠콰아앙! 굉음을 내면서 떨어진 대게의 집게발이 하얀 인형 덩어리를 깨부쉈다. 날아간 파편이 이곳저곳에 흩어지며 그중 하나가 붉은 머리의 발밑에 떨어졌다.

"……폭력성만, 끝없이 진화했군…… 냉방도, 가습기도 없는 주제에!"

붉은 머리의 분노로 일그러진 얼굴 정면을 향해 빛나는 화살 한 발이 날아갔다. 붉은 머리가 곧장 손을 휘두르자, 궤도가 틀어진 화살은 뒤쪽 빌딩에 꽂혀서 빛나는 버섯을 피웠다.

"……뭐지? 지금 화살은. 손이, 저릿한데……."

"지금 그걸 튕겨냈다면, 네놈이 두목이냐."

두둥실 펄럭이는 외투에서 불똥 같은 포자를 흩뿌리며, 일족 최강의 버섯지기가 붉은 머리의 눈앞에 착지했다. 비스코는 화살통에서 다음 화살을 뽑으면서 씹어먹을 듯이 외쳤다.

"정체 모를 주력(呪力)으로 제멋대로 까불기는. 네놈들은 대체 뭐야, 이 자식아!!"

"아, 아카보시! 느느느, 늦었잖아, 이 바보야!"

그때까지 기척을 지우고 있던 티롤이 지면에 내려선 비스코 뒤로 달려가서 잽싸게 숨었다. 남은 하얀 인형을 아쿠타가와에게 맡긴 미로도 비스코의 뒤에 서서 붉은 머리를 날카롭게 응시했다.

"……그건, 내가, 묻고 싶은 말이다."

녹식의 빛에 비쳐 일렁이는 백의의 붉은 머리는 천천히 고개를 들어 비스코와 시선을 맞췄다.

거기서 처음으로 시선을 마주하게 된 비스코와 붉은 머리가 우뚝 굳어졌다. 굳어진 건 미로와 티롤 두 명도 마찬가지였고, 이유는 명백했다.

'이, 이 녀석. 아카보시하고 똑 닮았잖아?!'

'으, 응……! 머, 머리는 더 좋아 보이지만…….'

두 사람의 말처럼, 붉은 머리의 용모는 비스코를 청결하게 꾸미고 앞머리를 내린 것 같은 풍모였고, 단정한 얼굴도 매우 비슷했다. 다른 건 눈동자색과, 분위기…… 비스코가 가진 야성을 제거하고 지성으로 보충한 듯한, 그런 분위기였다.

"……아스나리와 이와쿠라를 죽인 건 네놈이냐…… 죽기 전에 이름이나 대라고. 두 사람의 묘비에 바쳐줄 테니까."

"……『남의 이름을 물을 때는, 자기가 먼저 이름을 대야 한다』는 게 『매너』다. ……원숭이에게 예의를 가르치는 것도, 바보 같은 이야기지만……."

붉은 머리는 장갑을 낀 손으로 다시 푸른 입자를 내뿜고는, 아무래도 눈앞의 원숭이가 다른 원숭이와는 뭔가 다르다고 판단했는지 인상을 약간 찡그렸다.

"이와쿠라, 라는 건, 이거 말인가? 뒈지기 전에 『비스코』라면 나를 죽일 수 있다고 말하더군. ……네가, 그건가. 네가 그, 비스코냐?"

"천하에 울려 퍼지는 식인종 아카보시, 녹식 비스코의 이름을 모르다니 세상 물정 모르는 것도 정도가 있잖아!"

비스코 뒤에서 고개를 내민 티롤이 외쳤다.

"자, 우리가 이름 댔으니까, 다음에는 네 차례잖아. 너는 대체 누구고, 뭐가 목적이야?!"

붉은 머리는 처음엔 다짜고짜 비스코에게 손을 내밀었지만, 입에서 뭔가를 중얼거리면서 생각을 고쳤는지, 정면에서 비스코를 바라보며 목소리를 높였다.

"나는, 아폴로. ……알기 쉽게 말하자면. 너희를, 멸하러 왔다."

"비스코! 말이 통하는 상대가 아니야!"

"처음부터 알고 있어!"

"『매너』는 지켰다. 원숭이 놈들!"

아폴로의 손에서 푸른 운석 같은 큐브 탄환이 발사되어 비스코를 덮쳤다. 비스코가 즉시 날린 녹식 화살이 큐브를 깨부수고 이곳저곳에 파편을 흩뿌렸다. 큐브 파편이 떨어진 곳에서는 미니어처 같은 도시가 차례차례 생겨났다.

"……큭! 내 입자를, 분해했다고! 역시 이것이, 버그의 원인…… 하지만…… 버, 버섯, 이라고?!"

"버섯이 뭐가 문제라는 거냐, 이 자식아!"

《런치 월 프로텍트》!

놀라는 아폴로를 향해 비스코의 두 번째, 세 번째 화살이 날아갔지만, 진언 같은 것으로 만든 칠흑의 벽이 아폴로를 지키며 화살을 막아냈다.

"큭?! 녹식이 먹지를 못하고 있어!"

《런치 시티 메이커》——!!

아폴로의 손에서 푸른색 큐브가 쏜살같이 발사됐다. 비스코는 취락 이곳저곳을 도약하며 피했지만 큐브 탄환은 끈질기게 뒤를 쫓아갔고, 아폴로를 노리는 화살도 칠흑의 벽에 모두 막혀서 버섯을 피우지 못하고 있었다.

"젠장, 밀리고 있잖아!"

"won, shad, kerd, snew(대상의 주변을 지킨다)!"
　온　　샤드　　카르다　스나우

파트너와 등을 맞대며 뛰어서 진언을 외운 미로의 주변에 녹색 포자가 벽을 만들었다. 푸른 추적탄이 차례차례 그것에 격돌했지만, 결국은 미로의 진언 방패가 전부 막아냈다.

"저 자식, 켈싱하와 똑같은 방패를 쓰고 있어. 이 화살로는 안 통해!"

"알았어. 진언궁으로 가자!"

"좋아!"

방벽을 부수기 위해 아래쪽에서 양손으로 힘을 모으는 아폴로를 지켜보던 미로의 입술에서 조용히 진언을 흘러나왔다. 반짝이는 녹색 큐브가 반월을 그리며 비스코의 손에 모이자 별조차 뚫을 듯한 대궁이 나타났고, 비스코의 송곳니와 함께 번뜩이며 빛났다.

"쏠 수 있어, 비스코!"

《시티 메이커 블래스트》!!"

"먹어라아아아아아—!!"

아폴로의 응축된 큐브와 비스코의 진언궁이 날아간 것은 거의 동시였다.

그곳에서 콤마 몇 초 사이에, 극한까지 위력을 늘려 사출되었던 아폴로의 입자 포탄은 불똥을 튀기며 날아온 오렌지색 직선에 바로 관통당해 버렸다.

"뭣!!"

진언궁의 생각지 못한 위력에 놀란 아폴로는 즉시 칠흑의 방패를 전개했지만, 방패는 약간 조준을 틀었을 뿐 그대로 아폴로의 왼 어깨를 아득한 저편으로 날려버렸다.

"……뭣, 이이?!"

아폴로는 경악하며 이를 악물면서도 화살을 날린 뒤 무방비해진 두 사람에게 남은 한 팔로 입자를 모았다.

활의 반동으로 균형을 잃고 바닥에 떨어지는 소년들을 향해 그걸 날리려 한 순간.

빠꿈!

빛나는 녹식이 아폴로의 옆구리를 뚫고 피어나 그 충격으로 몸을 날려버렸다. 빠꿈, 빠꿈! 두 번, 세 번씩 이곳저곳으로 튕긴 아폴로는 마침내 무릎을 꿇고 오렌지색으로 빛나는 화살촉을 움켜쥐면서 「콜록!」 하고 하얀 모래 같은 것을 토해 냈다.

"말, 도 안 돼. 이건. 포자가, 아폴로 입자를, 먹고, 있는 건 가……!"

아폴로는 평소의 무표정한 얼굴이 아닌 명백한 경악을 드러 내면서 몇 번이고 기침했다. 그 사이에 진언궁으로 힘을 모두 쏟아낸 두 사람이 낙법도 취하지 못하고 바닥에 뒹굴었다.

"해, 해냈어. 비스코!"

"아니, 기다려! 저 자식 ……저렇게나 버섯에 먹혔는데도 숨이 붙어있어!"

두 소년은 심상찮은 대미지를 입었는데도 여전히 서 있는 아폴로를 보며 침을 삼켰다.

아폴로는 그 정체 모를 입자의 힘으로 녹식의 번식을 막고 있는지, 온몸에서 하얀 모래를 흘리며 끊어진 팔을 누르고는 두 소년을 노려봤다.

"물러나야……."

아폴로는 진홍색 눈에서 하얀 모래를 주르륵 흘리며 천천히 물러났다.

"상대의 역량을 인정하는 건 『매너』다. 여기서는, 나의 패배다……. 하지만, 알아냈다. 도시화를 막는 것이 무엇인지. 설마 『자연 발생한 입자』에…… 아폴로 입자가, 먹힐 줄이야. 다음에는 내가 이긴다. 물러나기만, 한다면……."

"그렇게, 둘 것 같아!"

"미로!"

《런치 시티 메이커》……!"

마로가 가진 힘을 쥐어짜서 일어나 아폴로에게 활을 겨눴다. 그러나 아폴로가 남은 한 손을 지면에 내리치자, 순식간에 솟아난 창 같은 철골이 미로의 한쪽 다리를 뚫고 선혈을 흩뿌리면서 그곳에 꿰어버렸다.

"큭! 으, 아악?!"

"미로!!"

만신창이가 된 소년들에게 아폴로가 추가타를 날렸다. 찢어진 자신의 팔을 공중에 띄우더니 마치 소형 짐승에게 사냥감을 주듯이 미로를 덮치게 지시했다.

'젠장, 틀렸어. 다리가!'

"으랴아아압—!"

간발의 차이로 몸을 던져 미로 앞으로 나온 것은 뒤에 숨어 있던 티롤이었다. 티롤이 옆으로 휘두른 쇠지레는 멋지게 팔의 손목 부분을 후려쳐서 두 동강 냈다.

"헉, 헉! 어때, 이 자식아!"

"티롤! 물러나!!"

미로의 필사적인 경고보다 아폴로의 움직임이 빨랐다. 마치 도마뱀 꼬리처럼 팔에서 손바닥만이 떨어져 티롤의 안면을 붙잡은 것이다.

"와악! 이 녀석! 떠, 떨어져…… 으아아, 으아아아아악—!"

손바닥은 푸른 입자를 방출해서 티롤의 머리를 침식하며 「빠직빠직빠직」처절한 소리를 냈다. 어마어마한 힘으로 머리를 조이는 격통에 티롤이 비통한 절규를 내질렀다.

"아파, 아파아! 미로, 비스코! 살려줘—!!"

"티롤—!!"

"이 자식!!"

누워 있던 비스코가 날린 녹식 화살이 절묘한 컨트롤로 손바닥을 티롤에게서 강제로 떼어냈다. 뽕, 뽕!! 하고 버섯을 몇 번 피운 아폴로의 손은 겨우 얌전해졌다.

"전송, 준비, 완료. 도쿄까지, 5, 4, ……."

"이 자식! 티롤에게 무슨 짓을 했어!"

"서둘러…… 항체를 만들어야……. 『포자』다. 원인은 『포자』였어……."

걸어가는 아폴로의 몸이 푸르게 빛나는 입자로 변하더니, 이윽고 커다란 바람이 불자 비스코가 날린 화살에 맞기 직전에 연기처럼 사라지고 말았다.

이후에는 곳곳이 도시에 먹혀버린 취락, 버섯지기나 게의 시신…….

그리고 거친 숨을 몰아쉬는 티롤만이 남았다.

"티롤!! 아, 아앗, 이런!!"

파트너의 비통한 목소리를 듣고 그쪽으로 달려간 비스코는, 미로의 어깨 너머에서 티롤의 몸을 보고는 말문을 잃었다.

아폴로의 손바닥에 잡힌 머리 왼쪽 절반부터 시작해서 목, 쇄골 부근까지가 미니어처 같은 도시에 덮여버렸고, 지금도 피부를 찢으며 넓어지고 있었다.

"티롤, 어째서! 숨어있으라고 했는데!"

"아하하하…… 그러게나 말이야. 너희의 독이…… 옮아버린, 걸까…….'

"녹식 앰플은 어떻게 됐어! 어디 있는데?!"

"벌써 났어! 하지만 틀렸어, 침식을 막을 수가 없어……!"

"아하하, 이, 제…… 끝인가. 별 볼 일 없는, 인생…… 콜록, 콜록!"

미로의 품에 매달린 티롤이 기침하자, 각혈에 작은 건물이나 철골 같은 것이 섞여 있었다. 그것은 이미 티롤의 내장까지 도시화 증상이 미치고 있다는 증거였다.

"콜록. 그래도, 나, 나아. 즈, 즐거, 웠어. 마지막에, 너희를, 만나서…….'

"포기하면 안 돼! 반드시 내가 구해줄 테니까!"

"지, 지옥, 에서…… 기다릴, 테니까. 꼭, 오라고? 미로, 아카보시…….'

"이런…… 싫어. 죽지 마, 티롤!!"

눈물을 흘리며 외치는 미로의 목소리에 호응하듯이.

갑자기 미로의 전신에서 녹색의 포자가 확! 뿜어져 나왔다.

'티롤을 구해줘!'

숙주의 강력한 일념을 싣고, 포자가 타오르듯이 퍼지며 불꽃처럼 색상을 바꿨다.

굳게 눈을 감은 미로의 눈앞이 응고되며 커다란 태양을 형성했다.

"……이, 이게 무슨 빛이야……?! 미로, 야 미로. 일어나!"

"비스코! 티롤이, 티롤이……."

"바보 자식, 정신 차려! 눈앞의 이거, 진언으로 만든 거냐?!"

미로는 파트너의 말을 듣고서야 조금 진정하면서 천천히 눈을 떴고…….

평소의 진언과는 다른, 눈부신 진홍의 큐브가 찬란히 빛나고 있었다.

"뭐…… 뭐야 이게??"

그 광채를 본 미로는 무심코 눈을 가늘게 떴다. 만든 본인도 기억하지 못하는 진언의 큐브는 티롤의 모습을 살피듯이 둥실둥실 주변을 선회하더니, 반쯤 열린 부드러운 입술에 닿았고…….

쏘오옥! 하는 맥 빠지는 소리를 내며 그 몸 안으로 들어가고 말았다.

"윽?! 우우어어억?!"

"우와앗—! 뭐, 뭐 하는 거야?! 말 좀 들어!"

진홍의 큐브는 숙주인 미로의 제지도 듣지 않은 채, 목을 누르면서 날뛰는 티롤의 전신을 맴돌며 온몸을 붉게 빛냈다.

"아, 잠깐, 싫어, 그런 건…… 거, 거기는, 허파?! 잠깐! 이 녀석, 소, 소녀의 내장을…… 꺄하하하하! 간지러워~~!!"

"진언이, 폭주해서……! 아얏, 비스코! 어쩌지?"

"잠깐 기다려. 봐봐, 티롤의 몸이……!"

녹색의 빛은 티롤의 반신을 뒤덮고 있던 미니어처 도시를 순식간에 떨어뜨리더니, 하얀 가루로 바꿔서 주변에 퍼뜨렸다. 소년들은 그 기적 같은 치유력에 경악했지만, 티롤 본인은 그런 감촉이 전혀 없는지 웃거나 외치기를 반복하면서 미로의 품에서 날뛰었다.

"봐봐, 비스코. 티롤의 몸이 깨끗해지고 있어!"

"……갓 낚은 생선 같잖아. 이렇게 기운차면 아직 안 죽겠네."

"이런 상황에서 용케 그런 소리를 하네!"

티롤은 한동안 뭔가에 씐 듯한 행동을 반복하고는, 이윽고 움찔! 하고 크게 경련하면서 멈췄다. 그리고 미로의 품에서 벌떡! 일어나고는 전신을 뚜둑뚜둑 꺾으면서 묘하게 어색한, 로봇 같은 움직임으로 두 사람을 돌아봤다.

"시티 메이커, 94퍼센트 삭제 완료. 정상 작동 범위 내. 본 디바이스의 생명 활동 유지를 위해, 시티 메이커 관리자의 삭제까지 본 디바이스에 잔류한다."

티롤이 무표정한 얼굴로 갑자기 영문 모를 소리를 떠들어대자, 두 소년은 입을 멍하니 벌리며 얼굴을 마주 봤다. 티롤은 그런 두 사람은 아랑곳하지 않은 채 자신의 몸을 빤히 바라보더니 팔짱을 끼고 「으으음」 하고 신음하고는 뭔가 작은 목소리로 중얼거렸다.

"……아직 미로에게서 나올 예정은 없었네만, 이렇게나 강하게 기원한다면 어쩔 수 없지. 내가 개입하지 않았다면 이 아이는 도시의 먹잇감이 되었을 테니……."

"……야. 왜 그래? 티롤. 어디가 또 이상한 거냐?"

"아니, 완전히 건강하고말고. 평소대로야."

"평소대로라니, 너……."

완전히 원래의 하얀 피부를 되찾기는 했지만, 해파리 머리 소녀에게서는 평소의 장난기 넘치는 표정이 사라진 대신, 빠릿빠릿하고 늠름한 표정이 되었다. 무엇보다 차밍 포인트 중 하나인 금빛 눈동자가 새빨간 색으로 변하자 두 사람은 어리둥절하고 말았다.

게다가 미간의 조금 위쪽, 머리 중앙에는 뭔가 마름모꼴의 기하학적인 문양이 들어간 붉은 낙인이 있었고, 붉은 광채를 발하며 천천히 점멸하고 있었다.

"……달라진 부분이 있는 건가? 그렇다 해도 다감한 시기의 여자 용모는 다 그런 법이라네. 잠깐만 눈을 떼어놔도 다른 사람으로 보이게 되지."

"조금도 떼어놓지 않았는데."

"오래 알고 지낸 사이면서, 믿지 못하는 건가? 비스코."

티롤은 새빨간 두 눈을 크게 뜨며 비스코를 바라보더니 엄숙하게 말했다.

"나는 정말로 자네들의 친구, 오오챠가마 티롤이라네. 신장 143센티미터, 36킬로그램, 21세. 좋아하는 건 돈과 코코아, 첫사랑은 11세, 그때 변변찮은 남자한테 걸렸고, 그 녀석이 해파리를 싫어해서 해파리 머리를 하고 있지. 스리 사이즈는 위에서부터……."

"우와악. 알았어 알았어! 거기까지는 말하지 않아도 돼!"

"저, 저기. 티롤. 정말로 그 침식은 멈췄어? 이제 어디도 아프지 않아?"

"물론이지! 아직 내부에 인자가 다소 남아있긴 하지만 몸 표면의 도시는 전부 삭제했다네. 여기도 무사하고, 여기도……."

티롤은 소년들 앞에서 옷을 훌훌 벗어 던지고는 끝으로 속옷에 손을 대려 했지만, 갑자기 오른손으로 자기 안면을 있는 힘껏 때렸다. 날아간 티롤은 바닥을 구르면서 경악한 표정으로 부어오른 자신의 뺨을 어루만졌다.

"이, 이 아이, 내면에서 나를 움직이다니…… 굉장한 의지력이로군. ……어? 벗을 때는 돈을 받으라고? 그, 그건 또 무슨."

"티롤!! 누구랑 이야기하고 있어?! 정말로 어떻게 된 거야!"

"보아하니 뭔가에 씌인 것 같은데. 일단 이 녀석을 데리고 장로네 집으로 가자. 각성향을 맡게 하면 나을지도 몰라. 게다가 그 녀석의 부하가 아직 있을지도 모르잖아. 장로네 집이 걱정돼."

소년들은 타이밍을 계산한 듯이 쿠웅! 하고 하늘에서 떨어지며 대지를 뒤흔든 아쿠타가와에 올라탔다. 붉은 눈의 티롤은 비스코가 손을 빌려주지 않았는데도 훌쩍 뛰어서 미로 뒤에 달라붙었다.

"좋아, 비스코. 가자! 티롤을 치료해야지."

"……티롤. 아까 이야기 사실이냐? 옛날 남자한테 당해서 그 머리 모양을 하고 있다는 거."

"그럼. 기억 영역에 그렇게 적혀……."

티롤은 거기까지 말하다가 다시 자기 손으로 뺨을 때리고는, 코피를 흘리면서 무척 아파하며 비스코에게 대답했다.

"……아, 아니. 방금 그건 못 들은 걸로 해주게…… 머리가 해파리인 건, 사람들이 해파리 상점을 기억하기 쉬우니까, 라더군……."

"원래 그런 이야기였잖아?!"

"이 녀석 슬슬 이상한데. 아쿠타가와, 장로네 집으로 서두르자!"

아쿠타가와는 자기가 처리한 하얀 인형 시체를 버리고는 비스코의 고삐에 따라 장로의 집을 향해 일직선으로 달려갔다.

2

『전 일본 동시다발 도시화 테러』.

하얀 몸에 붉은 머리를 한 기계 인형이 갑자기 습격해와서 건드린 것들을 차례차례 『도시』로 바꾼다는 전국 규모의 일대 괴사건이다. 인형의 표적은 자연, 인공물, 또는 동물, 인간을 전혀 구별하지 않았고, 닥치는 대로 『도시』, 즉 빌딩이나 전신주, 신호기 같은 옛 문명의 건조물로 변질시킨다.

과거에 전례가 없던 이 기묘한 현상은 아무런 전조도 없이 순식간에 일본 전토를 뒤덮으며 국민들을 아비규환의 소용돌이에 빠뜨렸다.

각 현이 이 테러로 심대한 피해를 받는 가운데, 지금까지 일본의 중추였던 교토가 집중적인 공격을 받아 하룻밤 만에 함락. 지령 체계를 잃고 붕괴해가던 일본 전토를 향해, 간토 이미하마현에서 성명을 발표했다.

『우리 이미하마현은 사이타마 남쪽, 도쿄 폭심혈에 갑자기 나타난 거대 도시를 확인. 일본 각지를 덮치는 인형 병기들은 이 거대 도시에서 파견된 것으로 보인다.』

『현, 종파, 기업, 부족. 우리 일본인, 지금은 해묵은 원한은 모두 버리고 호국의 뜻과 함께 이미하마현으로 군사력을 집결시켜라.』

미모의 젊은 이미하마 지사, 네코야나기 파우가 외친 이 성명을 과연 자존심이 강한 각 현, 민족들이 무조건적으로 받아들일지는 의문이었다……. 그러나 이미하마 지사에게는 확신이 있었다.

지극히 간단하게도, 지금의 상황은 『아무도 체면을 따질 수가 없었기 때문』이다.

『샷. ……언셋. 런치 시티 메이커…… 샷.』

철컹! 철컹. 철컹!

자유자재로 공중을 나는 하얀 인형 몇 대가 주문 같은 것을 중얼거리며 푸른 큐브 탄환을 쏠 때마다 이미하마의 거리는 그것의 먹잇감이 되어 차례차례 정돈된 도시에 먹혀버렸다.

"민간인은 셸터로 피난시켜라! 들어가지 못하면 하수도에라도 들어가라!"

"너츠 대장님— 물러나세요! 직선은 위험해요!"

"바보 같은 소리 하지 마, 이 이상 물러나면 현청이 당한다고. 너희들, 버텨라! 적어도 회담이 끝날 때까지 현청에 이 녀석들을 들이지 마라!"

이미하마 자경단이 도약하는 이구아나를 몰며 분전하는 것에 맞춰서, 버섯지기가 화살로 가세했다. 간토의 요새, 이미하마현도 지금은 도시화 테러의 표적이 되어있었다.

"……이놈들. 닥치는 대로 공격하는 거냐……!"

이미하마의 거리가 솟구치는 빌딩에 부서지는 모습을 강화유리 너머로 바라보던 파우는 아름다운 얼굴을 일그러뜨렸다. 회담을 기다리는 사이에도 그 모습은 자경단장 시절의 전사 차림이었고, 특기인 철곤도 여전히 손에 쥐고 있었다.

분전하는 자경단의 모습을 참다못해 자기도 전장으로 뛰어가려던 그때.

"마토바 중공 회장, 마토바 젠쥬로 님이 찾아오셨습니다."

"버섯지기의 잠정 대표는 돗토리에서 장로, 가프네 큰할머님."

"이와테 반료지에서 오오챠가마 대승정."

"시마네에서는 암리니 승정, 라스케니 권승정이 함께 오셨습니다."

일본을 대표하는 톱클래스의 요인들이 차례차례 회의실로 나타나기 시작했다. 파우는 심호흡을 하며 일단 전의를 다스리고는 그들에게 인사를 했다.

"암리. 잘 와줬다……. 시마네도 큰일일 텐데 라스케니까지. 미안하다."

"무슨 말씀이세요. 파우 언니의 힘이 되지 못하고서 쿠사비라종 승정을 자칭할 수는 없죠."

"지금은 네가 인류의 리더야, 파우. 종파 관련 일은 우리한테 맡기고 너는 일단 부족이나 기업의 절충에 노력해줘."

라스케니가 귓가에서 속삭이자, 파우도 고개를 끄덕이며 답했다. 원탁에 속속 앉는 인물들은 모두 일본 전체에 이름을 떨치는 거물들이고, 일종의 견원지간 사이도 몇 명 얼굴을 마주하고 있었다. 파우의 리더십이 회의의 열쇠가 될 게 틀림 없었다.

"쿠로카와 녀석이 죽고 나서는 이미하마와도 슬슬 연을 끊으려 했는데 말이지."

마토바 중공 회장, 마토바 젠쥬로는 두꺼운 손가락으로 테이블을 톡톡 두드리면서 혼탁한 눈으로 일동을 핥듯이 응시했다.

"이런 곳에 얼굴을 내밀게 될 줄이야. ……게다가 하필이면 버섯이나 먹는 시골뜨기와 같은 탁자에 앉다니."

"불만 있는 게냐? 돼지 영감."

버섯지기의 여장로 가프네는 코웃음을 치며 마토바 회장을 비웃었다.

"잘난 척하며 공장을 늘어놓고 있는 것치고는, 화살 한 방에 못 쓰게 되는 고물딱지들만 만들어놓지 않았느냐. 이번에는 그 종이호랑이들을 방패막이로 써준다는 것이야. 고맙게 생각하거라."

"마…… 마토바의 병기를 고물딱지라 지껄이느냐, 이 년이!"

"달리 뭐라 말해야 하느냐? 고철이나, 덜떨어진 물건인가?"

"장로님, 그만둬주시죠! 마토바 회장님도…… 지금은 일본의 중대사라는 걸 알고 계시지 않습니까."

파우가 제지했지만 가프네 장로는 전혀 미안한 기색이 없었고, 반면 마토바 회장은 분노한 멧돼지처럼 완전히 얼굴을 새빨갛게 물들이고 있었다.

"흥! 천하의 마토바 중공이 버섯 먹는 것들하고 협력하게 된다면 선조들께서 어떤 벌을 내리실지 몰라. 지사, 나는 이만……."

쿠아앙! 하는 굉음이 마토바 회장의 말을 가로막았고, 곧장 천장을 뚫고 무언가가 원탁 중앙에 떨어졌다. 안면에 화살 한 발이 꽂힌 하얀 인형은 끼기긱 몸을 움직이다가 이윽고 뽕, 뽕! 하고 버섯 몇 개를 피우며 움직이지 않게 되었다.

"히, 히에엑…… 이, 이 녀석은…… 바로 그!!"

"녀석, 쫄지 말거라. 이미 죽지 않았느냐."

한 노인이 천장 구멍에서 원탁으로 훌쩍 내려오더니 약간 뒤늦게 떨어진 삼각모를 다시 썼다. 그리고 만약을 위해 하얀 인형의 목을 다리로 꺾어서 머리를 옆으로 날려버렸다.

"저건, 영웅 자비!"

"노인의 움직임이 아니잖아."

원탁에서 입을 모아 감탄하면서 외치는 가운데, 자비는 원탁을 두리번 돌아보다가 가프네 장로와 눈을 마주치고는 노골적으로 불쾌한 표정을 지었다.

"……캐엑. 귀신 할망구가 왔구만."

"변함없이 예의를 모르는 녀석이로고. 가프네 누님이라 부르거라."

"자비 어르신! 무사하셨군요. 설마 인형이 현청에까지 들어왔습니까?!"

"아니, 이것 하나뿐이다. 그나저나 저놈들, 전혀 숫자가 줄지를 않는구나. 빨리 할 말 다 하지 않으면 현청도 당해버릴 것이야."

파우는 자비에게 고개를 끄덕이고는 웅성거리는 원탁을 향해 목소리를 높였다.

"다들 보는 대로다. 이 방만이 아니라 지금, 일본 전체의 무고한 목숨이 위기에 처했다! 원한을 질질 끌다가 자신의 현을, 민족을 잃는다면 웃음거리조차 되지 못하겠지. 이곳에서는 마음을 하나로 모아 공통의 적과 맞서는 게 당연한 일 아닌가!"

철곤을 들고 흑발을 휘날리는 이미하마 지사의 목소리에 원탁은 잠시 조용해졌지만, 이윽고…….

"이의 없다."

"파우 지사를 지시한다!"

"옳소."

원탁 이곳저곳에서 찬성하는 목소리가 나오면서, 곳곳의 다툼도 차츰 잦아들었다.

불만스러운 표정이던 마토바 회장도 마토바 중공의 이익과 불이익을 천칭에 올려보고는, 이 자리에서는 분노를 거두고 어쩔 수 없이 「당장 끝내자」라는 목소리를 목구멍에서 쥐어짜냈다.

"효호호. 정치적인 흥정도 그럴싸해졌구나, 아가씨."

"또 심술궂은 말씀을. 마음은 여전히 전사입니다."

파우는 자비가 중얼거린 말에 약간 울컥하며 반박하고는, 헛기침을 한 뒤 회의실 정면에 설치된 대형 디스플레이를 바라봤다.

"그럼 다들, 긴 여행의 피로도 있겠지만 시간이 아깝다. 본론으로 들어가지. 먼저 도쿄 폭심혈에 나타난 수수께끼의 거대 도시에 관해서다. 상공에서 촬영에 성공한 사진이 있다. 우리는 이…… 응?"

도쿄 폭심혈의 항공사진을 비춘 디스플레이에 전원의 시선이 모이자, 갑자기 이질적인 소음을 내면서 표시가 일그러지더니 이윽고 지직거리는 화면만 남게 되었다.

"고장인가? 이럴 때 타이밍이 안 좋군. 어쩔 수 없지, 인쇄한 것을 여기로……."

『……아, 사람 목소리가 들리는군. 이어졌나? 아~ 여보세요. 지금 그쪽과 이어져 있다네. 들리는가? 이미하마 현청으로 연결했을 텐데. 누가 있다면 응답해 주게.』

"……이, 이게 무슨 일이야?!"

지직거리는 노이즈에 섞여서 소녀 같은 목소리가 회의실에 울렸다. 파우와 원탁의 요인들이 소란스러워진 가운데, 갑자기 지직거리는 화면이 전환되더니 붉은 머리의 해파리 머리 소녀가 크게 비쳤다.

『……오오! 겨우 무선이 이어졌군. 조금 노이즈가 있지만 뭐, 어쩔 수 없나.』

"티롤! 무사했었나!"

파우는 화면에 비친 친구의 모습을 보고 표정을 풀었지만, 요인들 앞이라는 걸 떠올리고는 황급히 헛기침을 했다.

"대, 대체 어떻게 여기에 비치는 거냐? 아, 아니, 그보다도 지금은 회의 중이다. 이야기는 시간을 다시 잡아서……."

『위성을 재킹했을 뿐이라네. 쿠로카와가 이미하마에서 위성 방송에 액세스하고 있었던 건 알고 있었지만, 채널을 특정하지 못해서 조금 시간이 걸렸지…… 오오, 마침 일본 수뇌부가 모두 모여있잖아. 타이밍이 좋군.』

"티롤……? 너, 왠지 낌새가……."

"그, 그 이마의 성문(聖紋)은!"

티롤의 낌새를 의아하게 바라보던 파우 옆에서 갑자기 솜털 같은 무언가가 뛰쳐나오더니 뿅뿅 가볍게 뛰어서 디스플레이 앞에 무릎을 꿇었다.

"오, 오오챠가마 승정?!"

"개조(開祖) 님! 돌아오시기를 기다리고 있었습니다. 저희 반료지 일동, 항상 가르침을 지키며 경전 배우기를 거르지 않았사옵니다. 부디 다시 한 번 지도해주십시오."

전혀 입을 열지 않는 것으로 유명하던 반료지 대승정이 갑자기 그런 말을 꺼내자, 회의실은 또다시 아연실색하게 되었다.

"……반료지의, 개조? 설마 그런. 티롤 님이?"

"아니다, 암리. 저 이마의 큐브 문양은 켈싱하의 경전에도 그려져 있던 최고위 신을 가리키는 것. 오오챠가마 대승정이 노망이 든 게 아니야."

"어머님! 저는 그런 생각을 한 게 아니에요! 정말이지!"

한편, 디스플레이 속의 티롤은 눈앞에서 무릎을 꿇은 오오챠가마 승정을 보더니 신기하게도 그리운 듯 눈을 가늘게 뜨고는 약간 활기차게 말했다.

『오오챠가마! 자네가 아직 현역이었나. 나이는 몇 살이 됐지? 이거 다행이야. 자네가 있다면 이야기가 빠르지. 그쪽 상황은 어떻지?』

"예. 일본의 주요 현은 하얀 인형《아폴로 화이트》군단의 습격을 받고 있사옵니다. 녀석들이 날리는 시티 메이커 프로그램으로 인해 일본 각지는 착실하게 도시화되고 있으며, 그야말로 심상치 않은 상황…… 그러나 직접적인 공격으로 도시를 복원하고 있다는 것은, 아폴로 역시 아직은 일본을 통째로 복원하지는 못한다는 뜻이겠지요."

『응. 아폴로는 300년 사이에 「포자」라는 항체가 자연 발생하는 것을 예견하지 못했어. 그러니 녹이 잘 움직이지 않고, 도시도 생각처럼 복원하지 못하고 있는 거겠지. 아폴로가 버그에 발목이 잡힌 사이에 도쿄를 공격해서 멸하면, 우리는 멸망하지 않을 수 있네.』

"그렇지만 개조 님. 저희는 도쿄를 공격할 결정적인 수단이 없사옵니다. 아폴로 화이트의 침략을 저지하는 게 고작인 상태여서는, 아폴로 본체를 당해낼 수가 없어요."

대승정의 진언을 들은 티롤은 단정한 얼굴로 「씨익」 미소를 지었다.

『오오챠가마. 인류에게는 히든카드가 있다네. 나는 이 눈으로 그것이 아폴로를 꿰뚫는 걸 봤지.』

"놀랍군요."

『비스코ー! 미로도 와주게……. 여기라네. 장로의 TV 앞!』

"비, 비스코와 미로라고?!"

멍하니 흐름을 지켜보던 파우가 무심코 몸을 내밀며 디스플레이를 들여다봤다. 이윽고 화면에 비취색 눈동자를 크게 뜬 비스코의 광견 면상이 비쳤다. 이어서 판다 멍을 가진 미모의 소년이 비스코의 이마를 화면에서 꾸욱 밀어서 치우고는 화면의 절반을 차지했다.

『자비가 있잖아. 뭐야 이거? 녹화야?』

『아, 파우! 잠깐, 암리도 있어. 티롤. 이거, 저쪽과 이어진 거야?』

『이 두 사람은 인류와 버섯의 기적적인 하이브리드라네. 녹…… 아니, 아폴로 입자를 먹어치우는 매우 강력한 포자가 피에 깃들어 있지.』

두 사람의 뺨 사이로 끼어든 티롤의 붉은 눈이 화면 속에서 깜빡였다.

『이미 육체를 버리고 입자의 집합체가 된 아폴로를 쓰러뜨리려면 그들이 가진 포자의 힘을 쓸 수밖에 없어. 지금부터 내가 이 두 사람을 데리고 이미하마로 갈 테니, 어떻게든 버텨주게.』

"분부대로 따르겠나이다!"

『야, 비켜 티롤. 이미하마와 이어져 있다면 마침 잘됐어.』

만족스럽게 끄덕이던 티롤의 머리를 치운 비스코가 화면에 끼어들었다.

『이봐, 파우! 보는 대로야. 티롤이 이상해졌어. 도쿄가 어쩌니, 일본이 망하니 뭐니, 하는 소리가 지리멸렬해. 뭔가 묘한 게 씌어버린 것 같아.』

"티, 티롤에게 무언가가 씌었다고?"

『응. 미로도 저주나 신벌 같은 건 전문이 아니니까…… 이미하마에는 그 기도사라든가, 주물 가게 같은 게 엄청 많잖나.

실력 좋은 녀석을 한 명만 좀 넘겨줘.』

『비스코! 지금은 그럴 때가 아니라네. 우리가 이미하마로 가야…….』

『너를 위해 부탁하는 거잖아! 미로! 사탕이나 핥으라고 해.』

와글와글 떠드는 디스플레이 너머를 바라보면서 원탁이 웅성댔다. 오오챠가마 승정은 머리를 긁적이며 조금 곤란한 듯이 중얼거렸다.

"데려온다는 게 저 아카보시라니. 개조 님께서 과연 납득시키실 수 있을지."

오오챠가마 승정의 투덜대는 소리를 들은 암리의 보랏빛 눈동자가 반짝 빛났다.

"……비스코 오라버니를, 여기로 데려오면 되는 거죠?"

"효호?"

"비스코 오라버니!"

갑자기 원탁의 소란을 뚫고 암리가 자리에서 일어나 화면에 호소했다.

"티롤 님은 제게 맡겨주세요. 나쁜 것이 들어갔다면 진언으로 빨아내겠어요. 그런 빙의 같은 부류는 선의의 특기 분야니까요."

『암리! 그래, 너라면 틀림없겠지. 바로 시코쿠까지 좀 와줘!』

"그게…… 저기. 지금 마침 파우 언니에게 씌인 악령을 제령하고 있어서. 이미하마에서 나갈 수가 없어요."

"으엑?! 나, 나한테 악령?!"

파우가 무심코 목소리를 높이가, 암리는 황급히 윙크로 신호를 줬다. 파우는 곧바로 암리의 의도를 눈치채고는 항의를 삼켰다.

『파우한테도 뭔가 씌었다고? 뭐, 신기하지는 않나…… 업보가 깊은 여자니까. 어떤 악령한테 씌었는데?』

"그게, 저기…… 전 지사, 쿠로카와 님의 원령이에요. 공무를 내팽개치고 만화를 읽거나…… 건강에 좋지 않은 스낵을 마구 먹거나 해서 큰일이지 뭐예요."

'여, 연극이라고는 해도. 멋대로 날조를……!'

파우는 화면 너머에서 깔깔 웃는 비스코의 얼굴과 약간 겸연쩍어 보이는 암리의 얼굴을 교대로 보면서 분노와 수치심에 얼굴을 붉혔다.

"그, 그러니까요! 비스코 오라버니, 바로 티롤 님을 이미하마까지 데리고 와주세요. 조치가 늦어지면 중증으로 변할지도 몰라요."

『그러냐. 결국 이미하마로 가기는 해야 한다는 거네.』

『어쩔 수 없어. 티롤, 드문드문 자기를 때리잖아. 불쌍해서 보고 있을 수가 없어……. 빨리 치료해줘야지.』

중얼중얼 상의하는 소년들 사이에서 티롤이 (덕분에 살았어!)라는 뜻을 담아 암리에게 윙크를 날렸다.

『우리 쪽에서는 이상이네! 바로 그쪽으로 가도록 하지. 슬슬 위성에서 튕길 것 같으니까, 이만…….』

"개, 개조 님. 한 가지 부탁이……!"

『앞으로 1분도 안 남았네. 빨리 말해주게!』

"그, 그게…… 지금 개조 님이 들어가 계신 자는……."

솜털이 풍성한 대승정은 눈을 치켜뜨고는, 티롤을 바라보면서 우물쭈물 말을 이었다.

"저의…… 현손녀의 몸이옵니다. 신심이 없는 불량한 녀석이지만, 뿌리는 참으로 다정한 아이입니다. 아무쪼록 부드럽게…… 다정하게, 대해주시기를 부탁드립니다."

『응, 알고 있다네. 걱정할 것 없어, 오오챠가마. 다음 승정은 이 아이가 좋을 걸세. 뭐니 뭐니 해도 의지력이 대단하거든. 내 지배를 뚫고…… 아얏!』

자기를 찰싹! 때린 티롤은 뺨을 일그러뜨렸다.

『가끔 이렇게 항의를 하거든. 앗, 이제 끊어지겠어. 파우! 뒷일은 부…….』

갑자기 영상이 뚝 끊기더니, 이후에는 지직거리는 화면만이 계속 이어졌다. 회의실은 소란스러워졌고, 지금의 일에 관해서 이곳저곳에서 의논을 나누게 되었다.

"……어떻게 생각하십니까? 자비 어르신."

"여러모로 의문은 있지만, 비스코가 일본에서 가장 강한 생물인 것은 확실하겠지. 그 녀석이 이미하마에 도착할 때까지 버티자는 것도 당연한 소리일지도 모르겠구먼."

자비는 지직거리는 화면을 바라보면서 즐거운 듯이 수염을 매만졌다.

"하지만 그걸 이 걸물들에게 납득하게 하려면…… 효호호!

조금 뼛골이 빠지겠구나."

"······뒷일은 부탁한다고? 나 참, 제멋대로 떠넘기기는!"

파우는 눈앞에서 논의에 달아오르는 회의실을 어떻게 수습해야 할지 이런저런 고민을 하면서 쿠로카와가 가지고 있던 두통약을 한 알 입에 던져놓고는, 전 지사의 고생을 조금 이해하게 되었다.

3

일찍이 일본 정부가 버섯지기를 박해하던 시절, 정부의 추적자를 배제하기 위해 혼슈에서 시코쿠로 향하는 다리는 버섯지기가 모두 떨어뜨렸다.

소형 배로 시코쿠로 향하려고 하면 바닷속 대구의 표적이 되어서, 그 날카로운 이빨에 물려 5분도 되지 않아 물고기밥이 되어버린다.

그에 따라 이 해로는 대구의 이빨이 통하지 않는 쇠꽃게에 올라타서 헤엄쳐 건넌다는 거친 수단밖에 존재하지 않게 되어, 시코쿠를 천연 요새로 만드는 요인 중 하나가 되었다.

"또 이 바다를 불면불휴로 건너야 하는 건가. 귀찮게 됐네."

"불면불휴는 너무 호들갑이야. 가위바위보 해서 교대로 자면 되잖아."

"너는 올 때 새근새근 자고 있었으니까 그렇게 말할 수 있는 거지!!"

"비스코가 전패한 게 문제야."

"두 사람 다 기다리게. 일부러 아쿠타가와를 헤엄치게 할 필요는 없어 보이는군."

미로에게 업힌 티롤이 어느 방향을 가리키더니 웃으며 말했다.

이 붉은 눈동자, 비스코의 말대로라면 「씌인 것」을 그대로 티롤이라고 부르는 건 소년들에게도 저항감이 있었기 때문에, 두 사람은 단순하게 「빨강 티롤」이라 불러서 구별을 짓고 있었다.

아무튼 두 사람이 그쪽을 보자, 바로 사흘 전까지는 텅텅 비어있던 바다 위에 마치 옻칠한 듯한 아름답고 거대한 다리가 걸려있었다. 다리 끝은 안개에 덮여서 보이지 않지만, 아무래도 저 너머는 혼슈로 이어져 있는 것 같았다.

"뭐, 뭐야 이게?!"

"비스코. 저건 다리라고 해서, 사람이 육지에서 육지로 건너가기 위해 있는 것이라네."

"패버린다!"

"어째서?! 우리가 왔을 때는 저런 어엿한 다리는 흔적도 없었는데."

"아폴로가 여기를 습격할 때 만든 거겠지."

빨강 티롤은 그렇게 말하면서 뭐가 그리 웃긴 건지 목구멍 속에서 크크큭 웃었다.

"……그나저나, 저 조형은 고조 대교로군. 세토 대교를 복원하지 못했던 건가? 역시 아폴로는 아직 녹을 자기 마음대로 구현화할 수 없는 모양이야."

"아무튼 우리한테는 좋지."

발강 티롤이 영문 모를 소리를 하는 건 이미 두 사람에게는 익숙한 일이었기에 하고 싶은 대로 놔두고 다리 쪽으로 아쿠타가와를 몰았다.

"육로라면 혼슈까지는 순식간이지. 저 다리를 건너자고."

"가위바위보를 하지 않아서 다행이네."

"네놈은 진짜 시끄럽다니까~!!"

일행은 와글와글 떠들면서 아쿠타가와를 타고 거대한 다리로 내려와 그대로 혼슈를 향해 질주하기 시작했다. 확실하게 정비된 도로는 아쿠타가와도 달리기 쉬운지 스피드도 한결 빨랐다.

"그나저나, 그 인원으로 건너는데 왜 이런 무식하게 커다란 다리가 필요한 거야? 그 아폴로라는 녀석도 어지간히 엉성한 놈이네."

"우리 시대에는 교통량이 지금과는 비교도 되지 않았으니까. 이런 대형 다리가 필요했거든."

"우리 시대라니. 티롤과 우리, 몇 살 차이 안 나잖아."

"그랬었지. 신경 쓰지 말아 주게……. 잠깐. 뭔가 흔들리지 않나……?"

빨강 티롤의 말대로, 조금 전부터 간헐적으로 다리가 부자연스럽게 흔들리는 걸 알 수 있었다. 쿵, 쿵, 흔들릴 때마다 아쿠타가와는 달리기 힘들다는 듯이 앞으로 기울어졌다.

"지진치고는, 큰데."

"잠깐만. ……이건 지진이 아니야. 뭔가 아래에서 우리를 노리고 있어!"

흔들림은 계속해서 쿵, 쿵, 쿵! 이어지며 다리 자체에 금을 가게 했고, 솟구치듯이 아래에서 치고 올라가는 충격이 되어서 아쿠타가와의 몸을 계속 띄웠다.

"젠장. 이 녀석 뭐야?!"

"티롤, 잡고 있어! 아쿠타가와, 뛰자!"

비스코와 고삐를 바꾼 미로가 아쿠타가와에게 크게 고삐를 휘두르자, 아쿠타가와는 다리를 굽혀서 몸을 말고는 걷어차인 공처럼 크게 앞으로 뛰었다. 그 직후, 뭔가 무시무시하게 거대한 것이 다리를 뚫고 물보라를 일으키며 『규오오오오』 하고 공기를 뒤흔드는 포효를 내질렀다.

"뭐야 저게?!"

첫인상으로 표현하자면, 그것은 『어마어마하게 거대한 귀상어』였다. 그러나 규격 외의 거대함에 더해서 등에 무수하게 돋아난 빌딩군 등등, 그 용모는 심상치가 않았다.

흉악한 이빨을 드러내며 크게 벌린 입 안쪽에는 분쇄기 같은 롤러가 빙글빙글 돌아가면서 먹어버린 철골을 닥치는 대로 갈아서 부쉈다. 가로로 긴 특수한 형태의 머리에서는 『사망 사고 다발, 자주 살피며 안전 운전』 같은 게 적혀있는 전광 게시판이 간헐적으로 표시를 바꿨다.

또한, 그 두 지느러미 뒤에는 흉악한 스파이크 타이어가 고속으로 다리에 박히면서 그 거구를 앞으로 쭉쭉 보내고 있었다.

"저건 생물이야?! 저것도 아폴로의 짓?!"

"아니! 도시화에 말려든 《도시 생명》이라네. 그러니 이름도 없어…… 다리를 먹으니까, 《다리 먹는 자》라고 불러야 할까?"

"태평한 소리 하지 말라고! 이 녀석, 다리를 먹으면서 이리로 오고 있잖아!"

비스코의 말대로, 《다리 먹는 자》는 커다란 입을 벌린 채어마어마한 기세로 전진하며 아쿠타가와를 삼키고자 맹렬하게 다가왔다. 부서진 교항(橋桁)은 그대로 입 속의 롤러에 들어가서 굉음과 함께 분쇄됐다.

"비스코! 녀석은 먹는 것 말고는 머릿속에 없다네. 삼켜지면 조금도 못 버텨!"

"그럼, 이거라도 먹고 있어!"

비스코는 불똥 섞인 숨을 내뱉으며 강궁을 당겼고, 아쿠타가와 위에서 《다리 먹는 자》의 큰 입을 조준하고는 퓨웅! 하고 붉은 섬광 같은 화살을 날렸다. 섬광은 그대로 거대한 《다리 먹는 자》의 목을 뚫고 등까지 뚫고 나갔다.

뽕, 뽕, 뽀꿈!

단속적으로 피어나는 녹식의 위력에 《다리 먹는 자》는 저도 모르게 몸을 뒤집으며 『규오오오오』 하고 비명을 지르고는 속도를 줄였다.

"오오, 굉장해! 이게 녹식의 화살인가!"

"틀렸어. 얕아, 비스코!"

"치잇."

미로의 호소에 비스코의 표정이 굳어졌다. 《다리 먹는 자》
는 잠시 속도를 늦추긴 했지만, 곧장 입의 분쇄기로 피어난
녹식을 삼키고는 으득으득 부숴버렸다. 도시를 유지하는 체질
이 균사의 흐름을 느리게 만든 모양이다.

"상관없어. 몇 발이든 먹여주마!"

"비스코, 기다리게! 저 녀석, 뭔가 꺼내고 있어!"

빨강 티롤의 외침을 듣고 《다리 먹는 자》를 바라보자, 등에
있는 도시 부분에서 소형차 같은 것들이 수도 없이 나오는 게
보였다.

"뭐야 저거?! 차……에, 지느러미가 붙어있어?!"

아쿠타가와를 쫓아오는 차 같은 것들은 양 지느러미에 등지
느러미, 게다가 헤엄치듯 파닥거리는 꼬리를 달았다. 본네트
가 확 열리자, 그 내부에는 톱날 같은 상어 이빨이 빼곡하게
나 있었다.

"저것도 도시 생명이라네! 자동차어(漁)라고 불러야 할까.
하지만 저걸 생물이라도 불러도 될지."

"위험해, 티롤!"

그 자동차어 한 마리가 도로에서 뛰어올라 입을 벌리며 티
롤을 깨물려다가 미로의 활에 꿰뚫렸다. 이어서 한 마리, 또
한 마리씩 뛰어오르는 자동차어를 아쿠타가와의 왕집게발이
튕겨냈다. 자동차어는 그대로 멀리 후방으로 날아가 《다리 먹
는 자》의 입으로 들어가서 그대로 으득으득 씹어먹혔다.

비스코도 조금 전부터 《다리 먹는 자》를 향해 두 번째, 세 번째 화살을 날려서 진행을 막고는 있지만, 본 적도 없는 도시 생명의 약점이 어디 있는지도 모르는 데다 《다리 먹는 자》의 어마어마한 생명력에 밀려서 아쿠타가와와의 거리는 점점 줄어들었다. 미로도 차례차례 덤벼드는 자동차어를 대처하는 데 전념하고 있어서 고삐를 잡을 틈이 없었다.

『제한 속도를 준수합시다.』

전광 게시판이 점멸하면서 《다리 먹는 자》가 크게 고개를 흔들자, 부서진 다리의 잔해가 제각각 비스코 일행에게 쏟아졌다. 미로는 고삐를 잡아서 아슬아슬하게 피하려 했지만, 아쿠타가와는 파편에 걸려서 하마터면 넘어질 뻔했다.

"이대로 가면 도망칠 수 없을 것 같아. 미로! 방법은 있냐?!"

"……다리 먹는 자라……."

미로는 비스코 옆에서 《다리 먹는 자》의 거동을 노려보며 입 안의 롤러에 분쇄되는 다리를 한동안 지켜본 뒤, 순간 전격적인 번뜩임을 느끼며 두 눈을 크게 떴다.

"비스코! 모래 팽이버섯 타이밍 맞춰줘."

"알았…… 응? 모래 팽이버섯을?!"

"다리에 쏘는 거야! 간다!"

미로의 말이 끝나기도 전에 두 사람의 활이 번뜩였고, 무수한 화살이 아쿠타가와 뒤쪽, 지나간 다리 바닥판에 꽂혔다. 뽕, 뽕, 뽕! 하고 노란색 모래먼지가 일어나며 비스코의 모래 팽이버섯과 뭔가 흑색의 끈적한 버섯이 피어났다.

《다리 먹는 자》는 비스코의 활 요격이 없어지자 드디어 기세를 붙여서, 자신이 날린 자동차어를 씹어먹으며 엄청난 속도로 아쿠타가와에게 육박해왔다.

두 사람이 전력으로 활을 날리기 시작해서 고삐를 잡는 사람이 없어진 아쿠타가와는 《다리 먹는 자》가 날리는 방해물을 피하지 못하고 드디어 잔해와 정면으로 부딪쳐서 앞으로 구르며 안장 위의 세 사람을 지면에 내동댕이치고 말았다.

"으아아아아! 이, 이제 다 끝이야……!"

지표 아슬아슬한 위치에서 미로에게 잡힌 빨강 티롤은 지금 바로 자신을 물어 부수려던 《다리 먹는 자》의 위용을 위에서 보며 무심코 눈을 감았다.

"……웅? 으웅? 어라?"

"과연. 먹는 데 정신이 팔린 녀석이 상대라면, 그 입을 닫아버리면 되는 건가."

"이 녀석이 기계장치라서 떠올린 건데, 잘 풀렸네. 모래 팽이버섯하고 타르 머시를 섞었으니까, 어떤 톱니바퀴도 움직일 수 없어."

두 소년의 차분한 목소리를 듣자, 빨강 티롤은 조심조심 눈을 떠서 《다리 먹는 자》를 올려다봤다. 《다리 먹는 자》의 거대한 분쇄기는 지금 새까만 점성을 가진 것에 끈적하게 덮여서 끼긱끼긱끼긱 비명 같은 소리를 지르며 꿈틀거리고 있었다.

"이…… 이건! 점성을 가진 버섯으로 이 녀석을 막은 건가!"

"지느러미로 덮쳐올 거야! 아쿠타가와, 서둘러!"

최대의 무기가 봉쇄된 《다리 먹는 자》는 자신의 거대한 지느러미를 들어서 눈앞의 세 사람과 한 마리를 덮쳤다. 그 직전에 아쿠타가와에 뛰어올라 그걸 피한 일행 뒤편에서 교항이 크게 부서지며 잔해가 뿌려졌다.

"'싯!'"

두 소년이 등을 맞대고 날린 사슴뿔버섯 화살이 《다리 먹는 자》의 몸에 꽂혔다. 뽕! 하고 불꽃과 함께 피어난 사슴뿔버섯은 모래 섞인 검은 점액에 차례차례 인화되어 거대한 《다리 먹는 자》의 몸을 순식간에 홍련의 불꽃으로 뒤덮었다.

『규우우오오오오오오』

단말마의 절규를 내지른 《다리 먹는 자》는 『통행금지』 표시를 격하게 점멸하며 마구 버둥거렸다. 자동차어들도 마찬가지로 불꽃에 휩싸여 격하게 버둥거리면서 차례차례 다리에서 뛰어내렸다.

"비스코, 미로! 불길이 너무 강해! 다리도 불타버릴 걸세!"

"큰일 났다."

"큰일 났다, 가 아니잖아. 정말이지 비스코는 조절이라는 걸 모른다니까."

한층 힘차게 달리는 아쿠타가와 뒤에서 거대한 다리가 불길에 휩싸여 무너졌고, 거대한 《다리 먹는 자》의 몸도 그제야 바닷속으로 떨어져서 주변 일대에 물보라를 일으켰다.

"여어, 훌륭했네. 비스코! 즉석에서 나온 묘안으로 저런 괴물을 처리하다니…… 역시 자네는 인류 최고의 전사, 아니, 인류의 내일이라도 해도 좋아!"

"……너, 씌이고 나서는 솔직해졌네. 야, 좀 더 말해줘."

"뭘 히죽거리고 있는 거야. 작전을 생각한 건 나잖아!"

미로의 불만스러운 목소리에 겹쳐서 아쿠타가와가 부웅, 부웅! 왕집게발을 휘둘렀다.

"우왓! 미, 미안. 달린 건 아쿠타가와였지……!"

시끄럽게 소란을 부리는 일행은 조금 전에 일어난 미증유의 위기는 벌써 추억으로 넘겨버리고는 그대로 이미하마를 향해 서둘러 나아갔다.

4

효고현은 일본에서는 산업의 중심지라도 해도 좋을 도시로, 특히 군수산업은 수도인 교토의 백업도 있어서 한층 발달했다. 전국에 퍼져서 각 현에 생물 병기를 제공하여 이익을 벌어들이는 특대기업 마토바 중공도 이곳 효고에 본사를 두고 있다.

「돈에 인색해」, 「호랑이 위세를 빌리는 여우」 등등 결코 주변 평가가 좋은 현은 아니지만, 정부의 뒷배가 있기에 싸움을 걸지도 못하는지라, 달콤한 꿀을 빨아들이는 효고의 산업은 여전히 힘차게 성장하고 있었다.

—그러나 이것도 아무래도 얼마 전까지의 이야기였던 모양

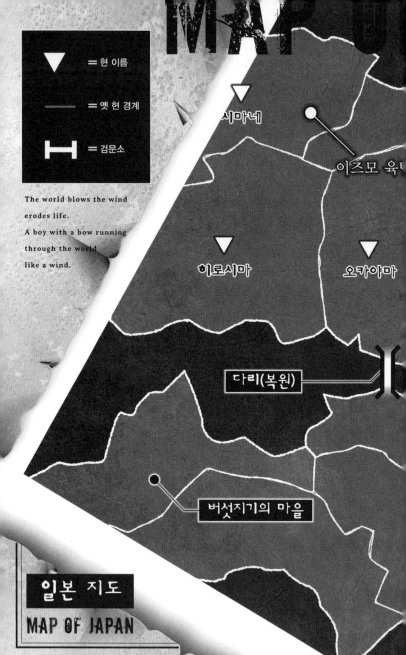

이라…….

소년들의 눈앞에 펼쳐진 효고의 거리는 다양한 공장들로 가득했던 예전의 모습과는 완전히 달라져 있었다.

"효고가, 이랬던가?"

"그럴 리가 없잖아! 여기 올 때는 좀 더 공장 매연이 굉장해서…… 뭐랄까, 철과 배관으로 되어있는 도시라는 느낌이었는데."

그곳에는 소년들이 가지고 있던 투박한 효고의 이미지와는 전혀 다른 미래적인 배경이 펼쳐져 있었다.

공업지대라는 것에는 변함이 없지만, 공장은 원래의 각진 것들이 아니라 순백의 원통형 건물이 늘어서 있었고, 예전에는 뭉게뭉게 솟구치던 흑연도 완전히 사라진 데다 도시 전체가 청결한 흰색을 유지하고 있었다.

거리를 뒤덮을 기세였던 철 배관은 투명한 파이프가 되어서 각각의 공장을 연결하고 있고, 그 안에서 컨베이어가 움직이면서 일정 간격으로 나란히 놓인 기계 부품들을 다른 공장으로 옮겼다.

공업은 잘 모르는 버섯지기들의 눈으로 봐도 뭔가 기능미로 가득한 모습이었다.

"효고현은 거의 완전히 《복원》되어버린 모양이야."

빨강 티롤이 두 사람 사이에서 갑자기 고개를 빼꼼 내밀며 말했다.

"마토바 중공은 포자를 특히 싫어해서 버섯을 세심하게 배제하고 있었으니까, 녹의 움직임을 막지 못했던 거겠지."

"누군가 사람은 남아있지 않은 걸까?"

"글쎄. 고베 포트 아일랜드를 중심으로 한 일대는 전부 안드로이드에게 제어를 맡기고 있었으니까. 사람이 살 수 있는 환경은 거의 없었을 걸세."

"그럼 이런 곳에 볼일은 없네."

비스코는 그렇게 말하며 「쿵」 하고 코를 훔치고는 약간 인상을 찌푸리면서 아쿠타가와의 속도를 높였다.

이 야생아는 일대에 풍기는 묘한 약품 냄새가 영 마음에 들지 않는 모양이었다. 흙과 초목 냄새가 풍기는 평소의 짐승길을 그리워하고 있다는 것은 파트너의 눈으로 보기에도 명백했다.

"당장 빠져나가자. 아쿠타가와도 싫어하고 있어."

"기다려. 비스코, 저거!"

무수하게 뻗은 투명한 파이프 위를 달리던 아쿠타가와 위에서, 미로가 멀리 있는 무언가를 가리켰다. 비스코가 그곳을 보자, 한층 크고 높다란 공장 위에서 새빨간 깃발이 펄럭이고 있었다.

"신호기야. 구난 신호를 보내고 있어!"

"생존자가 있는 건가? 저런 곳에?"

"그렇군. 저기는 원래 마토바 중공 본사였던 곳이야."

빨강 티롤이 멀리서 공장을 바라보며 소년들에게 말했다.

"저기만 《복원》이 어중간하군. 원래 공장의 흔적이 있어. 마토바의 사원들이 살아있을지도 모르겠는걸. 하지만 보아하니, 본사는 통째로 파이프에 덮여버렸으니까…… 단순히 밖으로 나가지 못하는 것 아니겠나?"

그야말로 귀찮은 표정을 지은 비스코에게서 고삐를 빼앗은 미로가 아쿠타가와의 방향을 바꿨다. 아쿠타가와는 공중에 뻗은 배관을 재주 좋게 밟고 뛰면서 투명한 파이프 무리에 덮인 마토바 중공 본사로 향했다.

"야! 마토바의 사원 따위는 내버려 둬도 되잖아! 생물을 조작해서 병기로 만들어버리는 녀석이라고!"

"비스코도 포자를 조작하잖아."

"그치만 나는 버섯지기니까……!"

"그치만이고 저치만이고 없어!"

미로는 파트너의 말을 가로막으며 상쾌한 목소리로 말했다.

"곤란한 사람이 있다면 도와야지! 나쁜 녀석이라면 그 후에 해치우면 되니까."

콰직, 콰직! 커다란 망치 같은 아쿠타가와의 왕집게발이 파이프를 절단하며 안에 있는 건물 벽에 겨우 구멍을 뚫었다. 파이프에서 뿜어져 나오는 작열 가스 탓에 일동의 머리나 피부는 완전히 검게 그을려버렸다.

"콜록, 콜록. 빌어먹을, 왜 이딴 짓을……!"

"내부는 꽤 넓네. 거기 있어, 아쿠타가와!"

소년들은 아쿠타가와를 입구에 남겨두고 정체 모를 공장 내부를 걸었다.

넓은 공간 중간에 놓인 발판에서 우웅우웅 구동음을 내며 움직이는 정체 모를 거대 기계나 뭔가를 주조하는 용광로 같은 것이 눈에 들어왔다.

"언뜻 투박해 보이지만. 이건 문명 붕괴 전의 공업 기술이라네. 외견은 몰라도, 이 공장의 내부는 이미 《복원》되어서…… 우, 우웨에엑."

"티, 티롤?! 갑자기 왜 그래?!"

미로는 벽에 달라붙은 어떤 도형을 보자마자 갑자기 구역질을 시작한 빨강 티롤에게 달려갔다.

"뭔가 안 좋은 가스라도 들이쉬었어?! 바로 조치를 취해야!"

"아, 아니. 괜찮네. 단지 **티롤**이, 마토바 중공에 트라우마가 있는 모양이라서…… 이 도면을 『납기』할 때의 기억을 보니까 갑자기…… 우웨엑."

두 사람은 아랑곳하지 않고 공장 안을 뛰어다니던 비스코가 뭔가를 봤는지, 묘하게 눈을 빛내며 두 사람을 불렀다.

가리킨 곳에는 기계가 토해낸 복수의 부품을 모아서 인간형의 무언가를 조립하는 모습이 보였다. 조립된 인간형 로봇은 그대로 컨베이어를 타고 공장 안쪽으로 들어갔고, 다시 조각 난 부품이 옮겨졌다.

"……저건, 철인 아냐? 신품이라 깨끗하지만, 구조는 똑같아!"

"오오. 저건 철인을 스케일 다운한 목인이라는 소형 로봇이로군. 형태는 비슷하지만, 주로 경찰 같은 곳에 배치하는 걸 목적으로 해서 만든 방어용이었을 걸세."

"소형이라니, 2미터 반은 되잖아."

세 사람이 한동안 그 모습을 지켜보던 중, 방의 굉음에 뒤지지 않는 커다란 소리가 위쪽에서 들려왔다.

"어, 어—이! 와아! 겨우 사람이 와줬네!"

세 사람이 그 목소리를 듣고 시선을 돌리자, 목소리의 주인은 뒤엉킨 계단을 오르락내리락하며 간신히 일행 앞에 도착해서 허억허억 거친 숨을 내쉬었다.

"다행이야. 콜록. 전혀 소식이 없어서. 이제 아무도 오지 않을 줄 알았어."

"괜찮아요. 저희가 구조할게요! 지금 어딘가 괴로운 곳은 없나요?"

"미, 믿음직하네. 좋아, 입사 시험은 패스야. 자, 바로 일을 도와줘."

"⋯⋯네?"

머리도 부스스하고 듬성듬성 수염이 난 남자는 뒤적뒤적하더니 세 사람에게 「마토바 연구소 실장 나마리 코베」라고 적힌 명함을 주고는 알아듣기 힘들 만큼 빠른 말투로 떠들어댔다.

"이, 콜록, 미지의 최신 병기, 목인의 해명을 서, 서두르고 싶거든. 할 일이 너무 많아서 뭐부터 손을 대야 할지 모르겠어. 인원이 너무, 콜록, 부족하니까. 무, 물론 원래는 너희가 흥미 있는 분야에 손을 대줬으면 좋겠지만 지금은 그런 말을 하고 있을 수가 없어. 당분간은 내 어시스턴트로—."

"잠깐—! 자, 잠깐 기다려주세요! 저희는 옥상에 있는 구난 신호기를 보고 여기에 왔다고요. 여기서 피난하려던 거 아닌

가요?!"

"무, 무슨 소리야. 콜록, 이런 근사한 시설에서 피난이라고?!"

남자는 전혀 거짓 없는 리액션으로 기침을 하며 말을 이었다.

"터무니, 콜록, 터무니없는 소리. 도시화해서 확대된 이 마토바 콤비나트는 그야말로, 콜록, 꿈만 같은 생산력을 가졌어. 이 새로운 시설을 다룰 인재가 너무 부족하니까, 구난 신호를 보낸 거야."

"에엑. 그게 무슨, 인원이 부족해서 그렇다니! 그 깃발은 인명에 얽혀있는 게 아니면……."

"인명이 얽혀있는 건 틀림없고말고."

실장, 나마리는 두꺼운 안경 위치를 고치면서 태연하게 답했다.

"우리는 기술자야. 콜록, 우수한 무기를 만들지 못한다면 바로 쓸모없는 존재. 밥 먹고 살 수가 없다고."

"목인 7호, 대상을 파괴하라!"

나마리 실장은 넓은 실험 부스를 내려다보며 조작실 마이크로 외쳤다.

부스에 나란히 늘어선 목인들 중 하나가 어색한 움직임으로 걸어와서 반대쪽에 있는 허수아비 같은 타깃을 향해 팔을 들었다.

"조, 좋~아좋아좋아…… 콜록, 느낌 좋은데. 그대로 쏴!"

목인 7호는 그 땅딸막한 팔을 철컥철컥 흉악한 무기로 변형

시켜서…… 무슨 생각인지 그걸 느닷없이 자신의 관자놀이에 대고 쐈다.

투쾅! 하는 파열음과 함께 목인의 머리가 몸통과 떨어져서 날아가더니 그대로 조작실 강화 유리창에 부딪쳐서 크게 금이 가버렸다.

"우, 우와아앗!"

충격으로 의자에서 떨어진 실장을 도와서 일으켜준 빨강 티롤은 약간 어이없다는 듯이 그 얼굴을 들여다봤다. 나마리 실장은 약간 마른 얼굴로 눈만을 빛내면서 거친 숨을 몰아쉬었다.

"으, 으~음. 또 실패군. 왜 바로 자괴해버리는 거지?"

"나마리 실장. 모습을 보니 오랫동안 자지 않은 것 같은데. 조금 쉬는 게 어때?"

"뭐, 뭘, 일주일 정도쯤이야, 자지 않은 것 축에도 들어가지 않는다고. 부스가 더러워졌군……. 아카보시, 네코야나기! 다시 청소를 부탁해!"

"알았다고."

실험 부스 안에서 마이크로 외치는 나마리 실장을 노려보던 비스코는 목인의 머리를 슬쩍 들었다. 미로도 그에 따라 이곳저곳에 흩어진 목인들의 시신을 끌어모았다.

"젠장, 청소 같은 거야말로 로봇이 할 일이잖아. 미로! 언제까지 이런 녀석한테 어울려줄 거야?!"

"어쩔 수 없잖아. 이 실험이 끝나면 연구자를 모아서 도망치겠다고 약속했으니까. 게다가……."

미로는 파괴된 목인의 부품을 빤히 바라보면서 파트너에게 말했다.

"티롤이 말하기로는 이 목인, 시코쿠에서 싸운 하얀 녀석과 구조가 비슷하댔어. 실험에 참가해서 약점을 밝혀내면 파우의 도움이 될지도 몰라."

부스 안에서 소년들이 부지런히 움직이는 한편, 빨강 티롤은 조작실 안을 돌아다니면서 내부 기계장치를 빤히 바라봤다. 그리고는 이윽고 감탄 절반 어이없음 절반이라는 듯이 팔짱을 끼며 한숨을 내쉬었다.

"과연. 어떻게 프로그램 없이 목인을 움직이고 있나 했더니만, 생물의 사고 패턴을 주입한 건가. 현대인이기에 가능한 기술, 이건 이것대로 굉장한 발명이지만……."

"……오, 오오! 오오챠가마는 생체 프로그램의 구조를 이해하는 건가?!"

빨강 티롤은 에너지 드링크를 한 손에 들고 다가온 나마리 실장을 돌아봤다.

"나마리 실장. 목인은 인간형 로봇이야. 곰이나 악어의 사고 패턴을 넣어봤자 손발 움직이는 법조차 모를 걸세. 뇌가 혼란에 빠져서 오버히트를 일으키면 조금 전처럼 자괴하도록 설계된 것 같네만."

"아하앙. 그, 그렇군. 외모 그대로 무척 섬세한 녀석인 건가."

"현대의 기계가 너무 조잡할 뿐이라고 생각하는데……."

빨강 티롤은 턱을 어루만지면서 뭔가 고민하고 있었지만, 이윽고 고개를 끄덕이더니 부스 안에 있는 소년들에게 「비스코, 미로, 이리 돌아오게」라고 부르고는 나마리 실장을 바라봤다.

"역시 이 생체 프로그램을 유용하게 사용하고 싶다면 인간의 사고 패턴을 적용하는 게 제일이겠지. 그거라면 목인도 문제없이 움직일 걸세."

"하, 하지만 자네. 생체 프로그램의 소체에 인간을 사용하는 건 악수야. 성공한 사례가 없어. 이성이 너무 강해서 무기로 쓰인다는 절망에 지배당하고 말거든. 그, 그야말로, 움직이자마자 자괴해버리지 않을까?"

"보통은 그렇겠지. 그래도 괜찮네. 의지력이 뛰어난 인간을 사용하면 되니까."

빨강 티롤은 거기서 퉁명스럽게 문으로 들어온 소년들에게 손짓하더니, 뚜벅뚜벅 들어온 두 사람 사이에 끼어서 팔을 끌어당기고는 실장을 향해 발랄하게 웃었다.

"여기에 엄선된 세 명의 인간이 있네. 우리의 피를 사용해서 생체 정보를 추출해보지 않겠나, 나마리 실장."

"좋아. 목인 티롤^원 1, 구동 개시!"
나마리 실장이 조작실에서 무수하게 놓인 버튼 하나를 누르자, 핑크색으로 칠해진 목인이 푸슈우욱 연기를 내뿜으며 이윽고 천천히 일어났다.

『티롤 1. 시스템. 기동합니다.』

““오오오!””

나마리 실장과 동시에 비스코와 미로도 무심코 목소리를 높였다. 티롤의 혈액으로 추출한 티롤 프로그램을 탑재한 목인은 신형 로봇 티롤 1이 되어 일행 앞에서 당당히 기동한 것이다.

"아직이야, 실장. 명령을 내려보게나."

"조, 좋았어! 티롤 1, 대상을 파괴하라!"

『알겠. 습니다.』

티롤 1은 눈에서 눈부신 라이트를 대상에게 조사했다.

『공격대상. 무기물. 행동 레벨 6. 난이도. B.』

"오오오, 굉장해! 대, 대상의 상태까지 분석하다니!"

『계산. 완료.』

"조, 좋았어. 가라, 티롤 1!"

『200 닛카. 받습니다.』

"··········뭐?"

티롤 1은 거기서 분석을 멈추고, 철컹철컹 조작실을 돌아보더니 손바닥을 나마리 실장을 향해 내밀었다.

『업무. 요금. 200 닛카. 입니다.』

멍하니 굳어진 실장과, 굳어진 표정의 빨강 티롤 뒤에서 비스코가 견디지 못하고 웃으며 나뒹굴었고, 미로도 필사적으로 웃음을 참았다.

"꺄하하하하! 이, 이 녀석, 티롤의 피를 이어받아서 돈에 인색하잖아. 크, 크히히히힛……! 들어본 적 있냐? 억척스럽게 장사하는 로봇이라니."

"……이, 일단, 쳐보자."

실장이 부스 암을 조작해서 딱 200 닛카를 주자, 티롤 1은 그걸 입 안에 주르륵 집어넣고는 곧바로 대상을 향해 완부 캐논포를 날렸다.

콰콰콰! 하고 작렬하는 소리를 내며 허수아비 타깃이 부서졌다. 성과는 충분했지만, 실장의 표정은 별로 밝지 않았다.

"실장, 어떤가요? 잘 된 것 같은데요."

"으, 으으음. 성능은 전혀 문제없는데…… 일일이 돈을 받는 로봇이라니 사, 상품화할 수가 없잖아. 유감이지만 이건 창고 행이겠어……."

『탄약비. 200 닛카. 받습니다.』

"알았어 알았어! 주, 줄 테니까 창고로 돌아가!!"

『미로 아인. 기동합니다.』

전신을 하늘색으로 컬러링한 목인이 스마트하게 일어났다. 나마리 실장은 이번에야말로 기쁜 듯이 얼굴을 빛냈다.

『도움이 되겠습니다. 명령을.』

"와아, 보라고. 이 지성을! 와, 완전한 목인이 완성됐어."

미로 아인의 시원스러운 음성에 실장이 춤을 췄다. 그리고 후훗, 하고 싫지만은 않은 듯이 미소를 짓는 미로 옆에서 비스코가 끼어들었다.

"아니~? 과연 그럴까? 뭔가 명령해보라고."

"조, 좋아. 미로 아인, 대상을 파괴하라!"

『알겠습…….』

나마리 실장이 지령한 타깃을 본 미로 아인의 움직임이 멈춰버렸다.

"왜, 왜 그러나? 미로 아인?!"

『명령을 수행할 수 없습니다.』

"에엑, 어째서?"

『불쌍하니까요.』

"부……."

또다시 깔깔 웃으며 뒹구는 비스코 앞에서 미로의 안면이 새빨갛게 물들었다. 미로 아인이 미로의 성격을 이어받은 건 확실해 보이지만, 드러난 부분이 너무나도 노골적이었다.

"불쌍하다니, 그치만, 그건, 그냥 고철이잖나. 미로 아인."

『저도 강철로 되어있습니다.』

"그, 그래도……."

『인간은 시신을 상처입히는 짓을 합니까? 이 고철도 예전에는 동포의 몸이었던 것. 제 윤리관으로는 그걸 파괴할 수 없습니다. 자, 다른 명령을. 뭐든 도움이 되겠습니다.』

나마리 실장은 거기서 입을 다물고는 깊은 한숨을 내쉬었다. 미로가 마이크에 입을 대고 「미로 아인, 수고했어. 대열로 돌아가」라고 말하자, 하늘색 로봇은 순순히 따라서 목인 대열로 돌아갔다.

"저렇게 성능 좋은 로봇인데. 아, 아깝게……."

"저는 솔직하고 착한 아이라고 생각하는데요."

"안 되잖아. 이, 인정이라는 감정을 가진 프로그램이라니, 콜록, 병기에는 방해될 뿐이야."

"그렇게 그를 병기라고 단정 짓는 건……!"

약간 감정적인 태도의 미로와 실장 사이로 끼어든 빨강 티롤이 두 사람을 타일렀다.

"워워. 아직 진짜가 남아있지 않은가."

그렇게 말하며 벽에 기대서 팔짱을 낀 비스코를 돌아봤다.

"울든 웃든, 약속대로 이게 마지막이네. 비스코 로보로도 안 되면 얌전히 모두를 피난시켜달라고? 실장."

"으~음. 아, 알았어. 약속이니, 어쩔 수 없지……."

"야! 뭐야 그 다 포기한 듯한 낯짝은. 굉장한 로봇이 될지도 모르잖냐!"

비스코는 성큼성큼 걸어가서 실장 옆에 털썩 앉았다.

"국장, 안심하라고. 이 녀석들의 로봇이 별 볼 일 없는 움직임을 보이는 사이에, 내가 확실히 설계도를 만들어놨으니까."

"구, 국장이 아니라, 실장…… 어, 아카보시. 네가 도면을 그린 거냐!"

"이걸 보라고."

비스코가 진지함 그 자체로 펼친 그림에는 매우 독창적인 화풍의 로봇 그림이 큼지막하게 그려져 있었고, 머리 위에는 『아카보시 1호』라고 자랑스럽게 적혀있었다.

"이 눈은 녹색 빔 사출 기구를 가졌어. 왼손은 드릴, 오른손은 망치야. 무릎에서는 용해액이 나오고, 입에서는 1조 도의 화염구를 토하지."

"……이, 이 목의 머플러에는, 무슨 의미가?"

"당연히 세련된 장식이지. 촌스러운 걸 묻지 말라고?"

일행은 비스코의 「설계도」를 보며 진저리를 쳤다. 진지함 그 자체인 본인을 어떻게든 납득시키기 위해, 나마리 실장이 신중하게 말을 골라서 설명했다.

"매, 매우…… 콜록, 매력적인 설계지만. 아카보시, 먼저 너의 피와 소체의 상성 체크를 해야 해. 이런 무장을 갖추는 건, 그 후가 되겠지……."

"그러냐. 알았어."

비스코는 나마리 실장의 말을 바로 납득하고는 부스 안을 들여다보며 결연하게 팔짱을 꼈다.

"그럼 당장 시작하자고. 걱정하지 마. 반드시 성공할 테니까."

'이, 이 자신감은 대체, 어디에서……'

비스코의 협력적인 태도와 기대감으로 빛나는 두 눈을 보자, 미로와 빨강 티롤은 얼굴을 마주 봤다.

"눈을 반짝반짝 빛내면서 뭘 두근거리는 거야. 정말, 어린애네!"

"과학의 진보에 찬물 끼얹지 마."

"실패하더라도 우리에게 화풀이하지는 말아주게, 비스코."

"시끄러—! 내 로보는 너희와는 달라. 잘 보라고!"

"조, 좋아! 다음 목인을 세팅해줘!"

실장의 부름에 따라 몸을 새빨갛게 칠한 위엄 있는 목인이 컨베이어를 따라 실험 부스 중앙으로 들어왔다.

"그럼, 간다. 아카보시 1호, 기동하라!"

기동 명령이 스피커를 지나 부스 안에 울렸다.

4초, 5초……

명령한 지 십여 초가 지났지만, 붉은 목인이 움직일 기색은 없었다.

"자, 실패."

"그럴 리가 없어! 국장, 다시 기동해!"

조롱하는 미로에게 고함친 비스코가 옆에 있던 실장의 목을 흔들던 그 사이.

「부오옹」 소리를 내며 목인의 눈에 비취색 빛이 켜졌다.

"아앗! 움직였다!"

"어?! 아, 진짜다……. 어떠냐 인마! 국장! 뭔가 명령해봐."

"자, 잠깐만…… 멋대로 움직이는데……?"

부스 안에서는 아카보시 1호가 신기한 듯이 부스 안을 이리저리 걸어 다니면서 비취색 라이트를 두리번두리번 돌리며 이곳저곳을 바라봤다.

이윽고 부스 구석에 쌓아둔 검은색 절연 시트를 들고는 그걸 괴력으로 찌지직 뜯어서 그걸 외투처럼 둘렀다. 그 풍모는 마치 자신이 외투를 입은 버섯지기라고 주장하는 것 같았다.

"아앗, 귀, 귀중한 소재를. 아카보시 1호! 멋대로 움직이지 마라!"

"······큰일 났다."

조금 전부터 아카보시 1호의 움직임을 지켜보던 미로가 무심코 중얼거렸다.

"설마 했는데, 만약 저게 정말로 비스코의 성격을 이어받았다면······!"

"지정한 위치로 돌아가라, 아카보시 1호!"

"소장님! 잠깐······!"

"아카보시 1호! 『명령에 따라라』!"

스피커에서 그 말이 나오자, 아카보시 1호의 안광이 확 강해졌다. 강력한 비취색 하이빔이 조작실을 비추며 일행의 눈을 가렸다.

"화났다?! 큰일 났어, 비스코!"

"바보 같은 소리 하지 마. 내 피를 사용한 로보가 그렇게 성급할 리가 없어."

"좀 더 자신을 잘 보라고! 아, 실장님. 기다려요!"

버섯지기 두 사람이 각자 티롤과 나마리 실장의 몸을 안고 뛰쳐나온 동시에, 조작실 유리창을 뚫고 거대한 철골이 꽂혔다. 아카보시 1호가 어마어마한 완력으로 부스의 철골을 뜯어서 그걸 실장을 향해 던진 것이다.

"생각이 얕았어! 비스코의 피로 만든 로봇이 말을 들을 리가 없다고!"

"제, 젠장······ 미로! 국장을 부탁해!"

비스코는 비스코 나름대로 책임감을 느끼는지, 기절한 실장을 파트너에게 맡기고 그대로 부스 안으로 뛰어들어서 미쳐 날뛰는 아카보시 1호에게 달려들었다.

"명색이 내 피를 이어받았다면, 좀 더 예의 바르게 있으라고!"

비스코는 요격하려는 아카보시 1호의 주먹을 피한 뒤 공중으로 몸을 날려 그 거구를 뛰어넘고는 손에 든 활로 뒷머리를 힘껏 후려쳤다. 비스코의 무식한 힘 덕분에 아카보시 1호의 머리 장갑이 뜯겨나갔고, 안에서 단선된 케이블 몇 가닥이 머리털처럼 튀어나왔다.

그러나 아카보시 1호도 아직 지지는 않았다. 그 거구로 몸을 돌리더니 부우웅!! 하고 강철 통나무 같은 팔로 하늘을 가르며 공중에서 비스코의 옆구리를 후려쳤다. 비스코는 활을 들어서 간발의 차이로 막았지만, 터무니없는 위력에 날아가서 부스 바닥에 처박혔다.

"비스코!"

"괜찮아! 손대지 마, 미로!"

절연 망토를 펄럭이며 덮쳐오는 아카보시 1호를 응시한 채, 비스코가 자세를 다잡고는 도마뱀 발톱 단도를 뽑았다. 그리고는 조금 전 발차기에 맞아서 목구멍을 타고 올라온 피를 「퉤!」하고 뱉어버렸다.

비스코의 피에 맞은 단도는 녹식의 힘으로 도신을 물들이며 태양의 빛을 발했다.

"이걸로!"

내리치는 주먹 망치를 피한 비스코는 그대로 아카보시 1호의 품으로 파고들어서 허리 관절부를 향해 녹식 단도를 꽂았다. 단도를 비틀면서 힘을 주자, 비스코에게서 뿜어져 나온 태양의 포자가 단도로 전해졌고, 이윽고.

뽕, 뽕!

중간 크기의 녹식이 강철의 장갑을 뚫고 나왔다.

『고오오!』

전신의 회로를 먹혀버린 아카보시 1호는 크게 울부짖더니 힘을 쥐어짜서 비스코를 떼어내고 미로 방향으로 던졌다. 그러나 깊은 상처를 입은 몸은 그 전의를 따라가지 못했고, 지금까지의 기세를 잃고 휘청휘청 벽에 기대고 말았다.

"비스코!"

"알고 있어!"

비스코는 파트너의 목소리에 응해 활을 끼릭끼릭 당겼다. 그 시선 너머에는 비취색 하이빔으로 똑바로 자신을 바라보는 아카보시 1호의 모습이 있었다.

"⋯⋯⋯⋯⋯."

푸슝!

빠꿈! 작렬한 녹식 화살은 부스의 두꺼운 벽을 뚫었고, 바깥의 푸른 하늘빛이 어두운 부스를 비췄다.

자기 바로 옆에 피어난 태양의 버섯과 그 너머에 펼쳐진 푸른 하늘을 본 아카보시 1호는 갑자기 힘을 되찾더니 검은 외투를 펄럭이며 울부짖고는 비스듬히 뻗은 녹식을 타고 올라가 그대로 공장 밖으로 도망쳤다.

"아앗! 뭐 하는 거야 비스코?!"

"빗나갔어."

"에에엑?!"

"손이 미끄러졌어."

노린 상대는 반드시 처리하는 비스코의 활 실력을 미로가 모를 리가 없었지만, 그 이상 추궁하는 것도 촌스러웠기에 약간 어이없긴 했어도 지금은 입을 다물기로 했다.

"미로! 이리 와주게. 실장이 다쳤어."

빨강 티롤의 부름을 들은 소년들이 실장에게 달려갔다. 깨진 강화 유리가 잿빛 셔츠의 복부에 박혀서 선혈로 물들어 있었다.

"으…… 으으…… 나는, 이제 틀렸어. 누, 누가 좀, 연구 데이터를 이어받아서……."

"나마리 실장님. 이 정도는 괜찮아요. 바로 제가."

미로가 의료 용기를 품에서 꺼내는 사이 철컹철컹 기계음이 네 사람에게 달려오더니, 그 하늘색 거체가 실장을 내려다봤다.

『이거 큰일이네요. 바로 치료하죠. 괜찮아요, 저한테 맡겨주세요.』

"미…… 미로 아인?!"

어안이 벙벙해진 일행 앞에서, 미로 아인은 입에서 차례차례 의료 용기를 꺼내더니 엄청난 정확도로 소장의 환부를 치료하고는 봉합까지 순식간에 끝내버렸다.

『아픔은 있으신가요?』

"아, 아니, 전혀. 미로 아인. 고, 고맙다!"

『당연한 일을 했을 뿐이죠. 언제든 도움이 되겠습니다.』

철컹, 철컹 대열로 돌아가는 강철의 거구를 배웅한 일행은 어안이 벙벙해진 채 굳어졌다.

"일을 빼앗겼어. 굉장하네, 미로 아인."

"그나저나 유감이네, 실장. 결국 실험은……."

"실험은, 대, 대성공이야!"

빨강 티롤의 말을 가로막은 나마리 실장은 환희에 넘친 목소리를 내질렀다. 그리고 그대로 미로의 손을 잡고 붕붕 흔들더니 몸까지 끌어안았다.

"저런 고, 고성능 의료기술을 가진 로봇이라니, 고금에 전례가 없어! 네코야나기 덕분이야. 저, 저건 세상을 바꿀 신상품이 될 거야!"

"끄에엑! 실장님, 괴로워요……. 따, 땀 냄새 나―!!"

"근데 괜찮은 거냐? 마토바 중공은 군사 병기 전문이잖아. 저런 잡동사니도 못 부수는 로봇, 팔 수는 있고?"

"무, 물론이고말고. 의, 의료용 로봇은 전쟁이 벌어졌을 때야말로 필요한 거고, 평화로울 때도 수요가 있어. 콜록, 생각해보면, 부수기만 하는 병기보다 훨씬 로망이 있잖아!"

나마리 실장은 거기까지 말하고는 뭔가 생각난 듯이 허리춤의 파우치를 조작해서 두꺼운 닛카 다발을 미로의 주머니에 넣어줬다.

"지금 수중에는 이 200만밖에 없어. 미, 미안하다. 제, 제품화된다면 매월 5퍼센트를 주겠어! 자아, 연구원을 모아서 미로 아인의 양산화에 들어가야…… 와아, 바, 바빠지겠어. 정말로, 미래가 단숨에 밀려오는 것 같아!"

"결국, 마토바 사람들은 다들 저기에 남는 것 같아."

투명한 파이프 위를 재주 좋게 달리는 아쿠타가와 위에서 미로가 한숨을 내쉬었다.

"구해주러 갔는데, 반대로 정착해버렸어……. 대체 뭐야."

"딱히 그건 됐어. 이 정체 모를 도시가 낙원으로 보이는 녀석도 있다는 뜻이잖냐."

"비스코의 말대로, 그들은 저래도 될지도 모르네. 게다가 미로의 의료 로보가 일본에 보급된다면 그건 그것대로 사람들을 위해 좋겠지."

"그건 그럴지도 모르지만."

미로는 두 사람의 말을 들어도 뭔가 석연치 않은지, 파트너에게 고삐를 맡기고 먼 곳을 바라봤다. 그러다가 문득 빛나는 한 줄기 비취색 광채를 알아채고는 그곳에 시선을 보냈다.

"……아앗! 아카보시 1호!!"

지표에 높이 솟은 파이프 위에 서서 검은 망토를 펄럭이는 붉은 목인이 달리는 아쿠타가와를 지켜보고 있었다. 파괴된 뒷머리에서 뻗은 케이블이 바람을 맞아서 마치 비스코의 머리처럼 흔들렸다.

"비스코! 쟤, 저렇게 내버려 둬도 돼?!"

"나는 아무것도 안 보여."

"이 녀석. 바로 정이 든다니까. 식인종 아카보시, 다정해. 이름만 못해."

"너는 조릿대라도 처먹고 있어!"

달려가는 아쿠타가와의 등을 배웅한 아카보시 1호는 라이트를 반짝반짝 빛내고는…… 이윽고 망토를 휘날리며 자신도 어딘가로 떠나갔다.

5

교토부.

일본에서 가장 강대한 군사력, 정치력을 가진 나라의 중추이던 곳이다. 교토부민의 생활 기준은 현대 일본에서도 매우 높은 수준이며, 누구나 그 우아한 생활을 동경하고 있었다.

그러나 그것도 바로 일주일 전까지의 일이다.

기계 인형들의 집중적인 도시화 공격을 받은 교토부청 「금각」은 고작 하루도 버티지 못하고 함락되었고, 금빛으로 빛나던 건축물도 순식간에 거대한 도시 빌딩으로 변해버렸다. 교토의 높으신 분들은 미지의 외적에게 겁을 집어먹고 체면도 차리지 못한 채 도망쳤고, 설명할 책임을 떠맡을 것 같은 요직의 인간들도 차례차례 도망, 끝으로는 공무원, 시민에 이르기까지 거미새끼 흩어지듯이 교토부에서 도망치고 말았다.

"그렇게 거드름 피워놓고서는, 여차할 때는 이 꼴이란 말이지."

비스코는 교토부의 매우 훌륭한 검문소를 바라보며 한숨을 내쉬고는 얼굴에 덮고 있던 붕대를 풀었다.

검문소에도 이미 사람 한 명 없고, 중후한 문은 활짝 열려 있어서 이미 검문의 역할을 하지 못하고 있었다.

"텐카토 차림새를 한 거, 헛수고였네."

"이럴 줄 알고 있기는 했지만 말이지. 뭐, 됐어. 수고를 덜었으니까."

"티롤과 아쿠타가와, 불러올게!"

황급히 돌아가는 미로를 배웅한 비스코는 검문소에 주르륵 붙은 현상범 종이에서 자신과 파트너의 것을 찾고는, 떼어내서 빤히 살펴보다가 품에 넣었다.

"비스코! 일단 아라시야마 쪽으로 가서 아쿠타가와를 쉬게 하자. 우리도 배가 고프니까."

"응."

"응? 뭐야 이거?"

"네 수배서야."

비스코는 아쿠타가와에 올라타서 둥글게 만 종이를 건네주더니 하품을 하며 말했다.

"상금을 주는 교토부가 망해버렸으니, 이제 그 종이도 볼일 없잖냐. 한 장 정도는 기념으로 가지고 있으라고."

"에엑. 이 식인 판다를?!"

"병원에 붙이라고."

"손님이 멀어질 거야!!"

"뭘 보는 건가?"

빨강 티롤이 빼꼼 고개를 내밀고는 미로가 펼친 수배서를 바라봤다.

"아아, 이게 그 미로의 수배서인가! ……그나저나 사진이 낡은 것 같군. 지금의 미로는 좀 더 예리하고 늠름한 표정을 하고 있는데."

"뭐~~어엇!! 진짜야? 티롤?! 와아~ 기뻐라!!"

"판다 얼굴의 변화 같은 건 난 모르겠지만 말이지. 가자, 아쿠타가와!"

"그러는 자네는 어떤가? 비스코. 자네의 수배서도 보고 싶은데."

"……나는 됐어. 자, 확실히 잡고 있어."

"왜 그런가? 딱히 부끄러운 것도 아닐 텐데."

"싫어!"

"내가 가지고 있으니까 보여줄게. 자, 이거."

"와아. 이거 흉악한 얼굴이군……. 교토부도 심술이 많다니까. 진짜는 좀 더 순박하고……."

"시끄러—!! 빨리 잡아, 바보 자식아!"

아쿠타가와는 일단 피곤한 다리를 쉬기 위하여 이미 인적이 사라진 교토의 거리를 넘어가서 아라시야마 계곡을 향해 달렸다.

새소리가 지저귀는 녹색 계곡에서 폭포가 쏴아쏴아 떨어졌다. 그 폭포 호수에 가라앉았던 커다란 오렌지색 갑각이 뽀글뽀글 떠올랐고, 때때로 데굴데굴 옆으로 구르며 하얀 배로 폭포수를 맞았다.

"푸핫. 아쿠타가와, 기분 좋아? 지금까지 수고 많았어!"

미로는 잠수했던 수면에서 뛰쳐나와 물보라를 흩뿌리며 아쿠타가와에게 「싱긋!」 웃어줬다. 아쿠타가와의 모티베이션은 스피드에 큰 영향을 주기 때문에, 소년들은 이 대게 전사에게는 항상 윤택한 생활을 시켜주기로 정해놨다.

미로도 오랜만에 목욕을 해서 몸을 달래고, 하얀 피부를 푸른 물줄기에 띄우면서 깊은 숨을 내쉬었다. 예전에 이미하마에 갇혀있을 때와 비교하면, 몸에 (누나 정도는 아니지만) 살짝 근육이 잡혀서 버섯지기의 강하고 탄력 있는 아름다움을 겸비하고 있었다.

"……비스코! 헤엄 안 쳐?! 그렇게 차갑지 않아!"

미로가 개울가에 있는 파트너를 불렀지만, 비스코는 작은 쇠항아리에 불을 피우고는 그걸 빤히 노려보고 있었다. 이곳에 올 때까지 화살을 꽤 많이 사용했기 때문에, 버섯독 보충을 해둘 작정인 모양이었다.

"독을 끓이고 있어? 이제 그만 조제기를 사용하면 될 텐데. 안전해."

"바보 자식아. 그런 건 악당이나 하는 짓이야. 조합에 실패하면 죽는다는 각오. 버섯독을 사용하는 이상, 그것이 버섯에 대한 예의라고."

"전시대적이네."

"쉿쉿."

파트너에게 쫓겨나고 만 미로는 재미없다는 듯이 벼랑으로 올라가서 몸을 닦고, 버섯지기의 튜닉과 바지로 갈아입었다.

문득 어딘가에서 시선을 느끼고 돌아보자…….

"미로. 잠깐 이리로……."

"티롤?"

바위 뒤에서 피부를 드러낸 빨강 티롤이 뺨을 새빨갛게 물들이며 미로를 향해 「휙휙」 손짓을 보내고 있었다.

"저기 말이야, 티롤. 이제 와서 그런 농담은 안 통해. 우리는 이제 친구이고……."

"아니야! 그, 그게…… 아무튼 이리로 와주게, 미로. 나는 모르는 게 너무 많아."

그 목소리는 묘하게 절박해서, 평소의 장난기 많은 모습은 조금도 없었기 때문에 미로도 멍하니 입을 벌리면서 바위 뒤로 걸어갔다.

"왜 그래? 티롤."

"미로. 그, 그게……."

빨강 티롤은 바위 뒤에서 고개만 내밀고는, 새빨간 눈을 크게 뜨면서 안절부절못하게 말했다.

"긴 여행의 피로 탓에 『티롤』이 잠들어버려서. 소, 속옷…… 속옷 입는 법을 모르겠네. 아니, 남자인 자네에게 묻는 건 이

상하겠지만, 비스코보다는 나을 것 같아서⋯⋯."

"⋯⋯⋯⋯뭐어어~~~?!"

"쉬잇~! 비스코가 듣잖나. 부, 부탁이네. 저기, 입는 법을 가르쳐주게."

아무리 그래도 티롤의 장난치고는 너무 번잡하고, 빨강 티롤 자신도 꽤 곤란한 모양인지라, 미로는 망설임 없이 티롤에게 걸어가서 허둥대고 있는 빨강 티롤을 진정시키고 재빨리 속옷을 가슴에 입혀줬다.

"어, 그걸, 어떻게⋯⋯ 아, 앗, 입었다. 그렇군⋯⋯ 고, 고맙네!"

"그대로 앞을 보고 있어. 머리도 묶어줄 테니까."

"미, 미안하네. 그래도 이것만큼은 어쩔 수가 없어서⋯⋯."

핑크색 머리를 미로에게 맡긴 빨강 티롤은 땀을 흘리면서 미로를 엿봤다.

"그, 그나저나, 미로. 자네도 남자면서 꽤 익숙하군. 역시 의사라서 그런가?"

"그것도 있지만. 파우는 정신 풀고 있으면 바로 벗어 던지니까, 내가 억지로 입혀줬거든. 머리 묶는 법도⋯⋯ 파우가 데이트 나갈 때 내가 해줬으니까."

"오오, 파우가 데이트를⋯⋯ 확실히 그런 미모니까 남성에게는 무척 인기가 많았겠지!"

"사귀기 시작할 때까지는 좋은데, 애정과 근력이 너무 강하단 말이지. 데이트 중에 다른 여자아이를 보기만 해도 바람피운 취급을 하질 않나. 헤어졌다는 남자들, 다들 목뼈가 구부

러져 있더라고~."

"……뭐, 뭐어, 그 정도의 여걸이니까. 어울리는 남자를 고르려면 그 정도가 딱 좋을지도 모르지……."

트레이드 마크인 네 개의 땋은 머리를 다 묶고 옷까지 확실히 입혀주자, 빨강 티롤은 빙글 돌면서 머리를 흔들고는 미로를 보며 만족스럽게 팔짱을 꼈다.

"정말 어떻게 되는 줄 알았어. 고맙네, 미로!"

"천만의 말씀. 근데 하나 물어볼 게 있는데."

"뭔가, 새삼스럽게. 뭐든지 물어주게나!"

"**네가** 과연 누구인지."

살짝 목소리를 낮춘 미모 속에서, 푸른 불꽃이 얼음처럼 깜빡였다.

"더 캐묻지는 않겠어. 사악한 기운은 느껴지지 않고, 티롤을 소중히 대해주고 있으니까. 우리의 적이 아니라는 건 이미 알고 있어."

티롤이 침을 삼키는 소리가 계곡에 울리는 폭포 소리에 지워졌다.

"……미, 미로, 그건……."

"하지만 **네가** 그것조차 계산한, 우리보다 훨씬 뛰어난 책사일 가능성도 부정할 수는 없어. 그러니까 만약 네가 비스코에게 묘한 움직임을 보인다면……."

미로답지 않게 내리깐 목소리, 얼음덩어리 같은 미로의 예리한 시선을 받자, 빨강 티롤의 미간에도 한 줄기 땀이 흘렀다. 한동안 침묵이 이어진 뒤, 미로는 활짝 웃음을 되찾고는 티롤의 어깨를 두드리며 아무 일도 없었다는 듯이 자기 외투를 작은 몸에 덮어줬다.

"이상한 소릴 해서 미안. 잊어줘! 슬슬 생선이라도 구울까!"

"미로…… 미로, 기다려주게!"

빨강 티롤은 등을 돌리며 걸어가는 미로를 향해 목소리를 높였다. 미로가 돌아보자, 빨강 티롤은 폴짝폴짝 뛰어서 다가서더니, 결의한 듯이 고개를 들었다.

"나, **나의**…… 정체를 말하려면."

자연스레 볼륨이 커진 빨강 티롤의 말을 「쉬잇」 하고 제지한 미로가 귀를 가져갔다.

"뜬구름 잡는 이야기를, 해야만 했다네……. 그야말로 씌인 것 취급을 받아서 자네들의 불신감을 살지도 모를 거라 생각했지. 그래서……."

"이제 괜찮아. 믿고 있으니까. 나쁜 녀석이라면 빙의한 몸 같은 건 소중히 하지 않으니까. 하물며 그…… 조금 조신한 가슴인데도 예의 바르게 속옷을 입히려는 생각은 하지 않아."

미로는 빨강 티롤과 얼굴을 마주하며 웃었다.

"단, 이야기하는 건 나한테만 해. 비스코에게는 아직 입 다물고 있는 게 좋아."

"여, 역시…… 비스코는, 믿어주지 않는다는 건가?"

"그게 아니라."

미로는 거기서 비스코를 힐끔 곁눈질해서 개울 건너편에서 쇠항아리를 노려보는 모습을 확인한 뒤, 그래도 주의 깊게 빨강 티롤의 귓가에 대고 속삭였다.

"머리 쓰는 일은 내 담당이니까. 비스코는 지금까지처럼 씌인 거라고 생각하는 편이 여러모로 편해."

"과, 과연…… 그래도 미로, 자네는 괜찮은 건가? 정말로 황당무계한 이야기인데."

"잠깐만. 나를 비스코와 똑같이 보지는 말라고."

거기서 미로의 목소리가 비스코의 밝은 귀에 닿았는지, 레이저 같은 안광이 미로를 포착했다. 미로는 황급히 얼버무리려는 듯이 손을 흔들고는 티롤의 귓가에 입을 대고 속삭였다.

"나라면 괜찮아. 학교는 나왔으니까."

"비스코, 봐주게. 내가 위성을 재킹해서 촬영한 사진이라네."

"……응? 식인 판다. 80만 닛카. 신장……."

"비스코. 뒤, 뒤."

"적당한 사진이 그것밖에 없었거든. 뒤쪽에 복사했다네. 아무튼 이건 교토부청을 확대해서 찍은 건데, 현청 정상에서 뻗어 나오는 거대한 철도 시설을 확인할 수 있겠지?"

"……위성이 뭔데? 이거, 하늘에서 찍었어? 어, 언제?"

"전혀 이야기가 진행되지 않는군!"

"비스코. 아무튼 간에."

미로는 구운 때까치물고기를 씹으면서 위성 사진을 멍하니 바라보던 비스코를 타이르면서 말했다.

"이 철도를 사용하면 군마 부근까지 단숨에 갈 수 있을지도 몰라. 그러니까 길을 바꿔서, 교토부청으로 가보자는 거야."

빨강 티롤의 헛소리라고 생각해서 듣고 있었는데 갑자기 파트너가 끼어들자, 비스코는 씹고 있던 생선을 흘리며 「앗 뜨거!」 하고 외쳤다.

"미로 너, 제정신이냐?! 씌인 녀석이 하는 말이라고?!"

"말투가 변했을 뿐이지, 알맹이는 평소의 티롤이야. 시모후키에서 광차를 움직여줬던 거, 잊어버렸어? 토지의 특색이라든가 기계 같은 건 옛날부터 우리보다 티롤이 훨씬 능숙하잖아."

"뭐어—엇, 진심이냐—?"

비스코는 새삼스레 그 위성 사진을 빤히 노려보고는, 그걸 아무리 들여다봐도 아무것도 모른다는 결론에 이르고는 체념한 듯이 그걸 티롤에게 떠넘겼다.

"뭐, 미로가 말한다면야 그렇겠지. 알았어, 그곳으로 가자."

"비스코!"

"알았으니까 티롤 너도 먹어. 지금 먹지 않으면 아쿠타가와한테 뺏긴다?"

"아, 알았네! 오오…… 민물고기는 이렇게 먹는 건가……."

"바보. 때까치물고기는 먼저 부리를 떼는 거야. 이렇게 위아래로 찢어서……."

빨간 눈을 반짝반짝 빛내면서 생선구이를 먹는 빨강 티롤과, 먹는 법을 가르쳐주는 파트너. 미로는 그런 소란스러우면서도 어쩐지 마음이 따스해지는 광경을 푸른 눈동자로 지켜보면서 한동안 부드러운 미소를 지었다.

"우와앗~ 비스코, 저거 봐봐!"

"정말로 저게 부청이야? 정취가 조금도 없구만."

"원래 교토부청, 이른바 『금각』도 화려하기만 하고 불쾌한 건물이었네만."

빨강 티롤은 미로의 어깨 너머에서 눈을 가늘게 뜨고는 멀리서 우뚝 솟은 거대한 건조물을 바라봤다.

"막상 이렇게 완전히 도시화가 되어버리니 따분하군. 그 악취미한 반짝반짝함이 그리워질 정도야."

세 사람과 한 마리가 향하는 곳, 구름을 뚫을 정도로 높이 솟은 것은 은빛으로 빛나는 거대한 도시 빌딩이었다. 원래 있던, 금빛으로 반짝반짝 빛나던 교토부청의 모습은 흔적도 없다.

그 도시 빌딩은 지금까지 소년들이 마주한 어느 것보다 컸고, 그러면서도 좌우가 비틀리거나 도중부터 구부러지지도 않았다. 마치 고대 일본의 번영을 과시하는 듯한, 현대인은 도저히 재현할 수 없는 훌륭한 건축이었다.

"……있다. 저게 중앙 리니어 레일. 초고속 철도라네."

"흐~응?"

해파리 소녀가 가리킨 아득한 상층부에는, 확실히 투명한 파이프 한 줄기가 아득한 동쪽을 향해 뻗어있었다. 비스코도 열차가 저 안을 달리는 모습을 왠지 상상할 수 있었다.

"저 통이 있는 데까지 가면 되는 거지? 좋아, 아쿠타가와!"

"비스코. 조심해…… 왠지 사람의 기척이 나."

비스코가 아쿠타가와를 부청으로 몰자, 미로의 말대로 주민이 모두 도망친 뒤의 폐허에서 뭔가 기묘한 시선이 일행에게 쏟아지고 있는 게 느껴졌다.

"화약 냄새야. 총을 들고 있어."

"응. 그래도 적의는 느껴지지 않아. 아슬아슬할 때까지 활은 들지 마."

소년들이 아쿠타가와 위에서 속삭이자, 그 전에 커다란 짐을 든 덩치 큰 남자가 부지런히 걸어오는 게 보였다. 남자는 비스코에게 크게 손을 흔들고 있었는데, 아무래도 「멈춰줘」라는 신호를 보내고 있는 모양이었다.

"오소리야."

비스코가 약간 안도한 목소리로 말하며 아쿠타가와의 발걸음을 늦췄다.

"그래, 도쿄 공무원들이 모조리 도망쳐서 부청을 뒤지러 온 거구나."

"미로. 오소리라는 게 뭔가?"

"정부 무허가 인양꾼을 말해. 거친 녀석들만 모여있으니까, 티롤은 숨어있어."

미로의 말을 들은 빨강 티롤이 서둘러서 아쿠타가와의 가방 속에 숨은 무렵, 아쿠타가와가 남자의 눈앞에서 멈추고 두 소년도 내려왔다.

전신에는 두꺼운 강철 갑옷을 입었고, 등에는 화염방사기,

얼굴도 고글과 산소마스크로 굳힌 중장비 오소리는 잘 모르는 몸짓으로 비스코에게 말했다.

"가가가가. 가가가. 가가가가."

"뭐라고? 노이즈가 심해서 안 들려."

"가가가. ……미안하데이, 가족용 주파수있네. 그게, 빨강 고슴도치가 마구 달려오길래 누군가 했더니만, 그 소문 자자한 식인종 아카보시다 안카나. 우와, 아카보시다! 그리 생각해가 불러 세워 봤제. 댁 진짜 젊네. 우리 아하고 별 차이 없구마."

"오소리들은 현상금 사냥꾼도 생업인 거 아니었던가?"

"그건 그런데, 이제 상금 줄 정부가 없다 아이가. 그러니 폐업이제…… 애초에 상금이 살아있다 카른, 게가 보인 시점에서 탕 쐈을 끼다."

잠시 뜸을 들이고는, 와하하 하고 서로의 어깨를 두드리며 웃는 오소리와 파트너를 본 미로는 눈가를 실룩이고는 일그러진 미소를 지었다.

"우리 아가 니 팬이그든. 사인 좀 해도. ……아차, 펜 안 갖고 왔네."

"댁들은 부청을 뒤지러 왔어? 그 금칠 건물이 저런 꼴이 되어서 유감이겠네."

"그리 생각하나? 우리도 처음에는 저 꼬라지를 보고 당장 물러나려 캤는데……."

오소리는 하늘 높이 선 도시 빌딩을 한 번 올려다보고는 부스럭부스럭 품에서 종이상자 몇 개를 꺼냈다. 그 아름다운 포장을 열자, 안에서는 달콤한 향이 화악 풍겼다.

"이…… 이건, 뭔가요?"

"함 무바라."

독에는 날카로운 비스코가 망설임 없이 입에 넣었기에, 미로도 조심조심 입에 넣고 우물우물 씹어봤다.

그러자 미로의 입 안에서 지금까지 맛본 적이 없는 매우 감미로운 맛이 퍼졌고, 회의적이었던 눈동자도 순식간에 반짝반짝 빛났다.

"……앗!! 마, 맛있어—! 이게 뭐지?!"

"야츠하시라 카드라. 상자에 적혀있었데이."

오소리는 소년들의 알기 쉬운 반응에 만족했는지 말을 이었다.

"이것만이 아니데이. 그 밖에도 단 거나 매운 거 등등, 먹을 것 마실 것들이 유리 상자에 한가득 들어가 부청 안에 놓여 있다 안카나. 지금 저 부청 안은 그야말로 보물산이데이…… 입수할 수 없는 건 뭐, 무기 정도밖에 없을 끼다."

"그, 그래도 괜찮나요? 이런 귀중한 것들…… 쟁탈전이 벌어질 것 같은데."

미로는 그렇게 말하면서도 맛을 잊지 못해서 슬금슬금 상자로 손을 뻗었으나…… 상자에 가득 들어있던 『야츠하시』는 이미 파트너의 뱃속에 들어가 버렸고, 마지막 하나도 지금 막 입에 넣으려 하고 있었다.

"그게, 가져가도 가져가도 안 없어지드라. 저 부청 안은 한 시도 똑같은 형태가 아이데이. 생물인가 싶을 만큼 건물 안이 스스로 계속 개축하고 있제."

마지막 『야츠하시』를 서로 빼앗으려고 데굴데굴 뒹구는 소년들은 제쳐놓은 채, 오소리 남자가 다시 부청을 바라봤다.

"그래가지고, 작업도 꽤 목숨 걸어야 하드라. 나도 얼마 전에 파트너가 벽에 쏙 빨려 들어가가 행방을 알 수 없어졌데이. 혼자서는 위험해가꼬 나온 기라."

"어."

오소리의 별것 아닌 말에 비스코가 놀랐고(쟁탈전은 식인 판다가 승리한 모양이었다), 곧바로 오소리에게 물었다.

"너, 파트너를…… 미, 미안하게 됐네. 그때 얻은 걸…… 양해도 구하지 않고……"

"뭐, 상관없데이. 운이 좋다면 훌쩍 튀어나오겠제."

오소리는 『가가가가』 하고 어긋난 주파수로 웃고는 짐을 정리해서 두 사람에게 손을 흔들었다.

"지금이라면 **주우러** 가더라도 아무도 불만 안 가질 끼다. 그래도 올라갈 거면 2층까지만 가그라. 그 위로 가면 갈수록 부청이 꿈틀댄데이. 엘리베이터 같은 건 절대 쓰지 말고. 요전에 10층까지 올라간 녀석이 다진 고기가 되어 떨어졌다 안카나."

"알았어. 고마워!"

떠나가는 오소리에게 손을 흔든 비스코의 뒤에서, 아쿠타가와 위로 슬금슬금 기어 올라온 빨강 티롤이 바로 다가와서 비스코를 슬쩍 올려다봤다.

"그의 이야기를 들어보니, 빌딩 외벽은 몰라도 내부는 역시 잘 복원되지 않은 모양이로군. 시스템 업데이트에 시간이 걸려서 다시 버그가 생기고…… 그걸 반복하고 있는 거겠지. 역시 저 안을 지나서 상층으로 가는 건 무모할지도 모르겠어."

"미로, 번역."

"안쪽은 위험하니까, 들어가는 건 그만두자네."

"그럴 생각이야. 프로 오소리도 죽는 곳에 어슬렁어슬렁 들어갈 수 있을 리가 없어."

"미, 미안하네. 내가 착오를 저지르는 바람에 쓸데없는 길을……"

"뭐가 쓸데없는데?"

비스코는 아쿠타가와에 올라타서 티롤을 끌어 올리며 의아한 듯이 말했다.

"지금부터 갈 거잖냐. 저 리니어인지 뭔지를 타러."

"응? 하지만 지금, 부청 안으로는 들어가지 않겠다고……"

"안으로는 안 들어가."

비스코는 품에 몰래 넣어둔 『야츠하시』를 아쿠타가와 앞에 던져주고는, 그중 하나를 빨강 티롤의 입에 넣어줬다.

"애초에 아쿠타가와가 들어갈 수가 없잖아. 타고 올라갈 거야, 벽을."

"비, 비딩의, 벼을 타오 오아강다호?!"

"먹고 나서 말해!"

"아쿠타가와라면 도시 빌딩 같은 평탄하고 부드러운 벽은 간단히 타고 올라갈 수 있어."

미로는 웃으면서 『야스하시』가 목에 걸린 빨강 티롤의 등을 두드려줬다.

"안이 아무리 불안정해도, 바깥이 안정적이라면 괜찮아. 티롤, 안심해."

"가방 안에 들어가 있어. 그럼 안 떨어져. 가자, 아쿠타가와!"

비스코의 고삐에 응한 아쿠타가와의 다리가 흙을 긁으며 오랜만에 하는 암벽 등반에 열의를 보였다. 아쿠타가와가 달린 것과 동시에, 두 소년이 날린 새송이버섯이 빠끔! 피며 아쿠타가와를 엄청난 기세로 부청을 향해 날려버렸다.

태양빛에 반사되어 오렌지색을 발하는 무언가가 우뚝 솟은 부청 외벽을 쭉쭉 올라가는 게 멀리서도 보였다.

"저게 뭐꼬?"

"와하하! 부청을 타고 오르고 있네."

"버섯지기의 생각은 참 이해를 못하겠네."

"마누라, 잠깐 와보그라! 저거 굉장하데이."

"잘한데이. 올라가라 올라가~."

부청 주변에 잠복해 있던 오소리들이 거처에서 나와서 그 신기한 광경을 가리키며 저마다 떠들어댔다.

아래쪽 광경에 손을 흔들어 답한 미로는 아쿠타가와 앞쪽에 펼쳐진 광대한 하늘을 올려다봤다.

"굉장한 높이네! 몇 층이나 될까?"

"다 올라가려면 한동안 걸릴 것 같아. 새송이버섯으로 거리는 꽤 벌었을 텐데."

아쿠타가와의 여덟 다리는 마치 말뚝 박는 기계처럼 가볍게 빌딩 외벽에 꽂히면서 발군의 안정성으로 버섯지기 두 사람을 옮겼다.

빨강 티롤은 가방에서 고개만 내밀고 아래를 보더니, 그 어마어마한 높이에 무심코 몸을 떨었다. 두 소년은 익숙한지, 세계가 90도 기울어져 있는데도 평소처럼 안장에 앉아있고, 딱히 생명줄 같은 것도 달고 있지 않았다.

"아, 아쿠타가와는 굉장하군! 사람을 세 명 태우고 있는데도 평탄한 벽을 올라가다니……."

"한동안 걸릴 거야. 얌전히 가방 안에 있어."

"알았……."

티롤이 대답하려는 순간, 쨍그랑! 하고 벽 유리창을 뚫고 뭔가 기계 같은 것이 빌딩에서 뛰쳐나왔다. 그것은 꿈틀거리는 다각으로 쾅, 쾅! 외벽을 찍고는, 도마뱀 같은 민첩함으로 아쿠타가와에게 다가왔다.

"앗!! 비스코!"

"또 뭔가 튀어나왔구만!"

꿈틀대는 것의 머리로 보이는, 반짝반짝 점멸하는 8색 LED 라이트에 푹푹푹! 연속해서 화살이 꽂혔다. 아쿠타가와를 먹어치우고자 크게 입을 벌렸던 녀석은 『삐익!』 울고는 등에 버섯을 뿅, 뿅! 피우면서 아득한 부청 밑으로 떨어져서 시설 지붕에 부딪혀 부서졌다.

"티롤, 지금 저건 뭐야?!"

"저것도 《도시 생명》이라네! 거미가 베이스인 모양이야……《도시 거미》라고 부르는 게 적절하지 않을까?"

"거미가 베이스라고……? 젠장, 아쿠타가와, 서둘러!"

비스코는 티롤의 말을 듣고는 표정을 일그러뜨리며 아쿠타가와를 재촉했다. 그걸 신호로, 빌딩 정면이나 측면을 가리지 않고 수많은 도시 거미가 유리창을 뚫고 나타났다.

"이, 이 녀석들. 이렇게나 많이!"

"고지대를 좋아하는 까마귀 거미는 거미 주제에 무리를 짓거든. 이 녀석들이 까마귀 거미 괴물이라면, 빨리 올라가지 않으면 삼켜질 거야!"

버섯지기 두 사람은 좌우에서 화살을 날려서 다가오는 도시 거미를 쓸어버렸다. 그러는 사이에도 도시 거미는 점점 숫자를 늘려서 마치 검은 융단이 오렌지색 이물질을 잡아먹으려는 듯한 무시무시한 모습을 보였다.

"이 자식!"

비스코는 크게 숨을 들이쉬고는 전신에서 녹식의 불똥을 퍼뜨리며 필살의 화살을 날렸다. 빌딩째로 관통한 태양의 화살은 도시 빌딩 이곳저곳에 빛나는 녹색을 피우며 순식간에 도시 거미 무리를 지상으로 떨어뜨렸다.

"핫! 어떠냐!"

"비스코, 위험해!"

미로의 목소리에 바로 고비를 틀자, 상층에서 떨어진 잔해가 가까스로 아쿠타가와를 스치고 아래쪽 도시 거미에 직격해 녀석을 벽에서 떨어뜨렸다. 휘청휘청 흔들리는 도시 빌딩은 녹식의 기세에 먹혀서 안정성을 잃어버렸고, 그에 따라 아쿠타가와의 속도와 안정성도 현저하게 저하되고 말았다.

"비스코, 여기서 녹식 화살은 위험해! 균이 너무 강해서 부청이 무너져버려!"

"그럼 어쩌라는 거야?!"

"맡겨둬!"

미로는 앵커 화살을 날려서 아쿠타가와에게서 떨어져 빌딩 외벽에 붙은 뒤, 무리 지어 오는 도시 거미 앞에서 조용히 정신을 집중하기 시작했다.

"비스코! 미로가 위험하네!"

"위험한 건 너야! 제대로 숨어있어!"

"뭔가 방책이 있다는 건가?"

"글쎄다? 뭔가 있겠지?"

"그, 그렇게 대충……!"

빨강 티롤의 말을 배경 삼아, 눈을 감고 있던 미로의 손바닥에서 고속으로 회전하는 녹색 큐브가 떠올랐다. 일제히 달려드는 도시 거미의 이빨이 피부에 닿기 직전, 미로는 그 큐브를 힘차게 빌딩 벽에 때려 박았다.

『won, shamdarever, valuler, snew(주변 광역을 녹으로 꿰뚫는다)!』

미로의 진언에 응해서 부청 빌딩 외벽이 화악 반짝이더니, 벽 이곳저곳에서 에메랄드색 결정이 창처럼 생겨나 도시 거미를 차례차례 꿰뚫었다. 결정 창은 빠직빠직빠직! 소리를 내면서 한계 없이 넓어졌고, 재주 좋게 아쿠타가와 주변만 피해서 그렇게 많던 도시 거미를 후두둑 지상으로 떨어뜨렸다.

"굉장하군…… 이것이 미로의 진언인가! 인간의 몸으로 이 정도의 녹을 조종하다니!"

"저렇게나 하는데 왜 빌딩이 안 흔들리는 거야?"

"균이 뿌리를 펼쳐서 피어나는 버섯과 다르게, 진언은 표면의 녹을 결정화했을 뿐이니까. 빌딩 본체에는 대미지가 가지 않는다네."

진언탓에 피곤해진 미로를 아쿠타가와의 안장에 올려주자, 지상에 떨어져서 버둥거리는 도시 거미 무리를 바라보며 미로가 표정을 빛냈다.

"봐봐! 저거, 내가 했어! 굉장하지 않아?!"

"처음부터 하라고."

"칭찬 한마디 좀 해줘!!"

"두 사람 다 기다리게! 저 녀석들, 낌새가 이상해!"

빨강 티롤의 목소리에 두 사람이 밑을 보자, 주변에 퍼져 있던 도시 거미가 재빠르게 모여서 뭔가 검은 덩어리가 되어 부풀어 올랐다. 이윽고 꿈틀거리는 기계 덩어리에서 여덟 개의 다리가 쭉쭉 뻗었고, 순식간에 거대한 기계 거미 한 마리가 되어 부청 빌딩 벽에 다리를 콰직! 박았다.

"아. 저것도 까마귀 거미의 습성이야. 생쥐 같은 게 노리면 서로 뭉쳐서 저렇게 커다란 한 마리가 된다더라고."

"과연. 집결하는 것으로 자신을 크게 보이게 하여 외적을 위협하는 건가."

"응. ……저 녀석의 경우는 보아하니 위협이 아니라 포식하러 오는 것 같지만."

"감탄할 때가 아니잖아! 아쿠타가와, 서두르자!"

콰직, 콰직! 외벽에 쇼벨 같은 다리를 박으며 올라오는 거대 도시 거미의 스피드는 그 거대함 덕분에 아쿠타가와보다 훨씬 빨라서, 최하층에서 점점 차이가 좁아졌다. 소년들의 버섯 화살이 정확하게 다리를 날려버렸지만, 그것 자체가 거미 집합체이기 때문인지 곧장 복원되어버려서 전진을 막을 수가 없었다.

"젠장, 녹식을 쏠 수 있었다면……."

"앗! 비스코! 뭔가 토하고 있어!"

성큼성큼 벽을 타고 올라오던 거대 도시 거미가 커다란 입을 벌리더니 안에서 검은 실 같은 것을 토해냈다. 소년들은 도마뱀 발톱 단검으로 잘라냈지만, 그럼에도 아쿠타가와의 커다란 몸을 지킬 수는 없어서 몇 줄기의 검은 실이 다리에 감겼다.

"핫! 아쿠타가와가 이 정도로……."

"……큰일 났네, 비스코. 이 실은……!"

빨강 티롤이 말을 끝내기도 전에, 어마어마한 진동이 일행을 덮쳤다. 지글지글지글 하고 뭔가가 타는 소리와 함께 검은 실이 창백한 빛을 발했고, 그와 동시에 아쿠타가와의 전신이 격하게 경련했다.

"전깃줄이네! 비스코, 전류가 흐르고 있어!"

"뭐라고오…… 이, 이 녀석!"

강력무비한 진화 생물, 쇠꽃게의 몇 안 되는 약점 중 하나가 전격을 이용한 공격이다. 쇠꽃게라는 이름대로 그 갑각은 이른바 생체 금속이라고 할 수 있는 성질을 가졌고, 열이나 냉기에 강한 대신 전류가 바로 통한다. 갑각 안의 근육이 마비된다면 아무리 쇠꽃게라도 무력해지며, 그것은 최강의 쇠꽃게 아쿠타가와라 해도 예외는 아니다.

"아앗! 아쿠타가와—!"

파트너의 비통한 절규를 듣자, 이미 수단 방법을 가릴 수 없게 된 비스코는 붉은 머리를 흔들면서 수라의 표정을 짓고는 활을 힘껏 당겼다. 비스코에게서 뿜어져 나오는 어마어마한 양의 불똥 포자를 본 빨강 티롤이 외쳤다.

"안 돼, 비스코! 그런 위력의 활을 쏜다면, 우리도 함께……!!"

티롤의 말은 이미 비스코의 귀에 들어오지 않았다. 녹식의 작렬을 각오한 티롤이 몸을 굳힌 직후.

휴—웅…… 퍼어엉!!

흐릿한 파열음이 거대 거미의 등에서 들려왔다. 거미가 신음하듯이 『끼이잇!』하고 몸을 뒤틀자, 전깃줄이 뚝뚝 끊어지면서 아쿠타가와도 가까스로 외벽에 달라붙었다.

"뭐지?! 로켓?!"

"비스코, 저거!"

휴—웅, 하고 연기와 함께 화살 같은 궤도로 날아온 것은 마토바 중공의 샐러맨더 로켓이었다. 샐러맨더 탄두 한 발이 거대 거미의 옆구리에 작렬하자, 거미 몇 마리가 흑연을 뿜으며 본체에서 떨어져서 지상으로 낙하했다.

"좋~~았어. 정통으로 맞았데이."

"저건 아까 만난…… 오소리 아저씨잖아!"

"와하하하. 얼라들이 애쓰고 있으면 응원하고 싶어진다 안 카나."

아득안 아래쪽에서 오소리 남자가 휴대용 샐러맨더 로켓을 다시 쏘며 외쳤다.

"우리가 원호해줄 테니, 어떻게든 그 괴물을 아래로 떨어뜨리그라!"

차례차례 날아오는 염열 로켓에 맞은 거대 거미는 미쳐 날뛰면서 정신없이 아쿠타가와를 먹어치우려 달려들었지만, 로켓 한 발이 머리에 맞자 균형을 잃고 크게 몸을 젖혀서 두 사람 앞에 배를 크게 드러냈다.

"비스코, 지금이야!"

"좋아!"

비스코는 녹식 포자를 집어넣고 새송이버섯 화살을 뽑아서 거대 거미의 배 바로 아래를 노려 재빠르게 쐈다. 거대 거미가 자세를 다잡고 다시 벽에 달라붙으려 한 타이밍에.

빠끔!!

화려하게 피어난 새송이버섯이 엄청난 기세로 거대 거미의 배를 밀어내며 가차 없는 위력으로 거구를 공중에 내던졌다.

"고전했어. 저놈을 얕보고 있었어! 반성해야지!"

"솔직해서 좋네."

비스코는 그렇게 말하고는 눈을 번뜩였고, 낙하하는 거대 거미를 추격하듯이 활을 쐈다. 태양의 화살이 빛처럼 거미의 몸을 꿰뚫자, 빠끔, 빠끔, 빠끔! 하고 차례차례 녹식이 피어나 공중에서 거미 군체를 일망타진했다.

"와~ 해치웠데이."

"버섯 불꽃놀이구마."

"아카보시 형씨, 방심하지 말그라—!"

거미가 완전히 잔해의 산이 되어버린 것을 확인한 미로는 환성을 내지르는 오소리들에게 손을 흔들었고…… 한편 비스코는 안장으로 올라와 아쿠타가와를 들여다봤다.

"아쿠타가와, 미안. 아팠어?"

「뽀글」하고 조금 탄내 나는 거품을 내뿜은 아쿠타가와의 껍질을 어루만지며 비스코가 중얼거렸다.

"……너에게 시시한 상처를 입혔어. 내 탓이야. 이제 힘에 의존해서 방심하지 않겠어. 약속할게…… 아쿠타가와, 미안하다……."

'……오랜만에 반성한 것 같네.'

파트너의 좀처럼 볼 수 없는 섬세한 표정을 가급적 보지 않으려 한 미로는 가방 속에서 고개를 내민 빨강 티롤과 얼굴을 마주했다.

"……너는, 신기하게 보여? 비스코의 저런 모습."

"아니. 몹시 사랑스럽다고 생각한다네. 미로."

빨강 티롤은 부드러운 표정으로 비스코의 등을 바라보면서 조용히 답했다.

"나는 물론이고, 티롤도 비스코의 이런 부분을 무척 귀엽게 생각…… 아얏!"

"야, 이제 곧 위까지 올라간다고, 확실히 잡고 있어."

빨강 티롤은 자기가 때린 뺨을 불만스럽게 매만지면서 가방 안으로 들어갔고, 그걸 본 미로도 목구멍 속으로 큭큭 웃었다. 이윽고 쿵! 하는 소리를 내며 교토부청 옥상까지 올라선 아쿠타가와는 지쳤는지 다리를 쉬기 위해 주저앉았다.

"……굉장해!! 이게 전철이야?!"

"응. 토카이도 중앙 리니어 레일…… 우리 시대에서는 가장 빨랐던 탈것이라네."

옥상에 설치된 거대한 철도 시설에는 투명한 파이프 안으로 깔린 선로 위에, 크림슨 레드로 칠해진 매우 미래적인 디자인의 열차가 세워져 있었다.

두 소년에게 그것은, 마치 SF 만화 세계에 들어온 것처럼 신기하게 비쳤다.

"교토부청 위에 리니어 레일이라는 게 참 엉망진창인 버그지만, 마침 우리에게는 유리하게 작용했다네. 애초에 이 선로는 원래 교토를 지나가지조차 않았으니까."

"번쩍번쩍하잖아. 시모부키의 화물선하고는 생김새부터가 달라. 이런 걸 어떻게 움직이는 거야?"

"맡겨주게나! 리니어에 액세스할 수 있는 권한은 나 밖에 가지고 있지 않아. 두 사람은 아쿠타가와를 쉬게 해주게. 준비가 되면 바로 부르러 올 테니!"

빨강 티롤은 활기차게 비스코에게 대답하고는 땋은 머리를 휘날리며 허겁지겁 열차 쪽으로 달려갔다. 그걸 배웅한 소년들은 아쿠타가와 앞에 앉아서 한숨을 내쉬었다.

"힘든 여행이야, 정말이지. 가는 곳마다 정체 모를 것들밖에 없어."

"그런 것치고는 차분하지 않아? 비스코."

"의외로 즐거우니까."

비스코는 미로가 파우치에서 꺼내준 개구리 육포를 씹으며 꽤 기운차게 대답했다.

"그 하얀 상자 무리는 마음에 들지 않지만. 이렇게 본 적도 없는 것들밖에 없는 여행은 한동안 없었어."

"터프하네~. 부러워라. 하나 더 먹을래? 개구리."

"응. 아, 빨간 참깨가 있었지? 그거 뿌리는 게 맛있다고."

"지금 말해봤자야. 아쿠타가와의 가방에 집어넣었다고."

"뭐어? 꺼내줘."

"알아서 꺼내! ⋯⋯어쩔 수 없네. 그럼 가위바위보로⋯⋯."

소년들이 평소처럼 떠들어대던 와중, 갑자기 하얀 하이빔이 확 켜지더니 공중에 뻗은 선로 안에서 진홍의 차체가 증기를 뿜으며 달리기 시작했다.

"미로—! 비스코! 미안하네, 어서 타주게!!"

"너, 너⋯⋯! 움직이기 전에 부른다고 했잖아!"

"아, 아니, 미안하네. 조작을 실수해서⋯⋯."

빨강 티롤은 선두 운전석에서 뭔가 조종 기구를 타탁타탁 만지작거리다가 바로 포기하고는 창문에서 두 사람에게 외쳤다.

"어서! 바로 속도가 올라갈 걸세. 놓쳐버릴 수도 있어!"

"저 바보, 남 일처럼⋯⋯!"

"아쿠타가와, 가자! 비스코, 빨리 타!"

소년들을 태운 아쿠타가와가 부쩍부쩍 속도를 올리는 리니어 차체를 향해 달렸다. 그러나 옛 문명이 자랑하는 스피드는 굉장해서, 이미 차체는 교토부청 옥상에서 나가려 하고 있었다.

"비스코! 새송이버섯 타이밍 맞춰줘!"

"조금은 차분하게 여행할 수 없는 거냐, 빌어먹을!"

빠끔!

두 소년이 날린 새송이버섯 화살은 아쿠타가와 뒤에서 터져서 몸을 공처럼 튕겨냈고, 대게의 몸은 간발의 차이로 리니어 최후미에 매달렸다.

그 뒤에는, 새송이버섯이 발아한 기세를 견디지 못한 교토부청 상층부가 위쪽에서 부러져서 그대로 무너졌다.

"여어! 두 사람 다 늦지 않았군! 어떻게 되는 줄 알았지 뭐야."

"누구 탓이냐고, 인마!!"

"미안하지만 문을 여는 법을 모르겠네. 아쿠타가와로 부수면서 들어와 주게. 일단 다리를 접으면 아쿠타가와도 차내로 들어올 수 있을 거야."

두 사람은 차내 방송으로 들리는 티롤의 목소리에 따라서, 어떻게든 아쿠타가와를 조종해 차내로 들어와 허억허억 거친 숨을 내쉬었다.

"자! 여기까지 왔다면 이미하마까지는 금방이지. 스피드를 올리겠네! 세 사람 다 꽉 잡고 있게나!"

6

어둡고, 거대한 공간이었다.

때때로 붉은 빛이 기하학적인 바닥 타일을 따라 지나가면서 주변을 비췄다.

아무래도 돔 모양의 공간인 듯한 이 방 안쪽에는 한층 거대한 스크린이 걸려있고, 하얗게 점멸을 반복하고 있었다.

그곳에.

또각, 또각, 또각.

가죽 구두 소리가 들리더니, 구두 소리에 맞춰서 밟은 바닥이 미약하게 빛나며 주인을 비췄다.

타오르는 붉은 머리와 눈동자. 얼굴 절반에는 녹식에 먹혔던 균사의 흔적이 빼곡하게 새겨져 있고, 단정한 얼굴과 합쳐서 처절한 수라의 기색이 풍겼다.

"……."

붉은 머리 남자가 노려보듯이 올려다본 스크린에는 하얀 인형 병기가 차례차례 팔에서 푸른 입자를 발하며 이미하마의 거리를 유린하는 모습과, 그것에 필사적으로 저항하는 연합군의 분투가 비치고 있었다.

"아폴로!"

바닥을 타타탓 울리며 한 사람이 방을 달려와 붉은 머리 남자…… 아폴로에게 달려들었다.

"이제 버섯은 제거했어? 걱정했잖아! 와, 왠지 무서운 얼굴이 됐는데?!"

"조이! 함부로 달려들지 마! 아폴로는 이제 막 일어났다고."

다음으로 한 사람이 더 나타나 조이라 부른 자의 머리털을 잡아서 억지로 아폴로에게서 떼어냈다. 조이는 방해를 받자 불만스럽게 버둥거렸다.

"꼭 머리털을 잡더라! 레이지는 너무 난폭하잖아. 힘 좀 조절할 수 없어?!"

"네가 너무 태평할 뿐이야. 조잡하게 다루는 게 딱 좋아."

"너 말이야!"

"그만둬라."

그 자리를 얼려버릴 듯한 낮은 목소리가 들리자 두 사람 모두 굳어졌다. 아폴로는 잘 뜨지 못하게 된 오른눈으로 어떻게든 눈을 깜빡이더니, 두 사람을 곁눈질하며 말을 이었다.

"남들 앞에서 말다툼을 벌이는 건 『매너』 위반이라고 가르쳐줬을 거다……. 내 아바타이면서도 왜 한 번에 이해하지 못하는 거지?"

얌전해진 조이와 등을 뻗으면서 굳어진 레이지. 아폴로의 말대로 이 두 사람은 붉은 머리와 붉은 눈동자 등등, 모두 아폴로와 똑 닮은 외견을 가지고 있었다.

얼굴 피부에 그어진 기하학적인 이음매를 보면 약간 기계적인 풍모가 있지만, 양산형 기계 인형들보다 훨씬 품질이 높은 존재라는 걸 알 수 있었다. 조이는 아이처럼 순진한 표정을 가졌고, 레이지는 항상 짜증을 감추지 않고 있어서 두 사람을 분간하기도 쉬웠다.

"……뭐, 좋아. 허용하는 것도 『매너』지……. 상황을 보고해라."

"보는 그대로야, 아폴로!"

조이는 앞선 일 같은 건 바로 잊어버리고는 스크린을 가리키며 신나게 떠들었다. 스크린에서는 마침 일본 연합군의 건투도 무색하게, 이미하마 현청이 거대한 빌딩군으로 바뀌는 모습을 리얼타임으로 비추고 있었다.

"처음에는 버섯에 고전했지만. 아폴로가 만들어준 항체 프로그램을 화이트들에게 적용했더니 바로 전황이 변했어! 봐봐, 이 빌딩은 전부 녀석들의 시체로 만든 거야!"

"흥! 저런 현청을 다시 만들어서 어쩔 거냐. 원래 이미하마 현이라는 현은 없어. 어차피 쓸어버릴 건데, 메모리 낭비야."

"내가 녀석들한테 이겨서 분한 거지? 레이지."

"이 자식이……!"

아폴로가 눈을 번뜩이며 노려보자 레이지가 우뚝 굳어졌다. 아폴로는 팔짱을 낀 채로 천천히 끄덕이며 낮은 목소리로 중얼거렸다.

"도망친 녀석들까지 처리할 필요는 없어. 이 녀석들은 궁지에 몰릴수록 끈질기지. 앞으로는 화이트의 숫자를 줄이고⋯⋯ 나의 잉여 메모리를《복원》으로 돌린다."

"드디어《복원》준비에 들어가는구나!"

"버섯 항체 프로그램의 유용성을 확인했으니까. 잘했다, 조이."

"⋯⋯아폴로를 위해서라면⋯⋯!"

아폴로의 말에 황홀해하는 조이 옆에서 살짝 혀를 찬 레이지가 끼어들었다.

"아폴로. 그것과는 별도로, 신경 쓰이는 게 있다."

아폴로가 끄덕이는 걸 기다린 뒤, 레이지는 스크린 채널을 바꿨다. 화면이 바로 전환되어서, 상공에서 비춘 교토부 인근 일대를 비췄다.

"칸사이는 제압했을 텐데."

"이걸 봐줘."

레이지가 사진을 확대하자, 교토부청 옥상에서 뻗은 리니어 레일 위를 고속으로 달리는 열차의 모습이 보였다.

"토카이도 리니어⋯⋯? 왜 저게 움직이고 있지?"

"다른 잡다한 기계류라면 모를까, 공공 교통 기관을 현대의 원숭이들이 움직일 수 있을 리가 없어. 권한은 물론이거니와 마이 넘버조차도 가지고 있지 않으니까."

"그래도, 움직이는데?"

"그러니까 보고하는 거다, 바보!"

아폴로는 한동안 움직이는 열차의 모습을 지켜보더니, 눈을 살짝 크게 뜨고는 입에서 쥐어짜듯이 한 마디를 중얼거렸다.

"『호프』다."

"……호프라고?!"

"다른 건 생각할 수 없어."

아폴로는 경악하며 함께 외친 두 분신에게는 눈길도 주지 않은 채 영상을 지켜보며 말했다.

"토카이도 리니어에 액세스할 수 있는 권한은 나를 포함해서 네 명밖에 없다……. 아폴로, 조이, 레이지…… 그리고, 호프."

"그래도 그 녀석은……!"

레이지는 당황하면서도 아폴로에게 따졌다.

"아폴로를 배신해서…… 원숭이들 편을 들어서, 그래서…… 죽였잖아! 아폴로가 직접……."

"맞아. 우리는 아폴로가 호프를 죽이는 모습을 눈앞에서 봤어! 그 녀석은 아폴로의 손에 부서졌을 거야!"

"죽였다, 는 것과는 달라. 다시 입자로 분해해버렸을 뿐이지."

아폴로는 감정을 드러내지 않고 엄지손톱으로 입술을 매만졌다.

"그러나. 녀석이 입자가 되어서도, 호프로서의 자아를 유지했다면……?"

"에엑?!"

"어쩐지 이상했어. 호프는 입자인 채로 일본 전체에 퍼져서 인류를 이끌고, 우리가 잠들어있는 사이 아폴로 입자를 먹는 『포자』를 일본 전체에 퍼뜨린 거다……. 오늘의 《복원》계획에 저항하기 위해서. 그렇게 생각한다면 이렇게 고생하게 된 것도 납득이 가지."

자문인지 그저 중얼거리는 건지 모를 아폴로의 말에 두 분신은 침묵하며 그 자리에서 굳어졌다.

"그렇다면 그, 진언이니 뭐니 하는 이상한 명령 언어도 녀석이 집어넣은 건가……."

아폴로는 한동안 고민하더니, 이윽고 갑자기 발길을 돌려 스크린을 등지고 걸어갔다.

"아, 아폴로!"

"레이지. 도쿄 전역에 레벨 4 장벽을 쳐라. 내 메모리를 써도 좋다."

"장벽을?! 하, 하지만 이미 일본군은 조이가 격파했는데……."

"호프가 적으로 돌아선 이상, 무슨 짓을 저지를지 모른다. 게다가 녀석은 아마 히든카드를 가지고 있을 거다. 최대한 방비해두지 않으면 《복원》에 지장이 생기겠지."

"히든카드……?"

돌아본 아폴로의 오른눈에서 빠직! 하고 균사가 떠오르며 그 붉은 눈이 번뜩 뜨였다. 그 「히든카드」가 뭔지 눈치채고 끄덕인 조이와 레이지를 지켜본 아폴로가 선 바닥이 네모나게 가라앉았고, 그것은 고속 엘리베이터가 되어 아득한 하층으로 내려갔다.

"……아폴로, 초조하고 있어……?"

하층으로 사라진 아폴로의 모습을 지켜본 조이가 약간 불안한 듯 중얼거렸다.

"기본적으로 언제나 무섭지만. 오늘 아폴로는 평소보다 훨씬 무서워……."

"바보 같은 녀석. 아폴로에게 초조함이라는 감정은 없어."

레이지는 조이와 같은 방향을 노려보면서 답했다.

"잊지 마. 아폴로의 불안정한 감정을 외부로 꺼내서 아바타화한 것이 우리다. 아폴로의 말대로 움직이면 돼. 단지, 아폴로의 약점은 그『매너』다. 불필요한『매너』가 아폴로의 방해를 한다면……."

"……알고 있어.『매너』를 알맞게 비트는 건 내가 할 일이니까."

다소 울컥하며 레이지에게 반박하긴 했지만, 그럼에도 조이의 눈은 아폴로가 있던 곳을 불안하게 바라보고 있었다.

'반드시, 되찾는다.'

'수십 년, 수백 년이 걸리더라도.'

'내가, 멸망에서, 반드시.'

'되찾는다.'

'반드시, 맞이하러 가겠어…….'

눈꺼풀 속에 단편적으로 스치는 마음의 흔들림을 어딘가

남 일처럼 바라보면서, 아폴로는 결의와 함께 눈을 감았다.

"……문제, 없다. 누가 상대라 해도…… 나는, 해낼 거다……."

아폴로는 나지막하게 중얼거리고는, 곧바로 뭔가 생각하는 걸 그만뒀다. 내려가는 엘리베이터의 진동이 그 몸과 붉은 머리를 살짝 흔들었다.

7

"크으랴아아압!!"

길고 윤기 나는 흑발이 공중에서 휘날리면서 철곤이 부우웅! 번뜩였고, 하얀 인형 두 대가 박살났다. 가까스로 몸을 틀어서 철곤을 피한 한 대가 푸른 큐브 탄환을 날렸지만, 돌아온 철곤이 비명을 지르며 큐브를 튕겨냈다.

"으으으으랴—아압!!"

검은 선풍은 그대로 콰앙, 콰앙! 공기를 터트리는 소리를 내며 십자로 철곤을 휘둘렀다. 철곤은 스치지도 않았음에도 충격의 칼날이 되어 하얀 인형의 피부에 빠직! 하고 십자로 된 금을 만들었고, 그 몸은 그대로 공중에서 터져버렸다.

초원에 착지하며 폭풍에 머리를 나부끼면서 하늘을 노려보는 것은, 예전의 날카로운 기술을 완전히 되찾은 미모의 여전사 파우의 옆얼굴이었다.

"우효호호호! 터무니없는 곤기로고. 그래서는 이미 호신술이라 부를 수도 없겠구나."

"죽일 생각으로 휘두르면 이렇게 됩니다. 자비 어르신, 지금 이게 마지막입니까?"

"그렇더구나. 어째서인지 갑자기 추격자의 숫자가 줄어들었으니. ……그나저나 우리도 꽤나 뼈아프게 당했구먼."

자비가 뒤를 돌아보자, 부조(浮藻)가 둥실둥실 떠 있는 평야 일대에 캠프가 지어져 있었다. 피폐해진 병사들과 이곳저곳에서 전투의 상처에 신음하는 소리가 들린다.

이미하마에 주둔해 있던 제1군은 처음에는 인형 병기들을 우세하게 상대하고 있었지만, 적들이 갑자기 버섯독에 내성이 생기기 시작하자 믿었던 버섯지기들도 상당한 손해를 입게 되었다. 고육지책이었지만 파우는 그 시점에서 이미하마를 포기할 것을 결단했고, 제2군이 주둔하던 이미하마 북부 우키모바라까지 제1군을 후퇴시켰다.

"나는 버섯지기 녀석들을 격려하러 가보마. 아가씨도 자경단을 보고 오거라."

"네. ……자비 어르신, 죄송합니다. 제 능력이 부족한 나머지."

"우효호호. 못 들은 걸로 해두마."

버섯지기 캠프를 향해 홀쩍홀쩍 떠난 자비를 배웅한 파우도 이마띠를 고치고는 자경단 캠프로 발을 옮겼다. 그곳에서도 도시에 먹힌 전사들의 고통스러운 신음이 여기저기서 들려왔다.

"너, 너츠! 너츠! 싫어, 죽으면 안 돼!"

"우리는 언제나 셋이서 함께였잖아. 너만 먼저…… 먼저 가

버리다니, 그건 아니지!"

귀에 익은 목소리에 무심코 천막을 넘기자, 텐트 안에는 가슴부터 팔까지 도시에 먹혀버린 소라 모자의 소년 너츠와 그에게 달라붙어 울고 있는 코스케, 프람의 모습이 있었다.

"파, 파우, 씨!"

"지사님! 이 녀석, 그놈들에게서 저희를 감싸는 바람에. 아직 치료법은 찾지 못했나요?! 이제 버틸 수 없어요……. 우물쭈물하다간 너츠가……!"

"시끄럽네…… 콜록. 지사님한테, 무례하잖냐. 너희들."

"너츠!!"

너츠는 실눈을 뜨고 천천히 반신을 일으켜서 아버지의 유품인 작살에 기대고는 씨익 입꼬리를 들었다.

"지사님…… 나는, 놈들을 열 대는 박살냈다고요……. 후미에 서서, 하마터면 전멸할 뻔했던 쇠꽂게 부대를, 무사히 여기까지 도망치게 했어요."

"그래. 훌륭했다. 너는 이미하마 자경단의 자랑이야, 너츠."

"이건, 빚으로, 달아둘 거라고요. 지사님. 내가 목숨을 건 만큼…… 이, 울보 코스케하고, 참견쟁이 프람을 부탁합니다. 이미하마를…… 되찾는다면. 급료랑, 커다란 집이랑……."

"알았으니 이제 말하지 마라. 약속하마……. 그리고 먼저 네가 살아남아야지. 이 두 사람에게는 돈이나 명예보다 네가 더 소중하니까."

"……나는, 열이나 없었어요. 아버지가, 있는 곳에…… 가더라도. 부끄럽지, 않다고요……."

몽롱해지다 이윽고 의식을 잃은 너츠를 울먹이는 프람과 코스케에게 맡겼다. 소리 없이 친구에게 달라붙은 두 사람을 본 파우도 무력감에 시달리며 입술을 강하게 악물었다.

그때.

"적습—! 남서쪽에서 수수께끼의 기계 물체가 날아옵니다!!"

"저건 뭐야?! 뱀인가?! 거대한 기계 뱀이다!!"

파우는 적습을 고하는 감시병의 목소리를 듣자마자 재빨리 천막에서 뛰쳐나왔다. 남서쪽 하늘을 보자, 확실히 뭔가 정체 모를 띠 모양 물체가 이쪽을 향해 다가오고 있었다.

"지사님! 포격 허가를! 하마 포병으로 격추할 수 있습니다!"

"아니…… 기다려라, 뭔가……."

파우는 띠 모양 기계 너머에서 뭔가 커다란, 피부로 알고 있는 기척을 느끼고는 공격 명령을 멈췄다.

"기다려, 쏘지 마라! 저건 적이 아니다!"

파우의 말에 연합군이 곤혹감에 빠진 가운데, 새빨갛게 빛나는 거대한 열차 같은 것이 그 띠 모양 기계 위에 올라서 커브를 그리며 공중을 질주해왔다. 그것은 터무니없는 스피드로 파우의 머리 위를 지나치고는 이윽고 띠 모양 기계의 종점을 지나서도 스피드를 그대로 유지하며 우키모바라 아득한 저편으로 날아가다가 추락해서 폭연을 퍼뜨렸다.

어안이 벙벙해진 채로 그것을 바라보던 자경단 일동과 파우 옆에서.

쿠웅! 하는 땅울림과 함께 거대한 쇠꽃게가 착지했다. 자랑스럽게 집게발을 드는 게의 안장 위에는 불꽃같은 머리의 버섯지기와, 허억허억 거친 숨을 헐떡이는 해파리 머리 소녀, 그리고 파우가 사랑하는 동생, 네코야나기 미로가 마찬가지로 땀을 흘리며 거친 숨을 내쉬고 있었다.

"너무 무모하잖아. 진언으로 선로를 만들다니!!"

"아, 아니, 미안하네. 설마 종점 역이 생성되지 않았다는 사태는 상정하지 않았거든. 그래도 보게! 잘 풀렸잖아. 훌륭하게 우키모바라에 도착하지 않았나!"

"결과론이잖아!"

"미로!!"

티롤에게 불평을 토로하려던 직후, 미로의 귀에 기쁨과 애정으로 가득한 누나의 목소리가 날아들었다. 미로는 목소리 쪽을 돌아보고 그 모습을 확인하고는 지친 표정에서 바로 반짝이는 웃음으로 변하더니 아쿠타가와에서 내려와 그 몸을 끌어안았다.

"파우!! 다행이다. 무사…… 앗, 잠깐! 또 안 입었지!"

"너야말로…… 무사해서 다행이다. 그나저나 터무니없는 것으로 등장하는군. 하마터면 포격할 뻔했어."

"후후. 하지만 말이지. 그것도 다 작전이었어. 저걸 보라고!"

미로가 가리킨 방향을 보자, 폴짝폴짝 뛰어서 언덕 위에 올라선 아쿠타가와가 왕집게발을 높이 들었다. 게다가 그 위에 우뚝 서서 팔짱을 끼고 외투를 펄럭이는 것은, 세간에서는 신

격화된 버섯지기 『식인종 아카보시』, 바로 그였다.

"아…… 아카보시."

"식인종 아카보시?!"

"버섯지기가 유성을 타고 떨어졌다!"

흩날리는 불똥에 반짝이는 그 위용을 보고 연합군이 소란을 부렸고, 그 기세를 떠밀어준 건 승정 칸드리가 이끄는 시마네 아케치슈의 승려들이었다.

"쿠사비라 신 아카보시 님 강림—!!"

"예이입—!"

칸드리의 우렁찬 호령에 맞춰서 아케치슈 승려들이 일제히 무릎을 꿇었고, 전투의 패배로 침울해져 있던 연합군 캠프는 활력을 되찾으며 영웅의 화려한 도착에 환성을 내질렀다.

어느새 미로 옆에 선 빨강 티롤은 그 모습을 가리키면서 유쾌한 듯이 점프했다.

"노리던 그대로 됐군, 미로! 저걸 보게나, 저렇게 서 있기만 했는데도 다들 비스코의 포로라네! ……본인은 왠지 거북해 보이네만, 그건 참아달라고 해야겠지."

"티, 티롤. 너, 역시 낌새가……?"

"파우. 설명하기 어렵긴 하지만, 그는 티롤이 아니라……."

"미로. 그건 나중에 하기로 하세. 보아하니 캠프 이곳저곳에 부상자가 있어. 어서 도시화를 제거해야만 해."

"티롤, 방법을 아는 거냐?! 미로의 녹식 앰플로도 저 도시화를 치료할 수는 없는데."

"시티 메이커를 제거할 수 있는 건 이 세상에 단 네 명. 그 중에서 그걸 솔선해서 하려고 하는 건 나 한 명뿐이라네."

빨강 티롤은 대담하게 웃으면서 이마의 붉은 각인을 반짝 빛냈다.

"아폴로 화이트는 결국 양산형이라 나보다 권한이 약하거든. 녀석들의 시티 메이커라면 만지기만 해도 치료할 수 있지."

도시화로 인해 생존이 절망적이었던 병사, 생물 병기들은 붉은 눈의 해파리 소녀가 만지기만 해도 순식간에 건강한 피부를 되찾으며 목숨을 건졌다.

"아카보시 님의 가호이옵니다."

해파리 소녀가 빈틈없이 그런 말을 남겼기에 연합군의 신앙은 본인의 의지와는 상관없이 아카보시 비스코에게 모였고, 수그러들던 사기는 기적의 버섯지기가 찾아온 소식에 힘입어 최고조에 달했다.

"노리던 그대로네! 비스코의 카리스마로 모두 기운이 넘쳐!"

"그나저나 좀 지나쳤을지도. 비스코는 신 대접에 진저리를 치겠지. 좀 딱하게 됐어."

"티롤 너 이 자식아—!!"

미로와 빨강 티롤이 이야기를 나누던 천막에 마침 비스코가 들어왔다. 발밑에는 노승 몇 명이 은덕을 얻으려고 신발을 매만졌고, 비스코는 어찌어찌 그들을 쫓아내면서 빨강 티롤의 목을 붙잡고는 캠프 안으로 질질 끌고 들어갔다.

"우와앗. 비스코, 여자아이를 좀 더 다정하게 대해줘야 하지 않겠나!"

"시끄러워! 있는 소리 없는 소리 지껄이며 돌아다니기는! 덕분에 찰싹찰싹 건드려대지를 않나, 새전을 던지질 않나 변변치 못한 일만 있다고. 이제 슬슬 암리한테 제령해달라고 할 거야."

"아, 아프네, 아파! 머, 머리를 잡아당기지 말게!"

비스코는 그대로 쿠사비라슈 캠프까지 성큼성큼 걸어가서 가장 커다란 텐트 천막을 뒤집었다.

"야, 암리! 지금 씐인 녀석을 데려왔…… 으응?"

"어머, 비스코 오라버니, 마침 잘됐네요. 지금 다들 모여 계세요."

천막 안에는 암리, 라스케니 말고도 파우, 자비, 게다가 오오챠가마 대승정 등의 호화로운 멤버들이 모여있었다.

"아, 다들 있네. 그럼 호프, 상석으로 가."

"음, 알았네."

늦게 온 미로가 재촉하자, 빨강 티롤이 정면에 앉았다. 미로는 입을 쩍 벌리고 있는 비스코의 손을 당겨서 그대로 빨강 티롤 옆에 앉았다.

"호프 님. 이걸로 전원이 모였어요."

"응, 고맙군. 꼭 앞으로의 이야기를 하게 해주게."

"호프 덕분에 부상자가 회복되어서 전력이 꽤 복귀됐다. 앞으로의 군비는……."

"어~이, 잠깐잠깐잠깐!! 그 호프라는 건 누군데?!"

일행들이 자기를 꿰다놓은 보릿자루로 만들어놓고 멋대로 떠들자, 비스코가 참지 못하고 일어났다. 일행은 비스코를 멍하니 바라보고는 빨강 티롤을 다시 바라봤다.

"호프 님. 비스코 오라버니에게는 아직 아무것도 말씀하시지 않았나요?"

"그게…… 오는 길에 노력은 해봤네만. ……아니, 여기까지 왔으니 이제 얼버무릴 수는 없겠군. 비스코에게도 확실히 진실을 전해줘야겠지."

빨강 티롤은 자신을 타이르듯이 중얼거리고는, 이마에 떠오른 땀을 닦으면서 결심한 듯이 비스코에게 말했다.

"……비스코. 먼저 사과하고 싶네. **나는**, 티롤이 아니야."

"……너 대체 무슨 소리야? 어디서 어디를 봐도……."

"내 이름은 『호프』. 티롤의 몸을 빌려서 자네와 미로를 여기까지 이끌고 왔다네. 아폴로를 쓰러뜨리고, 도쿄의 위협에서 일본을 지키기 위해서."

"……."

"이 몸은 티롤의 것이 틀림없지만, 정신은 잠들어있다네. 지금 그녀의 몸을 움직이는 기본 권한은 내 지배하에 있어서……."

"그럼 네놈은…… 티롤의 몸을, 멋대로! 갖고 놀고 있었다는 거냐!!"

"비, 비스코! 그게 아니라……."

"당장 그 녀석한테서 나가지 못해, 인마!"

열화와 같이 머리털을 곤두세우며 호프의 멱살을 잡은 비스코를 라스케니와 파우가 황급히 만류했다. 비스코의 괴력은 여걸 두 사람의 완력으로도 제지하는 게 고작이었다.

"비스코 오라버니, 진정하세요! 호프 님은 아군이에요!"

"개조 님은 오랜 옛날부터 줄곧 우리의 진화를 지켜보고 계셨느니라. 오늘 이때 도쿄와 우리가 싸울 수 있는 것도 개조 님 덕분인 것이야."

암리와 오오챠가마 승정이 분노하는 비스코를 필사적으로 설득했다. 그 앞을 미로가 슬쩍 가로막고는 「워워」 하고 파트너의 어깨를 두드렸다.

"다들 그러면 안 돼. 비스코에게 말귀를 알아듣게 하려면 심플함이 핵심이니까. 중요한 건 두 개 이내로 정리해야지."

"미로! 너까지 이 녀석 편을 들겠다고!"

"비스코, 잘 들어. 두 개만 알아줘. 첫 번째, 호프는 우리 선조 님의 영혼이고, 아폴로를 쓰러뜨릴 방법을 알려줬다는 거."

"…………."

"두 번째. 호프는 아폴로의 공격을 맞은 티롤을 치료하기 위해 지금 그녀의 몸에 들어가 있어. 티롤은 겉으로 나오지 않을 뿐, 여전히 건강해."

"……선조님의 영혼. 으응? 즉, 수호령?"

비스코는 그걸 듣자 노발대발하던 기세를 누그러뜨리고는, 눈을 꼭 감고 있던 호프의 몸을 천천히 바닥에 내려놨다.

"그때 도시가 되어가던 티롤을 구하기 위해 선조 님이 빙의했다, 그런 소리야?"

"이해력이 빠르네! 역시 비스코야."

"오오……."

비스코는 한동안 허공을 노려보면서 고민하다가 어찌어찌 납득한 듯이 끄덕이고는, 조금 전까지의 분노를 바로 어딘가로 던져버리고 호프 옆에 책상다리로 털썩 앉았다.

"미안해. 몸을 지배하니 어쩌니 그러니까 나는 틀림없이 악령인 줄 알았다고. 선조 님이 자손의 몸을 지켜준다면야 이야기가 전혀 다르지."

비스코는 호프의 몸을 적당히 조심스럽게 앉혀주고는 옷의 주름을 대충 펴줬다.

"왜 좀 더 빨리 말하지 않은 건데? 수호령님이라는 걸 알았으면 좀 더 정중하게 대해줬을 텐데."

"그, 그건, 저기…… 자네가 과연 이해해줄지 자신이 없어서."

"아까 두 스텝으로 알 수 있었는데? 그건 나를 너무 얕잡아보는 거 아니냐, 호프!"

깔깔 웃는 비스코의 돌변한 모습에 암리는 아연실색했고, 라스케니는 목구멍 속에서 큭큭 웃었다. 어이없는 표정으로 턱을 괸 파우가 한숨을 내쉬는 자비에게 물었다.

"자비 어르신. 버섯지기는 신불이나 영혼을 저렇게 순순히 믿는 겁니까?"

"저 녀석과 똑같이 취급하지 말아라."

"이봐! 너희들 쫑알쫑알 시끄럽잖아."

미로의 말을 듣고 호프를 향한 불신감을 바로 풀어버린 비스코는 마치 처음부터 그랬다는 듯이 호프의 편을 들어주며 말했다.

"인형 놈들을 쓰러뜨릴 계획을 세워준다며? 문외한들이 떠들어봤자 대책 없잖냐. 얌전히 호프의 말을 들으라고."

이번에는 푸른 핏대를 세우면서 이를 가는 누나를 필사적으로 달랜 미로가 사자 조련사처럼 비스코 옆에 섰다. 그리고는 각자의 복잡한 표정은 넘어가고, 일단 호프를 둘러싼 회의 준비에 들어갔다.

8

"……상술한 이유로, 우리에게는 이제 그리 시간이 없다네. 피폐해진 군을 혹사하는 건 바라는 바가 아니지만, 무조건 내일에는 이미하마를 탈환하고 도쿄로 쳐들어갈 필요가 있어."

호프는 마치 교사처럼 칠판에 복잡기괴한 그림을 그리고는 마지막으로 「도쿄」라고 적힌 동그라미에 커다란 가위표를 그리며 이마에 맺힌 땀을 닦았다.

텐트 안을 보면, 일행은 호프의 이야기가 너무 스케일이 커서 그저 놀랄 뿐이었다. 서로 말도 꺼내지 못하고 그저 멍하니 호프를 바라보고 있었다. 태연하게 이야기를 듣고 있었던 건 오오챠가마 승정, 그리고 원래부터 별로 흥미가 없어 보이던 자비뿐이었다.

"······설마 그런 오랜 옛날부터 인연이 있었다니······."

"솔직히 믿을 수가 없군. 세상을 복원한다고······?!"

호프의 말이 끝나자, 텐트는 곧장 소란스러워졌다. 미로도 파트너의 얼굴을 들여다보며 작은 목소리로 중얼거렸다.

"비스코. 그 아폴로라는 녀석은 고대인이었나 봐. 그래도 굉장하네! 그런 신 같은 녀석을 버섯으로 쫓아냈으니까!"

"쿠울—."

"자고 있을 줄 알았어!! 일어나, 바보야!"

"아얏!"

뒤통수를 힘껏 얻어맞은 비스코는 틀어진 고글을 고치면서 미로에게 항의했다.

"어쩔 수 없잖아! 도쿄를 쓰러뜨리지 않으면 일본이 사라진다는 건 알았어. 근데 뒷이야기는 너무 어려워서 머리에 전혀 안 들어갔다고."

"응. 마침 잘됐군. 비스코도 알 수 있도록 간결하게 설명하겠네."

호프가 고개를 끄덕이는 칠판 앞에서 살짝 손을 흔들자, 빼곡하게 적혀있던 칠판의 글이 바람에 쓸려나가듯이 단숨에 사라졌다. 놀란 일행들은 아랑곳하지 않은 채, 호프는 그대로 분필을 들어서 끄적끄적 요점을 정리했다.

『1. 적은 「아폴로」, 녹을 만든 사람.』

"녹을, 만든 녀석이라고······? 극악인이잖아! 왜 그런 짓을 한 거야?!"

"극히 간단히 말하자면, 좋을 것 같아서 했던 일이, 실패한 걸세."

"그게 뭐야?!"

"다음."

『2. 아폴로는 일본 전역을 《2028년》으로 되돌리려 하고 있다.』

"이건 세간에서 말하는, 철인이 도쿄에서 폭발한 그 해죠?"

"바로 그거라네."

암리의 질문에 몸을 돌린 호프가 수긍했다.

"철인이 폭발해서 일본이 멸망했다는 속설은 대충 정답이라네. 정확하게는 그때, 철인이 신고 있던 아폴로 엔진 안에 있던 아폴로 입자가…… 뭐, 됐네. 이 설명은 생략하도록 하지."

"우리가 지나온 다리나 부청은 그 2028년의 것이라고?"

"음. 비스코는 그렇게 생각하면 될 걸세."

"뭔가 드문드문 마음에 걸린단 말이야. 그 말투."

"기뻐해도 될걸. 비스코치고는 잘했다는 뜻이야."

"네놈은 이해하고 있는 거냐? 아앙!"

"학교 나왔으니까."

"가장 중요한 건 마지막. 이거라네."

고양이 싸우듯이 서로 잡고 뒹구는 두 소년은 거들떠보지도 않은 채, 호프는 마지막 문장을 적었다.

『아폴로는 순도 100의 녹으로 되어있다. 쓰러뜨릴 수 있는 건 비스코뿐.』

"3, 이건 역시 알겠어. ……응, 나만? 왜?"

"비스코. 아폴로는 아마 이미 포자에 대항할 강력한 항체를 손에 넣었다네. 어지간한 버섯으로는 녀석을 먹어치울 수 없을 거야."

호프는 거기서 목소리를 조금 낮추고는, 약간 강한 어조로 비스코에게 말했다.

일행들이 조용해진 가운데, 미로가 대담한 기색이 깃든 미소를 지으며 호프에게 물었다.

"하지만, 어지간한 버섯이 아니라면?"

"그런 뜻이라네. 미로."

미로의 말에 믿음직하다는 듯이 끄덕인 호프는 비스코에게 시선을 맞췄다.

"균류 최강의 발아력을 자랑하는 녹식이라면 이야기가 다르지. 아폴로의 공격을 견뎌내고, 녀석에게 치명타를 가할 수 있는 건 녹식의 힘뿐…… 비스코와 미로의 녹식 화살 말고는 없어."

"흐으음."

비스코는 이야기를 듣자 고개를 뚜둑 꺾고는 저번 아폴로와의 일전을 떠올리며 송곳니를 번뜩였다.

"뭐, 마침 잘됐어. 저번에는 무승부 같은 결과였으니까. 마을 버섯지기들의 원수도 갚지 못했잖아. 놈의 배때기에 다시 바람구멍을 뚫어주겠어."

"문제는 이 두 사람을 어떻게 도쿄 내부로 보내느냐입니다."

솜털이 풍성한 오오챠가마 승정이 몸을 내밀며 호프에게

진언했다.

"적병 아폴로 화이트는 아폴로의 항체 프로그램으로 인해 버섯에 내성이 생겼습니다. 히든카드를 잃은 우리가 저 대군을 돌파할 수 있을까요?"

"……이미 화이트에도 항체를 적용했나. 아폴로도 움직임이 빠르군. 그 부상으로는 바로 움직일 수 없을 줄 알았는데……."

호프는 팔짱을 끼고는 「으으음」 하고 신음하며 고민에 잠겼다.

"호프. 아폴로에게 뭔가 약점은 없어? 방심하기 쉽다거나, 화내기 쉽다거나."

"여성에 약하다면 미인계도 쓸 수 있어요."

암리가 신나게 말하면서 라스케니의 목을 끌어안았다.

"우리의 특기 분야니까요. 개성파 미녀가 네 명이나 있잖아요."

"그건 너도 카운트하고 있는 거니? 암리."

"어머님. 불만 있으신가요?!"

"안 돼. 아폴로에게 정신적인 구멍을 찾기는 어렵네. 녀석은 나를 포함해서 자신의 감정을 의도적으로 나눠 분신을 만들었거든. 본체는 임무 수행이라는 사명 말고는 안중에도 없지."

"감정을 잘라냈다니."

암리는 눈을 크게 뜨며 놀라고는 뽀료통하게 중얼거렸다.

"그 아폴로라는 사람, 정말 재미없는 분이네요. 미인을 눈앞에 두고도 조금도 동요하지 않는다니. 매너 위반이에요."

암리가 아무렇지도 않게 한 말을 듣자, 호프가 눈썹을 꿈틀대며 붉은 눈을 크게 떴다.

"암리! 지금 뭐라 했나?!"

"네, 넷? 그러니까, 저기…… 미인을 보고, 감동하지 않는다고."

"『매너 위반』이라고 했지?"

암리의 목소리를 흥분한 호프의 목소리가 가로막았다.

"그래. 그게 있었어……! 그게 녀석의 아킬레스건이야!"

"호프, 무슨 뜻이야? 뭔가 방법이 있어?"

"있네. 정정하게 해주게. 녀석에게는 깨뜨릴 수 없는 룰이 있다네……. 그게 『매너』지."

호프는 휙휙 흔들리면서 방해되는 해파리 머리를 모아서 묶으려 하다가 자기 손에 얻어맞고는 일단 포기했다.

"『매너』는 녀석의 프로그램 안에 들어 있어서, 어떤 행동보다도 우선시된다네."

"어, 어째서 그런 엉성한 프로그램을……."

"이야기하면 길어지지만, 아무튼 돌파구는 거기에 있겠지. 그 『매너』를 어떻게 작전에 도입하는가…… 으으음."

호프가 고민하기 시작하자 텐트가 다시 조용해졌다. 거기서 비스코의 「쿠올―」 하는 코골이인지 잠꼬대인지 모를 소리만이 거침없이 들렸다.

"저 재앙신 같은 남자. 잠든 얼굴만 보면 무구한 어린애 같군……."

나지막하게 중얼거리는 파우의 목소리를 들은 미로가 누나의 얼굴을 돌아봤다. 평소의 파우는 여수라처럼 박력이 넘치지만, 비스코의 잠든 얼굴을 보는 표정은 부드러운 자모(慈

母)의 미소를 짓고 있었다.

"……호프. 그 『매너』의 내용에 달리긴 했는데, 이런 작전은
어때?"

팔짱을 낀 호프의 귓가에 입을 가져간 미로가 뭔가 중얼거
리자, 호프는 붉은 눈을 크게 뜨고는 계속 끄덕이면서 놀란
듯이 미로를 바라봤다.

"그, 그건…… 참으로 엉뚱한, 거침없는 작전이지만…… 아
니, 할 수 있을지도 모르네! 확실히 『매너』 중에서는 그에 속
하는 조건이 있었어!"

"좋은 작전이지? 분명 잘 될 거야!"

"하, 하지만, 그게……."

호프는 잠든 비스코와 파우를 교대로 바라보다가 목소리를
죽여서 미로에게 말했다.

"내가 말하기는 좀 그렇지만, 그, 그런 건 본인들의 동의가
필요하지 않을까? 특히 비스코가 순순히 말을 들을 것 같지
가 않네만……."

"괜찮아."

미로는 태연하게 말했다.

"예전에 비스코는 파우한테 약속했거든. 뭐든지 원하는 걸
들어주겠다고."

9

다음 날, 낮.

현인신(現人神) 녹식 비스코의 신위와 같은 활에 힘입어 일본 연합군, 아니 쿠사비라 동맹군은 단숨에 기세를 되찾아 하얀 인형에 점거된 이미하마현 내부로 쳐들어갔다. 버섯지기들은 마토바 중공의 대포를 장착한 게 포병을 모는 전략으로 전환했고, 이구아나 기병과 연계해서 차례차례 하얀 인형을 파괴했다.

군마의 모래하마병, 각 종파의 승병들, 마토바 중공의 중병기가 차례차례 활약해서, 연합군은 고작 두 시간도 걸리지 않은 단기결전으로 이미하마 탈환에 성공했다.

"다들 잘해줬다!"

파우는 땀으로 범벅이 된 얼굴로 반짝이는 미소를 지으며 전군에게 외쳤다.

"훌륭한 연계였다! 그러나 도쿄 측도 곧장 태세를 다잡고 이미하마를 노릴 것이다. 현에 수용할 수 없는 대형 병기는 현 남쪽 사이타마 사막에 대기하며 경계를 맡아다오…… 그리고."

파우는 뒤에서 무척이나 불쾌한 표정을 보이는 비스코를 휙 당겨서 대군 앞에 세우고는 다시 목소리를 높였다.

"승전을 기념하여, 쿠사비라 신 아카보시 비스코가 한 말씀 하실 거다! 자, 아카보시!"

"……."

대중들이 이제나저제나 자신의 말을 기다리고 있는 그 시추에이션은 평소 생활과는 너무나도 동떨어져서, 비스코는 뭘 말해야 좋을지 알 수가 없었다. 별 도리가 없었던 비스코는 높은 빌딩을 향해 천천히 활을 당기고는 피융! 하고 화살을 날렸다.

빠꿈, 빠꿈, 빠꿈!

군세는 녹식에 먹혀서 무너지는 도시 빌딩을 경악하며 바라봤지만, 비스코가 잽싸게 무대에서 내려가자 뒤늦게 환성을 터뜨렸다.

"아하하하! 꽤 근사한 연설이었다. 아카보시!"

"시끄러워! 이제 안 할 거야!"

"그렇게 얼굴이 새빨개져서는 멋들어진 문신도 잘 안 보인다고. 하하하. 농담이다, 너무 화내지 마라!"

비스코는 흑발을 휘날리면서 휘적휘적 손을 흔들며 떠나가는 파우를 퉁명스러운 표정으로 배웅했다.

"뭐, 너무 틱틱거리지 말거라. 지금뿐 아니냐, 지금뿐."

"자비!"

뒤에서 조용히 서 있는 스승의 모습을 본 비스코는 겨우 안심한 듯이 한숨을 내쉬었다.

"농담하지 말라고. 지명수배당했을 때가 그나마 마음이 편했어."

"이 싸움이 끝나면 어차피 우리도 성가신 놈으로 돌아갈 게

야. 걱정할 것 없느니라……. 그보다도, 기왕 수고하는 겸 의
식에 한 번 더 나가줬으면 좋겠구나."

"뭐어. 또 뭐가 있다고?!"

"연합군 녀석들은 저래 봬도 통솔되어 있다만, 버섯지기는
그렇지 않으니까. 각각의 마을에 각각 장로가 있지 않느냐. 각
자 멋대로 움직여대면 수습할 수가 없어. 지금까지는 대충 얼
버무리면서 해왔지만, 앞으로는 이 싸움을 이끌 대장로가 필
요하겠지……."

"흐으응. 그래서 누가 하는데? 자비야? 아니면 가프네 할망
구야?"

자비는 거기서 물고 있던 파이프로 비스코의 머리를 탁 두드
리고는, 「아프잖아」 하고 웅크린 제자의 머리에 연기를 뿜었다.

"자각을 가지지 못할까. 지금 나나 가프네가 나서서 어쩔 게
야? 다른 장로들의 체면이 뭉개지지 않느냐. 하지만 너라면
어떠냐? 지금은 버섯지기 중에 모르는 놈이 없는 녹식의 화
신, 버섯의 신이 하는 말이라면……."

"누가 버섯의 신이야! 자비까지 그런 호들갑스러운 소리 할
거야?!"

"신심 깊은 버섯지기를 단결시키려면, 너를 신의 자리로 올
리는 게 제일이라는 뜻이야. 딱히 뭔가 하라고는 하지 않으
마. 앉아있기만 해도 되니, 일단 계승 의식에 나오너라."

다른 버섯지기 이상으로 자유를 신조로 삼고 있는 비스코
는 노골적으로 인상을 찌푸렸지만, 길러준 아버지가 이렇게까

지 부탁하는 걸 함부로 뿌리칠 수도 없어서 불만스럽게 입을 열었다.

"……알았어. 정말로 지금뿐이야. 앉아있기만 하면 되지?!"

"……이, 이 의식. 눈가리개 같은 걸 했었던가?"

"가프네가 무조건 돗토리식으로 하자고 해서 말이다. 자, 이 쪽이다."

눈가리개로 시야가 막힌 비스코가 버섯에 덮인 커다란 외투를 질질 끌면서 스승의 손에 이끌려 촛불에 흔들리는 의식장 중앙으로 걸어왔다.

주변에는 수많은 사람의 기척이 일제히 비스코를 바라보고 있어서, 주목에 익숙하지 않은 비스코는 무심코 침을 삼키고 그 자리에 굳어지고 말았다.

"이, 이봐, 자비. 생각한 것하고 뭔가 다른데, 이거 진짜로……."

"쉿— 함부로 말하지 말거라, 신이 강림하기 힘들지 않느냐……. 응? 이 경우에는 네가 신이니까 딱히 상관없나? 뭐, 됐다. 아무튼 입 다물고 있거라."

애초에 이런 거창한 중장비를 입은 착용감도 안 좋은데 주변 분위기까지 이런지라 비스코는 당장 이곳에서 도망치고 싶다는 욕구에 휩싸였지만, 신 강림 의식을 내팽개치는 건 그야말로 천벌감. 일족 도당에 어떤 재앙이 내려올지 모른다. 그랬기에 신앙심이 매우 강한 비스코는 비지땀을 흘리면서도 어떻게든 자신을 다스리며 의식장 중앙에 앉았다.

거기서 비스코는 『고오옹』 하는 축하의 종을 울리며 입구에서 조용히 걸어오는 두 사람의 기척을 느꼈다. 앞에서 걷고 있는 것은 파트너 미로라는 걸 바로 알 수 있었지만 다른 한 인물, 아마도 여성으로 보이는 사람은 짙은 사향 냄새에 가려져서 비스코도 누군지 알 수가 없었다.

'……으음…… 무녀? 계승 의식에 무녀 같은 게 있었던가……?'

사향 냄새나는 여자에게 미로가 뭔가 속삭이자, 여자는 미로를 꽉 끌어안았다 풀어주고는 살며시 비스코 옆에 앉았다.

"으음~. 그럼 인원도 다 모였으니, 계승 의식을 시작한다."

버섯지기들이 일제히 넙죽 엎드렸다. 비스코도 황급히 따라하려 했지만, 옆자리의 여자가 「너는 엎드리지 않아도 돼」라고 속삭였다.

"이번 대장로 아카보시 비스코는 이미 그 몸에 신격을 내려받았느니라. 그 화살로 녹식의 탑을 피운 그 기술, 신위임이 틀림없겠지. 그러므로 계승 의식 1부터 32까지는 생략한다. 각 장로, 이의는 있는가?"

"이의 없음."

"이의 없음."

"이이 어씀."

주변에서 찬성의 목소리가 날아왔다. 딱 한 명 이의를 제기하려 한 젊은 장로가 있었지만, 자비의 화살로 한 방에 잠들었기 때문에 없던 일이 되었다.

"그럼 이것저것 다 뛰어넘고 순서 33·신 앞에 맹세하는 의식이니라. 버섯지기 전사는 지금부터 아카보시 비스코를 대장로로 받들어 그 활이 되어서 적을 꿰뚫을 것을 맹세하는가?"

자비의 말에, 버섯지기들은 일제히 자기 활을 바닥에 놓고 무릎을 꿇었다. 비스코가 움찔 굳어진 사이에, 노성과 같은 선고가 날아왔다.

""우리, 아카보시 비스코의 활이 되어 적을 꿰뚫는 자이노라!""

"버섯이 되어 그 몸을 지킬 것을 맹세하는가?"

『우리, 하나의 버섯으로서 비스코의 방패가 되는 자이노라!』

"효호호. 좋구나."

유쾌한 듯이 웃는 자비와는 달리 비스코는 견딜 수가 없었다. 지금까지 파트너 한 명과 한 마리와 함께 마음 편히 여행해왔는데, 느닷없이 이런 충성을 바친다고 한들 보답해줄 게 없었으니까. 그래서 자비에게 항의 한마디라도 하려고 했는데.

"그럼 순서 34번, 아카보시 비스코의 말이니라. 그대의 화살로 꿰뚫지 못하는 것은 있는가?"

"어, 어어?!"

갑작스러운 질문에 굳어진 비스코의 귓가에 사향의 주인이 달콤하게 속삭였다.

"너의 화살로 꿰뚫지 못하는 것이 있는가? 그렇게 묻는 거다."

비스코는 무심코 반사적으로 목소리를 높여서 대답했다.

"내 화살로 꿰뚫지 못하는 건, 없어!"

"너의 버섯이 먹어치우지 못하는 벽은 있는가?"

"내 버섯독이 씹을 수 없는 건 없어……. 내가 쏴서 피지 못하는 버섯은 없어!!"

주변 버섯지기들이 오오—! 하고 환성을 내질렀다. 아마 그건 의식 그대로의 말은 아니겠지만, 그 젊고 활기찬 기세가 버섯지기들을 한층 들끓게 한 것은 틀림없었다.

"훌륭하다! 그럼 마지막으로. 그대는 평생 활과 화살을 들고, 버섯과 그대 옆의 여자를 아내로 삼고, 전사로서 아내와 자식을 지킬 것을 맹세하는가?"

"당연하지, 맹세하겠어! 나는…… 어, 뭐, 뭐라고?"

"그럼 그 아내. 그 청렴한 마음과 힘을 가지고 그대의 남편 아카보시 비스코 및 두 사람의 자식을 지킬 것을 맹세하는가?"

"전심전력을 걸고, 여기에 맹세합니다."

"그럼 반지 교환을……."

"잠깐—! 기다려기다려기다려, 도중부터 이상하잖아!"

무심코 벌떡 일어선 비스코가 꽉 묶고 있던 눈가리개 매듭이 부드러운 손에 의해 스르륵 풀렸다. 비스코의 시야가 드러나자, 그 눈앞에는 하얗고 아름다운, 장신의, 낯익은 여자의 아름다운 얼굴이 자신을 살짝 올려다보고 있었다.

"……으, 아……!"

간소하지만 청렴하고 아름다운 버섯지기의 신부 의상은 기본적으로 몸집이 작은 버섯지기 여성을 기준으로 하고 있기에 파우의 글래머러스한 몸과는 맞지 않아서 오히려 선정적이었고, 녹이 벗겨진 하얀 피부를 한층 아름답게 드러내고 있었다.

사르륵 흐르는 흑발로 비스코를 옭아매듯이 붙잡은 파우가 미소 지었다.

"영원한…… 사랑을, 맹세합니다. 서방님……."

"으아─아악!! 뭐야 이게─!!"

비스코가 도움을 요청하듯이 주변을 보자, 손뼉을 치며 기뻐하는 버섯지기들, 배를 잡고 웃으며 뒹구는 자비, 두 눈을 울먹이며 입술을 막고 고개를 계속 끄덕이는 미로의 얼굴이 보였다.

"우효호호하하, 어, 어서 반지 교환을 하지 못하겠느냐."

"이, 이놈들, 소, 속였구나─!! 나는 이, 이런!"

"이런…… 힘만 센 아내는, 싫은 거냐……?"

살며시 속삭이는 파우의 목소리에 비스코는 무심코 시선을 맞췄다.

"나는, 진심이다. 아카보시……."

흑진주 같은 아름다운 눈동자가 살며시 떨리며 비스코의 비취색 눈동자를 바라봤다.

"마음을 전하지 않고 죽는 건 싫었다. 임시라고 해도 좋아, 적어도 이 싸움이 끝날 때까지…… 나와, 부부가 되어주지 않겠나……?"

"아, 우…… 이, 이렇게 갑자기!"

"나는, 싫은 거냐……?"

"시, 시……!"

파우의 덧없는 시선을 정면에서 보게 된 비스코의 이마에 폭포수 같은 땀이 흘렀다. 비스코의 떨리는 눈동자는 파우의 젖은 눈동자에 빨려 들어가서 시선을 떼어놓을 수가 없었다.

"싫지는, 않아……. 알았, 다고, 파우……."

"……기쁘다! 이 몸도 마음도, 오늘부터 너의 것이야. 비스코……."

파우는 얼굴을 활짝 반짝이면서 굳어진 비스코의 손가락에 순식간에 뭔가를 끼우고는 남편의 목을 팔로 꽉 안았다.

"이로써 혼인 성립이다, 신부님."

파우가 비스코의 왼손을 군중에게 보여주자, 의식장의 박수는 한층 커졌다. 그곳에는 반짝이는 은색 반지가 있었고, 낯익은 모양이어서 비스코는 목구멍 속에서 「캐에엑!」 하고 신음했다.

"너, 너 이거. 미로 거랑 똑같은 것 같은데."

"그렇다만?"

"그럼, 바, 발신기도 들어있냐?"

"당연하지. 남편의 안전을 지켜보는 건 아내의 책무니까."

"도가 지나치잖아!!"

비스코가 신부에게 끌려가서 의식장을 나가자 그곳에는 붉은 양탄자가 깔렸고, 양옆에는 각 현이 자랑하는 강력한 군대가 모여서 일제히 환성을 내질렀다. 한가운데에는 신수(神獸)의 무늬를 금색으로 칠한 아쿠타가와가 대기하고 있었고, 위에는 한층 호화로운 안장이 놓였다.

"자, 신랑은 이쪽이야! 바닥 조심하고."

"이, 이 자식. 미로. 네가 꾸민 거구나!"

"나는 만나고 나서 줄곧 이럴 생각이었어!"

미로는 농담하듯이 대답했지만, 진심으로 기뻐하면서 눈물마저 맺힌 파트너의 표정을 보자 비스코도 뭐라 반박할 수가 없었다.

"다들 기다리고 있어, 자!"

비스코가 파우를 옆에 태우고 아쿠타가와의 고삐를 잡자, 양옆에서 군중들이 환성을 내지르며 하얀 눈선인장 꽃을 던졌다.

"두 사람 다 축하한다!"

"치사해요. 거긴 제가 앉았어야 했는데!"

웃고 있는 라스케니와 그 위에 목말을 타고 올라간 암리.

"아카보시 님께서 아내를 맞이하셨다!! 경전에서 혼인 금지 조약을 지워라!!"

얼굴을 새빨갛게 물들이며 부하에게 고함을 치는 칸드리.

"두 사람 다 시선 이쪽으로!!"

"아, 바보바보, 게 앞으로 나가지 마. 치어 죽는다고!"

시선을 유도하면서 카메라로 비스코 일행을 노리는 오오타와 이노시게, 군마 검문소 직원 2인조.

"······."

비스코는 신기하게도 평온한 마음으로 아쿠타가와를 앞으로 보내며 자신의 어깨에 기댄 파우를 바라봤다. 파우는 만족스러운 듯한, 그러나 조금은 쓸쓸한 듯한······ 그런 덧없는 미소를 짓고 있었고, 바람을 맞아 속눈썹이 떨렸다.

흑발을 묶고 있던 꽃을 살짝 치운 파우는 비스코에게만 들리듯이 작게 중얼거렸다.

"신경, 쓰지 마라. 이건 전략상 필요한 것…… 나의 어리광이다, 비스코."

"……"

"마음을 전하지 않고…… 죽으러 가고 싶지는 않았으니까. 꽤 거창해지긴 했지만…… 이걸로, 미련은 없어."

"파우, 너……."

"자, 여기까지야. 고맙다, 비스코…… 아니, 아카보시……."

붉은 양탄자의 끝에는 너츠, 프람이 이끄는 이구아나 기병, 그 중심에는 파우가 모는 순백의 대형 이륜차가 세워져 있었다.

파우는 마지막으로 비스코의 턱에 손을 대면서 천천히 얼굴을 가져갔고…… 거기서 입맞춤을 하나 했더니만, 이마를 콩 부딪쳤다.

아쿠타가와에게서 훌쩍 내려선 파우는 누군가가 던져준 자경단 코트를 걸치고 애차에 올라탄 뒤, 트레이드마크인 철곤을 하늘 높이 들었다.

"자, 이제 내게 미련은 없어졌다! 귀공들은 어떤가?! 남편에게, 아내에게, 아이들에게…… 독신인 자는, 애견의 사슬을 풀어주고 왔겠지!"

대군세 사이에서 웃음 섞인 환성이 솟구쳤다.

"지금부터 우리는 도쿄로 들어가 그 원흉을 친다. 우리가 봐온, 받아온 무수한 행복을 덧칠해버리려는 자. 그놈을 꿰고, 내일을 지키는 거다!"

""전귀(戰鬼) 파우!""

""아수라 파우!""

"다들 가자! 우리의 의지로, 《도쿄》를 친다!"

파우는 신부 의상과 화장은 그대로 두고, 철곤을 든 전귀가 되어 하얀 섬광처럼 이미하마 남문을 돌파하며 사이타마 철사막으로 내달렸다. 식장에 있던 군세와 사막에서 대기하던 대군세는 파우를 따라서 진형을 짜고, 도쿄를 향해 대진격을 개시했다.

"자, 가자. 비스코!"

"에에엑?! 지금부터 도쿄에 쳐들어간다고?!"

"그렇다네. 타도 도쿄와 자네들의 행복을 동시에 달성할 수 있는, 미로가 제안한 작전이지!"

미로에 이어서 호프가 아쿠타가와의 등에 올라탔고, 비스코는 재촉받은 대로 아쿠타가와의 고삐를 잡으며 채찍을 휘둘렀다.

"won, ribi, magdo, snew(전방에 길을 만든다)!"
온   리비   마그도   스나우

"런치 로드 메이커!!"

미로와 호프가 외친 주언(呪言)의 힘이 발동하자, 달리는 아쿠타가와 전방에 새빨간 버진로드가 끝없이 깔렸고, 그것은 머나먼 남방에 있는 도쿄를 향해 넓게 퍼져나갔다.

"야, 양탄자가 달려가잖아! 길을 만든다면 다른 걸로 하라고!"

"비스코, 이건 『결혼식』이야. 아직 식은 끝나지 않았어."

"너 대체 뭔 소리야?!"

"버진로드를 지나는 신랑 신부를 막아서는 안 된다."

호프는 그렇게 외치면서 주언의 힘을 계속 담아서 붉은 양탄자를 확장시켰다.

"그건 중요한 『매너』라네, 비스코! 자네도 기억해두게나!"

The world blows the wind erodes life.
A boy with a bow running
through the world like a wind.

녹을 먹는 비스코

SABIKUI
BISCO

3

도시 생명체 「도쿄」

코부쿠보 신지

SHINJI COBKUBO PRESENTS

[일러스트] 아카기시K
[세계관 일러스트] mocha (@mocha708)
DESIGNED BY AFTERGLOW

10

"아폴로! 아폴로—!!"

귓가에 있는 통신기로 날아든 조이의 비명을 들은 아폴로는 천천히 일어났다. 그 눈앞에 있는 투명한 원통형 부스 안에서는 어마어마하게 거대한 녹색 큐브가 때때로 「지지지직」 흔들리면서 모양을 바꾸며 천천히 회전하고 있었다.

"······미안하다, 도미노. 바로 돌아오지······."

아폴로는 큐브의 녹색을 바라보며 부드럽게 중얼거리고는, 발길을 돌려서 상층으로 이어지는 엘리베이터 패널에 올라탔다.

엘리베이터 패널은 바로 상부 돔에 도착했고, 빛나는 스크린 앞에서 허둥대는 조이의 모습이 보였다.

"무슨 일이냐, 조이."

"아폴로! 원숭이들이 바이러스를 뿌렸어!"

조이는 이마에서 구슬처럼 땀을 흘리며 눈앞에 떠 있는 광학 키보드를 계속 내리쳤다.

"녀석들이 도쿄를 향해 다가오고 있는데, 화이트들이 전혀 공격하지 않아! 그런데 프로그램에 이상은 없어····· 대체 무슨 짓을 당한 거야?!"

"아폴로 화이트가, 공격하지 않는다고?"

조이의 당황한 모습을 본 아폴로가 스크린으로 시선을 옮겼다.

바라보니, 드넓은 사이타마 철사막에서 붉은 양탄자가 일직선으로 도쿄를 향해 뻗어나가면서 동맹군의 정예들이 그 위를 노도와 같은 기세로 달려오고 있었다. 도쿄를 지키는 인형 병기·아폴로 화이트의 대군은 그걸 눈앞에서 보고 있는데도 공격 명령을 스스로 중단하고 움직이지 않았다.

"……이건……."

아폴로는 눈을 가늘게 뜨고 약간 입술을 깨물었다. 저 붉은 양탄자의 선두에서 긴 흑발을 휘날리고 있는, 신부 의상을 입은 여자를 보고는 얼추 납득한 모양이었다.

"과연. 이래서는 손댈 수가 없겠군."

"아폴로, 뭔가 알아냈어?!"

"조이, 쓸데없는 짓은 그만둬라. 화이트에 이상은 없어."

"에엑?! 그래도!!"

"화이트는 정상적으로 작동하고 있다. 『매너』를 지켰을 뿐이지……. 『버진로드를 지나는 신랑 신부를 막아서는 안 된다』."

"에에엑, 매, 『매너』라고?!"

조이는 딱딱한 표정을 풀지 않고 말하는 아폴로의 옆얼굴을 바라보고는 놀라며 말했다.

"저, 적이 여기까지 접근했는데…… 이런 상황에서 『매너』라니!"

"몇 번씩 말하게 하지 마라. 『매너』는 무엇보다도 우선되어야 해……. 아무리 원숭이라고 해도 결혼해서 식을 거행했다면 그건 『결혼식』이다. ……『축복』을, 해줘야만 하지."

아폴로는 붉은 두 눈을 크게 뜨고는 스크린을 향해 뭐라 명령 언어를 중얼거렸다. 공중에 대기하며 어쩔 방도도 없이 일본군의 침공을 지켜보던 화이트 대군은 갑작스러운 명령에 움찔! 하고 연쇄적으로 반응하며 손에 푸른 입자를 모았다.

"……화, 화이트가 움직였다! 역시 아폴로!"

"쏴라."

아폴로의 한 마디에 아폴로 화이트 대군은 일제히 입자를 날렸고…….

그것은 컬러풀하고 아름다운 꽃잎으로 변하더니 달려가는 파우의 머리 위에 쏟아졌다. 이어서 용맹하게 달려오는 아쿠타가와 위에도 꽃이 내려왔고, 미로는 활짝 웃으며 비스코의 옷 안에 꽃잎을 넣어서 몸부림치게 했다.

"이제 됐다……. 이후에는 『부케 토스』라는 게 있어서, 받은 여성이 다음 결혼식의 신부가 되는 것이 『매너』지만, 이쪽에는 여성이 없으니 이건 할 수가 없겠군."

'호프의 짓이구나……!'

무표정하게 스크린을 바라보는 아폴로 뒤에서 조이가 이를 갈았다. 이 냉철하기 그지없는 이지적인 남자, 아폴로에게 있어서 모세의 십계처럼 강렬하게 뿌리박힌 행동 규범이 바로 『매너』라 불리는 것이며, 조이와 레이지도 그 존재에 매번 고생해왔다.

그리고 이 『매너』의 약점을 찌른 일본군의 쾌진격 뒤에는, 일찍이 자신들과 같은 아폴로의 아바타였던 호프의 조력이 있는 게 틀림없었다.

"버진로드가 끊어지는 대로 공격을 가해야……겠지만, 저놈들, 진언이라는 걸로 버진로드를 늘리고 있는 건가……? 기묘한, 결혼식이군……."

'아폴로를 어떻게든 설득해야 해. 『매너』에 빈틈은 있나……!!'

조이는 아폴로에게는 비밀로 하고 도쿄의 자료를 검색했고, 전자의 바다에서 결혼식 관련 서적을 찾다가 겨우 목표로 하던 문장을 찾아내고는 아폴로에게 힘차게 말했다.

"아폴로! 이거, 이거 봐봐!"

"이제 됐다, 조이. 뒷일은 맡기도록 하지. 나는 서버를 보고 있어야……."

"저건 『버진로드』가 아니야!!"

조이의 기세에 약간 당황하며 멈춘 아폴로의 눈앞에서, 조이는 순백의 신부를 표지로 한 잡지의 한 장을 전개해서 해당하는 문장을 붉게 비췄다.

버진로드란 기독교식 결혼식이며, 결혼식장 입구에서 제단으로 이어지는 통로 및 그곳에 깔린 천을 가리킵니다. 그 버진로드, 최근에는 다양한 배리에이션이 있다는 걸 아시나요? 다음 페이지부터는 개성 풍부한 버진로드의 최신 정보를 소개!

"웅? 결혼식의 최신 정보에는 딱히 흥미가 없어."

"그게 아니라, 여기! 『결혼식장 입구에서 제단으로 갈 때까지』가 버진로드야! 녀석들이 지나가는 저 길은 그저 붉은 양탄자에 지나지 않아!"

조이는 아폴로의 가슴을 흔들면서 말을 이었다.

"게다가, 식장을 나와서까지 세리머니를 계속 이어가다니, 그거야말로 매너 위반이야! 우리가 녀석들을 공격하는 건 정당해! 『매너』에는 전혀 저촉되지 않아!"

"…………"

아폴로는 조이의 말에 눈을 크게 뜨고는 뭔가 생각에 잠긴 모양이었지만, 이윽고 고개를 끄덕이고는 자기 앞에 커다란 프로그램 술식을 전개했다.

"『매너』 제5조에 지금의 사항을 추가한다. 그에 따라 모든 화이트를 긴급 재기동, 도쿄에 접근하는 이분자를 전군을 몰고 배제하도록."

"아폴로!!"

"용건은 끝났겠지. 서버 룸으로 돌아간다……. 레벨 3 이하의 용건으로는 말 걸지 마라."

"알았어! 반드시 녀석들을 쓰러뜨릴게!"

조이는 엘리베이터 패널을 타고 내려가는 아폴로를 배웅하고는 스크린을 돌아봤다. 곧바로 공격을 시작한 아폴로 화이트들과 허둥대는 동맹군이 눈에 들어왔다.

"호프…… 아폴로의 『매너』를 찌르다니, 비겁한 녀석……!"

짜증을 내뱉으며 입술을 떤 조이가 중얼거렸다.

"두고 보라고, 원숭이들아. 너희는 모조리 없었던 걸로 만들어주겠어!"

11

"군세를 빠져나왔어! 아하하, 축하까지 받았고!"

"이렇게나 잘 풀릴 줄은 몰랐네! 이대로 도쿄로 들어가자!"

사이타마 철사막 남쪽, 길게 뻗은 붉은 양탄자 위에서 선두를 달리는 신부 의상의 파우, 뒤따르는 아쿠타가와, 그리고 그 뒤쪽에는 소수의 정예들이 한 명의 희생도 없이 아름다운 꽃잎을 온몸에 붙이고 질주했다.

"야, 이 기다란 옷 이제 벗어도 되잖아! 무거워서 견딜 수가 없어!"

"안 돼. 파우가 신부 의상을 입고 있잖아⋯⋯. 근데 버섯지기의 신부 의상은 꽤 과격하네. 다들 저걸 입어?"

"버섯지기 여성은 몸집이 작은 사람이 많으니까, 보통은 저렇게 안 된다고. 저건 파우가⋯⋯."

"크니까? 뭐가?"

"신장!!"

"비스코~ 멍청하게 있을 때가 아니다."

역전의 대게 오가이의 고삐를 잡은 자비가 후방에서 외쳤다.

"인형들이 갑자기 움직이기 시작했다. 뒤에서 응전하고는 있지만, 이대로 가면 뭉개질 게야."

"화이트가 움직였다고?! 젠장, 조이가 『매너』를 바꾸게 했나 보군!"

호프는 후방에서 차례차례 작렬하는 푸른 도시탄을 노려보며 인상을 찌푸렸다.

"틀렸어. 도쿄까지는 아직 거리가 멀어. 이대로 가면 따라잡힐 걸세……."

"개조 님."

폭신폭신한 솜털의 오오챠가마 대승정이 하마 두 마리가 이끄는 하마차에서 훌쩍 뛰어내려, 아쿠타가와의 안장 앞에 재주 좋게 올라타서 호프 앞에 무릎을 꿇었다.

"여기는 제게 맡겨주시지요. 저도 반료지 대승정, 지난 100년 동안 1초도 수행을 거른 적이 없사옵니다."

"오오챠가마, 무모한 소리 하지 말게! 그건 죽으러 가는 거나 마찬가지야!"

"죽으러 가는 것입니다."

폭신폭신 털 속에서, 동그란 눈이 빛났다.

"얼마 남지 않은 목숨, 원래는 켈싱하 타도에 사용하려 했습니다. 그런데 녀석이 저 아카보시에게 죽어버린지라, 마침 목숨이 남게 되었지요. 부디 이번에야말로, 확실히 맡겨주십시오."

"……인류를 위해 목숨을 바치겠다는 건가. 오오챠가마. 자네의 각오, 똑똑히……."

호프는 붉은 눈을 크게 뜨고는 대승정의 각오에 경의를 표하며 대답……하려다가, 어째서인지 도중에 말을 끊고는 굵은 눈물을 펑펑 쏟기 시작했다.

"개조 님……?!"

"싫, 어…… 싫어…… 할아버지, 가지 마!"

""티롤!""

호프의 입에서 나온 말에 소년들과 대승정의 목소리가 겹쳤다. 눈물을 펑펑 쏟는 호프의 붉은 눈이 천천히 변색되더니, 이윽고 티롤의 금빛 눈으로 돌아갔다.

"할아버지가 죽으면, 나…… 정말로 혼자가 돼버리잖아……. 부탁이야. 가지 마……. 절로 돌아가도 되니까. 착하게 지낼 테니까……."

의식이 혼탁한지 약간 퇴행한 것처럼 보이는 티롤은 눈앞의 대승정을 힘껏 끌어안으려다가 하마터면 아쿠타가와에서 떨어질 뻔해서 소년들을 당황하게 했다.

한편, 솜털 승정은 무시무시한 균형 감각으로 미동도 하지 않은 채 손녀를 받아내고는, 그 눈물 젖은 얼굴을 다정하게 어루만졌다. 그리고는 깜빡깜빡 움직이던 두 눈을 감고, 손녀의 체온에서 추억을 되새기듯이 과거를 떠올렸다.

"이 녀석, 티롤. 함부로 나오면 위험하지 않느냐. 개조 님 안으로 돌아가거라."

"싫어!! 그치만, 할아버지가!!"

"내가 죽는다 죽는다고 해서 정말로 죽은 적이 있었더냐? 내 영력을 믿거라. ……자, 티롤. 나를 잘 보거라."

금빛 눈에 눈물을 한껏 머금은 티롤의 뺨을 잡은 대승정이 싱긋 웃었다.

"……좋구나. 마음의 가시가 빠져나갔어. 친구가 생긴 모양이구나, 티롤."

"……응."

"친구와는 언~제나 친구로 있거라. 네가 싸우다 다친다면, 그곳으로 돌아가거라. 친구가 싸워서 다친다면…… 너의 품에서 쉬게 해주고."

"……응……."

"으~응, 착하구나. 자, 쉬고 있거라. 너는 다정한, 자랑스러운 손녀다, 티롤……."

"……할아……버지……."

달리는 아쿠타가와 위에서 한동안 티롤의 등을 어루만지던 오오챠가마 대승정은, 티롤이 잠든 것을 보고 훌쩍 뛰어올라서 두 소년에게 꾸벅 고개를 숙였다.

"아카보시. 판다 군. 티롤을 소중히 대해주는 게 좋을 거다."

"알았…… 으응?! 여기서는 잘 부탁한다고 해야 하는 거 아니야?!"

"그러니 나는 갔다 오지. 뒷일은 부탁한다~."

솜털 승정은 본연의 민첩함으로 하마차에 올라타고는, 단신으로 궤도를 바꿔서 대량으로 덮쳐오는 인형 병기들을 향해 나아갔다.

"비스코, 보내도 괜찮겠어?! 대승정, 저대로 가면!"

"……."

살짝 입술을 깨물며 뒤를 돌아본 비스코의 가슴팍을, 소녀의 하얀 손이 잡아서 앞으로 되돌렸다.

"티롤, 너!"

"가세."

티롤의 금빛 눈동자는 이미 완전히 붉은색으로 돌아가서, 지금의 인격이 호프라는 것을 나타내고 있었다. 호프는 여전히 눈에서 흐르는 눈물을 닦고는, 결연하게 입을 다물며 도쿄 방향을 향해 시선을 빛냈다.

"티롤도 가자고 말하고 있네. 할아버지를 개죽음당하게 만들면 용서하지 않겠다고…… 우리에게 샛길로 빠질 여유는 없어. 한시라도 빨리 도쿄로 쳐들어가 아폴로를 쓰러뜨려야 해!"

"……그래, 알았어!!"

비스코는 호프의 말을 듣자 비취색 눈을 번뜩! 빛내고는 아쿠타가와를 한층 빠르게 몰았다. 현대 일본이 자랑하는 최종 병기들은 파우가 모는 순백의 대형 이륜차를 따라서 똑바로 도쿄로 향했다.

"효호— 잔뜩 있구나—!"

하늘을 나는 기계 인형들의 군세를 기다리던 오오챠가마 승정은 양팔을 빙글빙글 돌리고는 오랜만에 나서는 전투의 예감에 끓어오르는지 하마 두 마리 위에서 뿅뿅 뛰었다.

"수십 년만인가? 뭐, 됐다. 해치워버릴까~!"

"오오챠가마 님—!"

"효호?"

커다란 목소리가 들려서 뒤를 보자, 뒤쪽에서 되돌아온 에

스카르고 수송기에서 쿠사비라슈의 승병들이 차례차례 뛰어내려 솜털 승정의 하마차를 지키고자 뭉쳤다. 그리고 승정들의 어깨를 타고 뛰어내린 의안의 여승정이 솜털 옆에 두둥실 내려섰다.

"혼자서 저걸 막아내려 하시다니, 만용이 너무 지나치세요! 쿠사비라슈도 가세하겠습니다!"

"만용은 아니야. 너희야말로 개조 님을 지켜드리거라."

"호프 님의 명령이기도 해요. 녀석들의 힘을 줄이면 그것만으로도 아폴로의…… 메모리를 압박할 수 있다나요? 아무튼 영력이 떨어진다고 해요."

"응? 개조 님이?"

"오오챠가마 승정—!"

쿠사비라슈와는 반대쪽, 반라 상태로 땀을 반짝이며 달려온 승정 칸드리 이하 근육질 승려 집단은 쿠사비라슈와는 동맹 관계인 아케치슈의 승려들이었다.

"쿠사비라 신 아카보시 님의 명을 받들어 조력하겠소이다! 다들 오오챠가마 승정을 지켜라!!"

예! 하는 우렁찬 소리와 함께 아케치슈가 쿠사비라슈를 뒤덮듯이 감싸고는 도쿄의 대군세를 세 종파가 받아치는 진형을 잡았다.

"오오챠가마 님. 아카보시가 아폴로를 쓰러뜨리면 저 인형들도 쓰러질 겁니다. 그때까지 우리가 버팁시다!"

'사실은, 나의 힘을 시험해보고 싶었을 뿐인데 말이지.'

라스케니의 말을 들으며 표정을 읽을 수 없는 솜털 얼굴의 눈만 깜빡거리던 오오챠가마 승정은 이윽고 정색하더니, 품에서 지팡이를 슬쩍 꺼내서 머리 위로 올렸다.

"뭐, 해보기로 하자꾸나. 너희들, 장벽의 술법은 가능한가?"

"반료지가 가능한 술법이라면 얼추 다 할 수 있어요."

"말은 잘하는구나! 그럼 맞추거라."

"전 승려! 방벽의 진언을 맞춰라!"

예! 하는 대답과 함께 승려들은 일제히 사이타마 철사막에 좌선하며 집중했다. 공중에 뜬 기계 인형들이 그들을 향해 차례차례 푸른 입자를 모으기 시작했다.

'사악한…… 사람이었지만. 이건 오늘 이날을 위해 그 사람이 해명했던 진언.'

자신도 진언의 기를 모으면서, 암리의 보라색 눈동자가 번뜩 빛났다.

'아버님. 힘을 빌려줘요!'

"온다— 실수하지 마라!"

기계 인형들이 일제히 푸른 큐브 탄환을 날린 그 타이밍에 맞춰서.

"온 샨다리바 셰드 스나우!!"

"런치 월 프로텍트—!!"

다른 종파의 두 가지 진언이 보라색과 핑크색 두 겹의 거대한 반구형 장벽을 형성해서 주변 일대를 덮었다. 장벽에 반사된 광탄은 기계 인형 자신들에게 맞았고, 그대로 고장을 일으켜서 떨어져 부서졌다.

기계 인형들은 장벽에 막힌 것을 보자 곧바로 공격의 기세를 늘렸고, 장벽을 향해 운석 같은 푸른 큐브를 비처럼 쏟아붓기 시작했다. 장벽에 충격이 갈 때마다 승려들의 눈이나 코에서 피가 뿜어져 나오더니 한 사람, 또 한 사람 힘이 다해서 쓰러졌다.

"이제는, 녀석들과 우리의 끈기 승부이니라!"

"이 정도쯤……! 버텨, 보이겠어요!"

처절하기 그지없는 방어전 속에서, 암리는 의안 끄트머리에서 피를 흘리며 진언을 계속 강화했다.

"비스코 오라버니를, 방해하게, 할 수는 없어……! 목숨이라면 가져가라! 내 영혼을 벽으로 삼아서, 너희 중 한 놈도! 여기서! 지나가게 두지 않아!"

"보인다, 도쿄다!"

흑발을 휘날리는 대형 이륜차에서 노성이 들렸다. 사이타마 철사막을 통과하면 나오는, 원래는 커다란 구멍이 뚫려있던 《도쿄》. 그곳에는 지금 거대 도시가 질서 있게 솟아 있었다.

뒤에서 덮쳐오는 기계 인형 부대를 막기 위해 정예 부대가 차례차례 이탈했고, 도쿄에 도착한 것은 핵심인 비스코, 미로, 호프를 제외하면 파우와 자비뿐이었다.

"겨우 왔나! 저 안에 들어가서 아폴로를 두들겨 패면 끝인 거지?!"

"그렇지…… 아니, 기다리게!"

호프는 도쿄 바깥쪽에서 부자연스럽게 반사되는 태양빛을 보고는 표정을 굳혔다.

"……아뿔싸. 도쿄 전역에 장벽이 쳐져 있어!"

"장벽이라고?"

"자네가 진언으로 치는 벽과 원리는 동일하다네, 미로. 단지, 아폴로의 것은 강도가 격이 다르지…… 어떻게든 저 벽을 해킹해서 해제 코드를 찾아야……."

"그런 답답한 짓을 하고 있을 여유가 어딨어!"

비스코는 호프의 말을 가로막으며 아쿠타가와에게 채찍을 날렸다. 아쿠타가와도 비스코의 의도를 알아챘는지, 스피드를 더욱 올려서 거대 도시를 향해 돌진했다.

"파우, 자비! 올라타, 아쿠타가와로 깨부수겠어!"

"알았다!"

"오가이, 잘 달려줬다! 코스케에게 돌아가거라!"

각자 바이크와 대게에서 뛰어올라 아쿠타가와에 올라탄 두 사람을 돌아본 호프가 외쳤다.

"아, 아쿠타가와로 장벽을 깨부순다고?! 비스코, 아무리 그래도 무모하네!"

"우리가 무모한 짓을 하는 건 평소랑 똑같다고."

"아폴로가 세운 장벽은 그야말로 다이아몬드 이상의 경도란 말일세! 생물이 뚫을 수 있을 리가 없어!"

"반대야, 호프. 인간이 만든 것 따위로 아쿠타가와를 막을 수 있겠냐!!"

"비스코……!!"

비스코의 말에는 무모함이나 만용이 아닌, 그저 순수한 확
신만이 있었고, 그 맑은 감정을 느낀 호프는 굳어지고 말았
다. 미로, 자비, 파우 모두 비스코의 말을 조금도 의심하지 않
은 채, 그저 결의에 찬 표정으로 앞만 바라봤다.

"비스코! 오랜만에 그 기술로 가보자꾸나!"

"라쇼몬 깨기 말이야?! 상관은 없지만, 떨어지지 말라고. 영감!"

"우효호호! 얕보지 말거라. 가자, 애송아!"

"네!"

자비와 미로가 동시에 활을 당겼고, 새송이버섯 화살이 아
쿠타가와 전방 모래땅에 퉁, 하고 박혔다. 이윽고 비스코의 고
삐에 맞춰 뛰어오른 아쿠타가와가 새송이버섯 화살을 거대한
체구로 밟았다.

빠, 꿈!!

사막 전체의 모래가 솟구치는 듯한 충격과 함께 어마어마
한 기세로 피어오른 거대한 새송이버섯이 아쿠타가와를 하늘
높이 띄웠다.

"아쿠타가와, 간다! won, shad, viviki, snew(대상이 원
하는 무기를 부여한다)!"

공중에서 번쩍 든 아쿠타가와의 왕집게발이 미로의 진언에
맞춰 거대한 에메랄드 껍질에 덮였다. 거대 도시 도쿄의 중심
부, 그 위에서 오렌지와 라이트그린의 콘트라스트가 태양빛을

맞으며 반짝반짝 빛났다.

"이건…… 굉장하군, 진언의 왕집게발!"

"붙잡고 있어, 파우!"

자신의 몸을 크게 회전해서 어마어마한 원심력을 실어 버섯지기를 멀리 날려버리는 「토네이도 투법」은 사실 아쿠타가와의 필살기를 응용한 것이다. 본래 형태는 그 회전력을 왕집게발에 담아서 내리치는, 기수의 목숨마저 위험에 빠뜨리는 건곤일척의 대기술이었다.

""""가라아아, 아쿠타가와—!!""""

아쿠타가와는 버섯지기 세 사람의 호령에 따라서, 안장 위의 일행을 날려버릴 듯한 대회전의 기세를 그대로 유지한 채 에메랄드 왕집게발을 도쿄의 장벽을 향해 힘껏 내리쳤다.

빠, 가아악!!

악문 이빨조차 부러질 듯한 어마어마한 충격. 아쿠타가와가 날린 혼신의 왕집게발은 투명한 벽에 빠직! 하고 커다란 금을 가게 만들었지만, 그 금은 아깝게도 벽 안쪽까지 닿지는 않은 모양이었다.

빠직, 빠직.

아쿠타가와의 왕집게발을 덮고 있던 에메랄드 도끼도 장벽의 경도에 밀려서 금이 갔고, 서서히 부서지면서 이윽고 녹가루가 되어 하늘로 흩어졌다.

"아앗……! 앞으로 한 발짝이었는데!"

"바보 자식. 잘 봐."

"……어?"

아쿠타가와가 한 호흡 시간을 두고는 왕집게발을 부우웅! 휘둘러서 태양빛에 빛냈다. 그러자 고고고고, 하고 땅이 흔들리는 굉음이 들리면서 무적으로 보이던 투명한 장벽에 빠직! 빠직! 거대한 금이 계속 생기기 시작했다. 투명한 장벽은 마치 우박처럼 반짝반짝 떨어지더니, 이윽고 눈사태처럼 무너져서 일행을 덮쳤다.

"봤냐, 라쇼몬 깨기. 도쿄의 방어도 벗겨버렸다고."

"그런 말이나 할 때냐! 떨어진다, 아카보시!"

"마침 잘됐잖아! 이대로 놈들의 본거지에 뛰어들어주겠어!"

고층 빌딩이 나란히 늘어선 거대 도시《도쿄》. 다섯 명과 한 마리는 결의를 무기 삼아서 그 미지의 중심으로 뛰어들었다.

12

"으…… 으~응……."

멍한 머리로 눈을 몇 번 깜빡이자 점차 시야가 확연해졌다. 호프는 걱정스레 들여다보는 미로와 눈을 마주치고는 급격하게 의식을 되찾았다.

"호프! 다행이다, 정신이 들었구나!"

"미, 미로. 미안하네. 아쿠타가와의 회전에 반고리관이 따라가지 못해서……."

호프는 약간 구역질이 남아있는 머리를 붕붕 휘두르고는

황급히 일어났다.

"다들 무사한가? 누군가 장벽에 튕겨나가지는……."

"괜찮아! 다들 무사해. 호프를 돌봐주는 사이 이곳저곳 탐색하러 갔다 온대."

"탐색이라니, 그런 위험한……."

호프는 그렇게 말하면서 다시 주변 경치를 보고는 표정을 굳혔다.

장벽을 깨고 운석처럼 떨어진 아쿠타가와는 붉은 벽돌로 짜여있던 도쿄역 지붕을 뚫고 그대로 착지한 모양이었다. 높은 천장에 뚫려있는 구멍에서는 석양의 불빛이 들어왔고, 주변에는 건물의 잔해가 흩어져 있었다.

'돌아, 온 건가. 2028년으로…….'

도쿄역 내부를 돌아보니, 부티크나 음식점 등등 문명 붕괴 전의 청결한 모습이 유지되고 있어서, 호프의 가슴에는 일종의 향수가 찾아왔다.

그때.

끼리리릭! 타이어 스치는 소리를 내며 검은 대형 이륜차가 다가와 호프의 눈앞에 멈췄다. 바람에 맞아 머리가 두둥실 떠오른 호프와 미로 앞에서 파우가 내려왔다.

"호프! 정신을 차렸나."

"파우! 그…… 그거, 어떻게 된 거야?"

"근처에 이륜차 전문점이 있더군. 돈을 낼 상대도 없으니 접수했지."

파우는 검게 빛나는 바이크 시트를 어루만지며 만족스럽게 웃었다. 그 모습은 지금까지의 신부 의상과는 달리 훔쳐 온 것처럼 보이는 고급스러운 라이더 슈트를 입고, 트레이드마크인 머리띠를 이마에 찼다.

"착용감이 전혀 달라. 역시 고대 일본의 산물이라고 해야 하나."

"착용감이고 뭐고. 원래 맨살에 직접 입는 게 아니거든?"

"파우, 두 사람하고 아쿠타가와는? 서둘러…… 콜록콜록. 서둘러야 하네. 우리가 도쿄에 들어왔다는 건 아폴로도 이미 눈치챘을 거야."

파우는 기침하는 호프의 등을 가볍게 어루만지고는, 근처에 있던 자동판매기를 철곤으로 때려 부수고 굴러나온 캔 음료수를 호프에게 건네줬다.

"마시고 진정해라, 호프. 호랑이굴에 들어왔다는 건 다들 알고 있어."

"고, 고맙네! ……앗 뜨거! 파, 팥죽이잖아!"

"그나저나 확실히 늦군. 버섯지기는 눈에 띄는 거라면 뭐든지 뒤적거리니까. 이쪽에서 마중을 나가야 하나……."

파우가 턱을 어루만지며 고민했다. 그때 미로는 밑에서 뭔가 덜컹덜컹 이질적인 소리가 다가오는 걸 눈치챘다.

이질적인 소리는 그대로 호프와 자신을 통과하듯이 지나갔고, 그 후에는 뭔가 강철로 된 격자 모양의 무언가가 길게 이어져서 뻗어나갔다.

"……저기, 호프. 이건……."

"……이건, 선로?"

"……앗! 위험해. 미로! 뭔가 온다!"

뿌오오옹, 하고 역 전체에 울려 퍼지는 소리와 함께 뭔가 거대한 것이 다가오는 기척이 일행을 덮쳤다. 파우는 바로 두 사람을 안고 이륜차에 타서 단번에 액셀을 밟았다.

콰콰쾅! 눈앞에서 부티크를 뚫고 거대한 직육면체의 무언가가 일직선으로 덮쳐왔다. 파우 일행은 가까스로 피했지만, 직육면체의 무언가는 그대로 대열을 이뤄서 찻집을 뚫고 지나갔다.

"지금 저건 뭐지……! 공격받은 건가?!"

"야마노테선이라네."

파우의 품안에서 호프가 외쳤다.

"우리를 향해 선로를 생성하고 있어! 한꺼번에 치어서 뭉개버릴 속셈인 걸세!"

"두 사람 다 떨어지지 마라!"

조금 전의 일격은 그저 서막일 뿐이라는 듯이 선로 생성이 급격하게 빨라지며 파우의 이륜차를 추월했고, 차륜에서 불똥을 튀기는 야마노테선이 차례차례 세 사람을 덮쳤다. 파우는 발군의 드라이빙 테크닉을 발휘해서 계속 피했지만, 무질서한 야마노테선이 쿠콰쾅, 쿠쾅! 파괴하는 시설 파편이나 철골이 계속 몸에 쏟아져서, 그 위압감은 장난이 아니었다.

"파우! 이 녀석, 엉망진창이야! 좁은 곳에서는 불리해!"

"알고 있다!"

파우는 야마노테선이 부순 벽의 구멍을 지나 역 구내에서 석양이 지는 도교로 뛰쳐나왔다. 그래도 선로 생성은 멈추지 않았고, 대량 이륜차를 집요하게 쫓아와서 생성되었다. 미리 공격 루트를 예측할 수 있는 만큼 피하는 건 가능했지만, 그 압박감은 심상치 않았다. 강철 같은 여자 파우의 이마에도 점차 땀이 맺혔다.

"젠장, 끈질겨⋯⋯! 이래서는 끝이 없어!"

"근처에 야마노테선 자체를 생성하는 녀석이 있을 걸세! 그 녀석을 쓰러뜨리지 않으면⋯⋯."

"파우, 앞!"

동생의 목소리에 바로 브레이크를 밟은 파우의 눈앞을 열차가 부응 지나갔다. 커브를 그리며 꿈틀대는 강철의 뱀 앞에서 방향을 바꾸려 했지만, 파우는 뒤를 돌아보고 경악했다.

"⋯⋯아뿔싸. 유도당했나!"

지금은 파우의 눈앞만이 아니라 주변을 둘러싸는 원형 선로가 완성되었고, 야마노테선은 조금의 빈틈도 없이 그곳을 고속으로 내달리고 있었다. 선로는 슬금슬금 고리를 좁혀왔고, 아무래도 그대로 일행을 치어 죽이려는 속셈으로 보였다.

"미로! 내 철곤으로 날려주마. 호프를 데리고 도망쳐라!"

"바보 같은 소리 하지 마!! 파우를 두고 갈 리가⋯⋯."

파우가 머리띠 밑에서 석양이 진 하늘을 노려본 그 시선 너머에서⋯⋯.

오렌지색으로 빛나는 커다란 것이 왕집게발을 들고 떨어졌다.

"저건!"

"효호이! 쳐라, 아쿠타가와!"

쿵, 쾅!

자비가 조종하는 아쿠타가와의 왕집게발 일격이, 달리는 야마노테선의 지붕을 힘껏 때려 부수고 긴 동체를 찌그러뜨렸다.

"자비 씨!"

"미안하구나. 비스코 녀석이 서점을 찾아버려서. 좀처럼 안 나오더구나."

"너도 『코보짱#1』 읽었잖아, 영감!"

파직파직 불똥이 튀기는 야마노테선을 아쿠타가와가 내던지고, 그걸 비스코의 활이 쏘자 4량 편성의 야마노테선은 공중에서 폭발해서 석양에 녹식을 피웠다. 이륜차를 감싸듯이 지면에 쿵 떨어진 아쿠타가와는 집게발을 번쩍 빛냈다.

"비스코, 자비. 고맙네! 시간이 없어. 어서 아폴로에게……."

"기다려, 호프. 손님이야."

이미 무거운 의식복을 벗어던지고 평소와 같은 버섯지기 스타일로 갈아입은 비스코가 아쿠타가와에서 내려와 공중의 한 곳을 노려봤다.

야마노테선이 부숴버려서 처참한 모습이 된 역사 위에서 떠 있는 누군가의 붉은 머리가 휘날렸다. 그것은 어두컴컴한 살의를 담아서 낮은 목소리로 일행을 불렀다.

"게로, 열차를 뭉개버렸다고? 3류 영화라도 보는 것 같군……

#1 **코보짱** 일본의 유명 4컷 만화.

179

바보 같기는!"

"레이지!"

호프의 외침에 일행도 돌아봤다. 레이지가 불린 붉은 머리 남자는 호프와 같은 붉은 눈동자를 석양 속에서 빛내면서 그 목소리에 답했다.

"역시 네가 꾸민 거였나, 호프. 원숭이의 몸에 들어가면서까지 그놈들의 편을 들고 싶은 거냐. 그렇게 아폴로가 미운 건가?"

"아폴로를 원망하지는 않아! 하지만 지금을 사는 인간을 없애버리고 우리의 시대를 복원하는 건 일그러진 이기주의에 지나지 않네! 본래의 아폴로라면 그런 건 원하지 않았을 걸세!"

"인간을 없애는 게 아니야. 원숭이를 없애버릴 뿐이지."

"레이지……! 자네는!"

"런치 시티 메이커—!!"

이야기를 넘겨버린 레이지가 양손을 들자, 다시 일행의 발밑에 강철의 선로가 형성되면서 야마노테선이 굉음을 지르며 돌진해왔다.

"자, 아쿠타가와!"

자비가 모는 아쿠타가와가 돌격해오는 대질량의 강철 뱀을 정면에서 받아냈고, 몇 미터씩 밀려나면서도 그걸 안고 아득한 저편으로 던져버렸다.

"저 빨간 녀석은 나와 아쿠타가와가 맡도록 하마. 먼저 가거라, 호프."

"자비! 미안하네, 부탁하지!"

"뭔 소리 하고 있어, 영감!! 저런 녀석, 여섯이서 달려들면……."

"너도 아직 꼬마로구나. 본체가 나오지 않았다는 건, 저놈은 시간 벌이인 게야. 몰려가면 저쪽의 노림수에 말려드는 것이지……. 아가씨, 부탁한다."

자비의 말에 수긍한 파우는 항의하며 버둥거리는 비스코의 목덜미를 잡아서 호프가 주언으로 생성한 핑크색 사이드카에 태웠다.

"영감! 너 이 자식, 진심으로 하는 소리야?"

"비스코. 내가 누구인지 잊은 게냐?"

"……윽!"

"우효호. 알았으면 됐다. 가거라."

"간다, 미로, 호프! ……아쿠타가와, 자비 어르신. 무사하시길!"

비스코의 표정을 본 파우는 이륜차 액셀을 힘껏 밟아서 호프가 가리키는 방향으로 보냈다.

"그거 써, 자비!"

떠나갈 때, 비스코는 자비에게 단도 하나를 던졌다. 그것은 밤중에서도 태양빛에 반짝이는 궤도를 그리고는 자비가 뒤로 돌린 손에 쏙 들어갔다.

"이겨, 망할 영감아!"

"이기고말고."

"……바보 같은 놈. 놓칠 것 같으냐."

달려가는 대형 이륜차를 향해 레이지가 생성한 선로가 일직선으로 뻗었고, 야마노테선이 또다시 굉음을 울리며 달렸

다. 그 선로를 향해 날린 자비의 화살이 뽀옹, 뽀옹! 하고 하
얀 풍선버섯을 피웠고, 그 기세에 밀린 차량이 쿠콰쾅! 쓰러
졌다.

"……늙어빠진 원숭이 놈. 방해하는 거냐!"

레이지의 분통한 신음을 들은 노인은 「우효호호」 하고 만족
스럽게 웃었다.

"아쿠타가와! 드디어 우리가 활약할 곳이 찾아왔구나. 한껏
힘내볼까!"

대답 대신 휘두른 아쿠타가와의 왕집게발이 땅거미 속에서
번뜩 빛났다. 버섯지기의 영웅 자비는 오랜만에 서는 사지(死
地)에 끓어오르면서 단궁을 힘차게 당겼다.

13

"런치 시티 메이커─!!"

레이지의 호령과 함께 아쿠타가와를 노리고 차례차례 덮쳐
온 야마노테선은 아쿠타가와의 괴력과 자비의 버섯 기술로
족족 쓰러졌다.

"……젠장. 고작 원숭이 따위가 어째서 저렇게 약삭빠르게
움직이지?!"

대게와 노인은 매우 섬세한 콤비네이션을 보이며 야마노테
선을 계속 뿌리쳤다. 그 모습을 손톱을 물며 지켜보던 레이지
는 이윽고 인상을 찌푸리고는 몸에 푸른 입자를 둘렀다.

"……다시 말해서, 기수와 말을 떼어놓으면 되는 건가."

레이지는 그렇게 중얼거리더니, 푸슝! 하고 공중을 박차 선로 위로 뛰어오른 아쿠타가와에게 엄청난 스피드로 접근해서, 안장 위에 있는 자비를 향해 공기를 찢어버릴 듯한 돌려차기를 날렸다.

"읍! 끄웅!"

자비는 즉시 그걸 활로 받아냈지만, 쇠망치로 얻어맞은 듯한 충격 탓에 아쿠타가와에게서 떨어져서, 여전히 달리던 야마노테선 지붕 위를 굴렀다.

그 눈앞에서 탁 떨어진 레이지는 승리를 확신한 미소를 지으며 자비를 바라봤다.

"이걸로 게는 내버려 둬도 치여서 죽겠지. 만일의 사태를 대비해서 장치도 해놨으니까…… 이제 너를 죽이면 끝이다, 늙은이."

"우효효호호…… 참 얕잡아보는구나."

자비는 발차기의 대미지로 입에서 약간 피를 흘리면서도 씨익 웃었다.

"지금이라도 생각해둬라. 영감한테 졌을 때의 변명을."

"헛소리 마라!"

레이지는 크게 외치면서 열차 지붕을 팔로 찌르고는, 그걸 주르륵 뽑아 야마노테선 차량을 본뜬 거대한 전투망치를 생성했다.

곧장 뒤로 뛴 자비의 단궁이 화살 몇 발을 날렸다. 그건 모두 레이지의 몸에 꽂혔지만, 특기인 풍선버섯은 발아할 기색조차 보이지 않았다.

"헛수고다, 헛수고! 아폴로의 버섯 항체 프로그램은 늙은이의 포자 따위로 깨뜨릴 수 없단 말이다!"

울부짖은 레이지가 어마어마한 스피드로 자비를 쫓아오더니 차량 망치를 머리 위로 들어서 있는 힘껏 내리쳤다.

콰, 아앙! 망치는 자비의 몸을 위에서 후려쳐서 달리는 야마노테선 지붕을 뚫고 차량 안으로 떨어뜨렸다. 바닥에 강하게 떨어진 자비의 뼈가 부러지며 입에서 「쿨럭」 하고 피가 흘러나왔다.

"흐으~응? 끈질기구나, 늙은이. 아플 텐데도 아직 숨이 붙어있나."

레이지가 지붕에 뚫린 구멍을 통해 들여다보며 말하자, 자비는 피로 물든 웃음으로 답했다.

"아프기는커녕, 효호호…… 부딪친 덕분에 허리가 나았구나."

"……입만 살아서는. 그럼 다음에는 두 쪽으로 부러뜨려주마!"

'활이 안 통하는 건가. 자~ 그럼 이걸 어떻게 한다?'

자비는 흔들리는 열차 안에서 자신의 감각을 갈고닦으며, 어둠 속에서 미약하게 보이는 승리의 빛을 찾아 역전의 두뇌로 피를 보냈다.

콰앙, 콰앙, 콰앙!

기수 자비를 빼앗긴 아쿠타가와는 그럼에도 몸으로 기억하는 움직임을 토대로 분투했고, 왕집게발을 휘둘러서 다가오는 야마노테선을 차례차례 처리했다. 주변에는 쓰러진 차량이나 찢어진 차량이 무수하게 굴러다니며 불꽃이나 연기를 피워올리고 있었다.

선로 생성도 기세를 잃었고, 이동에 여유가 생긴 아쿠타가와는 자비가 타고 있는 차량으로 달려가려 했지만—.

투쾅! 하고 떨어진 거대한 주먹에 길이 막혔다.

거대한 쇠꽃게의 몸조차도 뒤덮을 듯이 천천히 일어난 것은…….

아쿠타가와가 파괴한 야마노테선을 억지로 이어붙여서 만들어낸, 거대한 인간형 병기였다. 파괴된 차량조차도 병기에 흡수되어 일부가 되더니 그 위용을 점점 늘려나갔다.

『런치 아폴로 트레인, 대상을 섬멸합니다.』

무기질한 목소리와 함께 거대 인간형 열차 병기 주변을 푸른 도시 입자가 뒤덮었다.

열차 병기 아폴로 트레인의 거대한 팔이 투쾅! 하고 아쿠타가와의 껍질을 후려쳤다. 아쿠타가와는 즉시 왕집게발로 받아냈지만, 반대쪽 팔이 펼치는 훅에 옆구리를 맞아서 데굴데굴 굴러갔다.

빠직! 자랑하는 껍질에 금이 가는 감촉이 아쿠타가와를 덮쳤다.

콰직, 콰직, 콰직!!

아폴로 트레인은 가차 없이 주먹을 계속 내리치며 아쿠타가와의 왕집게발과 맞부딪쳤고, 그때마다 아쿠타가와의 몸은 가볍게 날아가서 도시 빌딩에 충돌했다. 붕괴하는 빌딩에서 일어서는 아쿠타가와를 조금의 인정도 담기지 않은 거대한 발이 걷어찼고, 다시 공중에 떠오른 대게를 향해 곧바로 주먹이 떨어져서 지면에 내리찍었다.

하지만, 그럼에도, 이런 사지에서도 아쿠타가와의 강철 같은 의지, 왕집게발의 위력은 쇠약해지지 않았다. 끊임없이 덮쳐오는 아폴로 트레인의 거대한 주먹을 간발의 차이로 계속 흘려내던 아쿠타가와는 한순간의 빈틈을 노려서 거대 병기의 뒤로 돌아가더니 유성처럼 날아서 거대한 다리 한쪽의 무릎 뒤를 절단해버렸다.

아폴로 트레인은 쿠우우우웅! 하고 앞으로 거꾸러졌다. 곧장 머리를 노리고 왕집게발을 휘두르기 직전.

거대한 손바닥이 아쿠타가와를 콰악! 붙잡고는 무시무시한 힘으로 조였다.

삐긱삐긱삐긱!! 껍질이 부서지는 소리와 함께 아쿠타가와가 고통스럽게 경련했다. 아폴로 트레인은 그대로 몸을 일으켜서 무릎 꿇은 자세로 아쿠타가와를 자기 눈앞까지 가져오더니 고통스러워하는 모습을 지켜보며 손에 힘을 계속 줬다.

아쿠타가와는 가진 힘을 모두 써서 그 손에서 살짝 빠져나온 뒤, 자유로워진 왕집게발을 휘둘러 차량으로 생성된 손목 연결부를 향해 힘껏 내리쳤다.

쿠쾅! 하는 소리와 함께 아쿠타가와의 왕집게발이 끊어져서 공중을 날았다. 동시에 아폴로 트레인의 손목도 잘려서 아쿠타가와와 함께 바닥에 떨어졌다.

아쿠타가와는 가까스로 기어 나왔지만, 움직일 다리를 잃어서 몸을 일으키기가 힘들었다.

필살의 왕집게발을 잃고, 여덟 개의 다리도 꺾이고, 몸 전체가 도시에 갉아먹혔다. 이미 살아있는 것 자체가 신기한 상태였지만, 그럼에도 아쿠타가와는 몸을 질질 끌면서 아폴로 트레인을 향해 나아갔다.

아폴로 트레인은 눈앞의 작은 것이 정체 모를 무시무시한 힘을 가졌다는 걸 알자 원거리 공격으로 전환한 모양이었다. 무릎 꿇고 선 자세 그대로 흉부 장갑을 변형시키고는, 그곳에 설치된 원형 파동포 같은 기구에 푸르게 빛나는 입자를 모았다.

『런치 시티 블래스터·충전 2할.』

무기질한 목소리와 함께 가슴의 포격 기구가 내부에서 고속으로 회전하며 아쿠타가와를 겨눴다.

종횡무진 뛸 수 있는 여덟 다리가 부러진 이상, 아무리 아쿠타가와라 해도 회피할 수는 없었다. 그럼에도 아쿠타가와는 하나의 의지와 함께 질질, 질질 전진을 이어갔다.

『충전 6할.』

푸른 입자 소용돌이가 한층 빛을 늘리며 아쿠타가와를 비췄다.

『충전 완료. 시티 블래스터·발—』

아폴로 트레인이 흉부에서 포격을 날리려 하기 직전.

그때까지 만신창이였던 아쿠타가와가 부러진 여덟 다리에 전력을 담아 마치 로켓 같은 기세로 뛰어올랐다. 드릴처럼 몸을 회전시킨 아쿠타가와는 끊어진 왕집게발이 아니라 반대쪽 작은 집게발을 내밀고는 노출된 흉부 장갑 안쪽, 푸르게 빛나는 포격 기구를 뚫고 아폴로 트레인의 등으로 튀어나왔다.

밤하늘을 뚫고 나온 아쿠타가와의 작은 집게발은, 거대 병기의 코어인 붉은 큐브를 들고 있었다.

아쿠타가와가 혼신의 힘으로 그것을 부수자, 야마노테선 전체에 불꽃이 터지며 거구가 부들부들 떨었다.

『시 티블 래 스터 · 발 사실 패.』

쿠쾅, 쿠쾅! 연쇄적인 폭발과 함께 흑연을 피워올리던 아폴로 트레인은, 마지막으로 커다란 폭발을 일으키며 부서졌다.

그리고…….

공중에서 꿈쩍도 하지 않던 아쿠타가와는 폭풍에 빙글빙글 휩쓸리면서 그대로 불구덩이 속으로 천천히 떨어졌다.

쾅, 쾅, 쾅, 쾅!

예리하고 뾰족한 팬터그래프 창이 열차 지붕을 뚫고 차례차례 차내에 꽂히면서 빠직빠직 불똥을 튀기더니, 뒹굴면서 도망친 자비의 외투를 태웠다.

쾅!

"웃! 크흐음."

"오? 꽂혔나. 하하하. 그 상처에서 점점 도시가 퍼져갈 거다."

쇄골 부근을 깊이 뚫린 자비는 피를 흘리는 몸을 어떻게든 일으켜 세우고는, 민첩한 다리를 써서 어떻게든 추가타를 피하고 선두 차량으로 달렸다.

"도망쳐라 도망쳐, 늙은이! 하하하, 이제 도망칠 곳도 없지만!"

'저 녀서억, 기고만장하기는…… 캑, 막다른 길인가.'

선두 차량에서 막히자 눈을 부릅뜬 자비의 다리가 자기 피로 미끄러졌다. 가벼운 몸이 스르륵 미끄러져서 조종석 벽에 부딪혔다.

"끝이다, 영감!"

"시잇!"

팬터그래프 창이 꽂히는 것보다 자비의 활이 빨랐다. 버섯지기의 영웅이 날린 풍선버섯 화살은 창 끝부분을 부수고는 뽕, 뿅! 하고 하얀 버섯으로 팬터그래프를 부쉈다.

"헷, 왜 그러나, 애송이! 어서 찌르지 못할까!"

천장에 뚫린 구멍 너머로 활을 당긴 자비의 귀에 대답은 없었다.

'……응? 그 녀석, 어디에…… 우옷?!'

빠직빠직빠직! 소리를 내면서 열차 내부의 바닥에 선로가 형성되었다. 그게 자비의 발밑을 지나가자, 아득한 저편에서 레이지의 커다란 웃음소리가 들려왔다.

"하~핫핫, 빠르기만 하고 바보 같은 원숭이 놈! 처음부터 너를 거기에 몰아넣는 게 노림수였다. 술래잡기는 끝이야!"

'캐엑ㅡ! 이건 설마!'

쿠콰! 쿠콰! 차량 사이를 뚫고 터무니없는 속도로 다가온 것은, 양다리를 소형 야마노테선으로 바꾸고 레일 위를 달려오는 레이지였다.

레이지는 붉은 눈빛으로 벽에 기댄 자비를 포착하고는 살육의 기쁨에 눈동자를 일그러뜨렸다.

"치어 뭉개져라, 늙은이—!!"

"처음부터 이게 노림수……."

폭주 특급으로 변한 레이지는 팔에서 열차 망치를 형성해서 그 스피드를 싣고 자비를 후려쳐서 다진 고기로 만들기—.

직전에.

"그걸, 내가 간파하지 못했다고 생각했던 게냐?"

"……뭣, 이이?!"

자비의 눈동자가 번쩍이는 걸 목격한 레이지는 등골에 스치는 오한을 느끼며 즉시 브레이크를 밟았지만, 이렇게나 기세가 붙은 스피드를 정지시킬 수 있을 리가 없었다.

"이, 이건…… 와이어, 잖아!"

살육의 유열에서 깨어난 레이지는 그제야 선두 차량의 손잡이나 난간에 은색 실이 휘감겨서 빛나는 것을 깨달았다. 강철 거미줄 함정 너머에서, 역전의 노인은 하얀 이를 드러내며 웃었다.

"조금만 신경 쓰면 알 일인데 말이지. 영감이라고 방심해서 그런 게야."

"느, 늙은이…… 이 자시익—!"

"반성을 못하는 녀석이로고."

자비는 그 한마디와 함께 뛰어올라 손가락에 묶은 와이어 끄트머리를 「이얍!」 하고 강하게 당겼다. 기세를 그대로 싣고 돌진해온 레이지는 그대로 죽을힘을 다해 강철거미줄에 저항했지만, 그 강인한 섬유에 엉켜서 드디어 완전히 몸이 묶여버린 채 차량 천장에 매달리게 되었다.

"끄, 으우오오—웃! 네 이, 노옴—!"

"우효호호. 거미줄 묶기로구나."

레이지는 분노한 표정으로 몸을 뒤틀어서 어떻게든 한 팔만 자유를 되찾고는, 거기서 파란 큐브를 형성해 자비에게 겨눴다.

"이겼다고 생각했나, 바보 같은 놈! 나는 아폴로 입자 덩어리, 사지가 찢어지든 몇 번이고 되살아난다. 원래부터 너에게! 나를 쓰러뜨릴 방법 같은 건 없어!"

"과연, 그럴까?"

푸슝! 하고 발사된 레이지의 도시탄을 도약으로 피한 자비는 단도를 뽑아서 실에 묶인 레이지의 가슴을 깊이 꿰뚫었다.

그러나 동시에 레이지의 팔도 자비의 목덜미를 움켜잡았다. 레이지는 팔에 바이스 같은 힘을 주고는 솟구치는 푸른 입자와 함께 시티 메이커의 힘을 흘려 넣었다.

"……하핫! 움직임을 멈춘 상대에게 스스로 뛰어들다니. 다소 지혜는 있는 모양이지만, 원숭이는 원숭이로군. 여기서 도시 부스러기가 되어 꺼져라……!"

레이지는 뛰어 들어온 자비의 피부를 뚫고 도시가 만들어지는 걸 보면서 다시 유열의 표정을 되찾았고……

빠꿈! 하고 갑자기 자기 등을 덮친 충격에 눈을 부릅떴다.

"꺽?! 뭐, 냐…… 이건……?!"

빠꿈, 빠꿈!

어깨에서, 옆구리에서…… 자신에게 무슨 일이 일어난 건지 알지 못하는 레이지의 몸을 차례차례 뚫고 태양빛 버섯이 피어났다. 자비는 자루까지 박힌 단도를 주르륵 뽑고는 그 태양빛으로 빛나는 도신을 번뜩 빛냈다.

"녹식 단도. 비스코의 피로 만든, 하나밖에 없는 것이지."

목을 잡힌 자비는 의기양양하게 웃었다.

"네놈의 버섯 항체라는 것도, 신의 버섯은 당해내지 못하는 모양이구나."

"거, 거짓말이야……. 아폴로의 항체 프로그램은 완벽해! 이, 이건, 이건 말도 안 된다고!"

"잘 가거라."

자비의 단도가 공중에 잔광을 그리며 자신을 붙잡은 레이지의 손목을 잘라냈다. 그대로 초인적인 민첩함으로 태양의 참격을 몇 번 번뜩이자, 충격으로 몸을 젖힌 레이지의 가슴이나 배에 걸쳐서 오렌지색으로 빛나는 본메이텐(梵冥天)의 문양이 새겨졌다.

"저세상 우등권이다. 아주 애쓴 포상이지."

"……싫……어……. 아폴로, 아폴로―!!"

빠, 꿈!

자비의 연격에 맞은 레이지의 몸을 순식간에 먹어치운 균사는 어마어마한 기세로 발아하여, 야마노테선을 산산이 부수고는 엄청난 크기의 녹식이 되어 밤의 도쿄에 피어났다.

자비는 이미 발아의 기세에서 벗어날 체력도 남지 않아서, 그대로 폭발적인 발아에 몸을 맡기고는 아득한 저편으로 날아갔다.

주르륵, 주르륵.

피로 물든 자신의 몸이 무언가에 끌려가는 감각을 느낀 자비는 눈을 떴다.

'뭐냐. 아직도 마중 나오지 않은 게야?'

자비는 끌려가면서 후아암, 하품을 하고는 품을 뒤졌다. 좋아하던 파이프는 멋지게 짓뭉개져 있어서 이미 쓸 수조차 없었기에, 자비는 「히히히」 하고 한바탕 웃고는 포기하고 품에 넣었다.

등에 그리운 감각이 툭 닿자, 자비는 크게 기지개를 켜며 뒤를 돌아봤다.

"여어, 아쿠타가와. 또 우리가 이겼구나."

자비의 말에, 아쿠타가와는 자랑스럽게 왕집게발을 들……려고 했지만, 그건 이미 없었기에 대신 입에서 거품을 「뽀글」 토했다.

커다란 몸을 끌고 자비를 맞이하러 온 아쿠타가와의 전신은 폭염의 불에 타버려서 하얀 연기를 피워올리고 있었고, 메마른 대지와 같은 금이 전신을 스쳤다. 왕집게발에 이어서 많은 다리가 이미 꺾여서 날아갔고, 금 사이를 가르며 튀어나온 빌딩이나 전신주의 침식 탓에 목숨도 서서히 다하려 하고 있었다.

"참 화려하게 피어났구나. 너는 기운이 좋으니까 빌딩도 잘 자라는 모양이야. 나는 이거 좀 보거라."

자비는 이미 도시에 덮여서 완전히 마비된 팔을 아쿠타가와에게 보여주고는 「효호」 하고 웃었다. 확실히 자비를 덮은 도시의 규모는 모두 미니어처 사이즈였고, 나이 탓인지 묘하게 고풍스러운 거리가 반신을 덮고 있었다.

"……나도 참, 실수했구나. 파이프를 깨뜨릴 줄이야……. 이래서는 마지막 한 모금을 빨 수가 없는데 말이지."

자비는 그렇게 말하면서 등에 느껴지는 아쿠타가와의 고동이 서서히 약해지는 것을 느꼈고, 자신도 죽음의 달콤한 유혹에 몸을 맡기기로 했다.

"……."

"……."

"효호. 아쿠타가와, 보거라……. 빨간, 커다란 별이로구나……."

올려다본 밤하늘에 떠오른 전갈자리, 새빨갛게 빛나는 안타레스가 자비의 눈동자에 비쳤다.

"……나의……."

"활과 싸움뿐이었던, 시시한 나의 인생에."

"어느 날 갑자기, 빨간 별이 내려와서, 나를 반짝반짝 비췄지."

"꼬마 때부터 천방지축으로 날뛰어서 나를 곤란하게 했고……."

"그러다……."

"구해낸 거다. 나를, 수라의 고리 속에서……."

"아쿠타가와."

"고맙구나. 비스코와 함께 있어 주어서."

"기도하자꾸나."

"그 녀석이 쓸쓸해하지 않기를."

"언제나, 쓸쓸해하지 않기를……."

아쿠타가와의 작은 집게발이 노인을 다정하게 안았다. 두
사람은 서로의 몸을 붙이고는, 약해져가는 자신들의 고동을
느끼면서 남은 목숨을 써서 비스코를 위해 기도했다.

14

"보였다! 저기일세!"

대형 이륜차를 모는 파우의 등을 잡고 흩날리는 흑발 사이
에서 나온 호프가 외쳤다. 가리키는 곳에는 빌딩 거리를 내려
다보는 구체 같은 것이 초저녁의 하늘 위에 떠 있었다.

"뭐야 저게?!"

"아마 황거(皇居)를 뭉쳐놓은 거겠지."

호프는 사이드카에 탄 비스코에게 반사적으로 대답하면서 말을 이었다.

"떠올랐다는 건, 아폴로의 《복원》이 최종 단계에 접어들었을지도 모르네. 서둘러 서버를 멈춰야 해!"

"아무튼 저기로 가면 되는 건가!"

파우의 이륜차는 한층 스피드를 올려서 빌딩 거리를 지나 구형 황거를 향해 달렸다.

"파우, 호프! 기다려, 거리가 왠지……."

"미로, 이야기는 나중이다. 멈춰 있을 여유가 없어!"

"앞을 보라니까! 거리가, **이쪽으로 구부러지고 있어!!**"

뒷좌석의 미로에게서 앞으로 시선을 옮긴 파우와 호프는 어리둥절하며 굳어졌고, 저도 모르게 크게 커브를 그리며 브레이크를 밟았다.

미로의 말 그대로, 넓은 빌딩 거리 앞쪽에서는 마치 종이라도 접듯이 거리 자체가 떠오르면서 일행 눈앞에서 벽처럼 직립해 있었다.

"파우, 위험해!"

비스코의 반응은 재빨랐다. 즉시 바이크 위에서 파우의 몸을 안고 눈앞에 새송이버섯을 쏴서 파트너와 함께 그곳에서 물러났다. 그걸 스치듯이, 직각 벽에서 도시 빌딩이 어마어마한 기세로 뻗어와 남은 대형 이륜차를 날려버렸다.

"저게 뭐야?! 호프, 어떻게 해야 하는데?!"

"저런 화려한 기예가 가능한 건……!"

『아~하하! 호프, 정말로 너였구나!』

"조이!"

도쿄 전체를 뒤흔드는 웃음소리와 함께 도시 벽의 구획이 찰칵찰칵 재조립되더니, 붉은 빌딩은 머리털, 하얀 빌딩은 피부 등등, 마치 조잡한 모자이크 아트처럼 터무니없이 거대한 인간의 상반신을 형성했다.

『이제 곧 버섯 항체 프로그램이 서버에 적용돼. 이미 늦었어! 지금부터라도 늦지 않아. 원숭이들은 버리고 이리로 돌아오라고!』

"거절하겠네! 나는 인간의 편일세. 반드시 아폴로의 곁으로 이들을 데려가겠어!"

『아, 그래? 그럼 작별이네. 안 타는 쓰레기가 되라고, 호프!!』

도시벽 아폴로 조이는 그 몸에서 직각의 도시 빌딩을 차례차례 뻗어서 공중에 뜬 비스코 일행을 덮쳤다.

"시잇!"

"싯!"

두 버섯지기의 강궁이 도시 빌딩을 맞춰서 버섯을 피우며 파괴했지만, 도시벽은 차례차례 구획을 재조립해서 새로운 것으로 교환되었다.

『아~하하하하! 진드기에 물렸나. 가려운데!』

"젠장. 쓰러뜨릴 엄두가 안 나! 어디를 쏴야 하는데?!"

"진정해라, 아카보시. 화려한 녀석일수록 반드시 약점을 숨기고 있는 법이야."

파우가 머리띠 안에서 눈빛을 번뜩이며 말했다.

"호프! 저 벽 안에 본체가 숨어있겠지? 뭔가 짐작 가는 건
없나?"

"파우의 말이 옳네! 그렇지만, 대체 저 거대한 벽 어디에……!"

호프는 미로의 등에 매달려서 차례차례 쏟아지는 빌딩의
맹위를 맞보며 솟구치는 땀을 닦았고…… 그 손이 이마를 문
지를 때 전격적으로 눈을 크게 떴다.

"그래, 코어 위치야! 측근이었던 우리는 이마의 각인 속에
코어를 가지고 있네!"

"이마의, 각인 속?!"

미로가 호프의 말에 다시 벽을 보자, 조이의 얼굴에 해당하
는 모자이크 아트에서 하얀 빌딩으로 구성된 얼굴 이마 부분
피부에 딱 하나, 붉은 빌딩이 튀어나온 게 보였다.

"저 붉은 빌딩인가……! 비스코, 진언궁으로 가자!"

"알았어!"

두 버섯지기는 호흡을 맞춰 새송이버섯으로 날아오른 뒤,
공중에서 서로 등을 맞대고 진언궁 자세를 잡으며 오렌지와
에메랄드 포자를 확 뿜어냈다. 미로의 입술이 「won, shad,
viviki, snew!」라고 진언을 자아내자, 반짝이는 포자가 대궁
의 형태가 되어 비스코의 양손에 쥐어졌다.
(비비키)(스나우)(온)(샤드)

"가라, 비스코!"

"먹어라아아—!!"

푸슈우우웅!! 하고 발사된 진언궁 화살은 노린 그대로 붉은 빌딩 옥상에 꽂혔고, 그곳을 뚫고 도시벽 이마에 특대 녹식을 빠꿈!! 하고 피웠다.

『우, 우와앗—! 버, 버섯이…… 셀터에 구멍이!』

도시벽 조이는 허둥대면서 공격을 멈추고 파괴된 부위를 다른 빌딩으로 갈아치우려 했다. 그러나 주변에 뿌리를 편 녹식균사가 그걸 저지하고 있는 모양이었다.

두 버섯지기는 몸을 돌려서 도로에 착지했지만, 두 사람 모두 구슬 같은 땀방울이 맺힌 채 숨을 헐떡이고 있었다.

"본체는 지하 셀터에 있었나! 안 돼, 추격하지 않으면 재생하고 말 걸세!"

"그런 소리를 해도, 몇 발씩 쏠 수는 없다고!"

"미로! 아카보시—!!"

세 사람이 그 목소리에 돌아보자, 조금 전 날아갔던 대형 이륜차에 다시 걸터앉은 파우가 굉음과 함께 액셀을 힘껏 밟으며 돌진하고 있었다. 한 손에 든 철곤을 부우웅 휘두르자 거리의 불빛에 비치며 반짝였다.

"내가 처리하겠다! 새송이버섯으로 날려다오!"

"파우~!"

"미로, 타이밍 맞춰!"

두 버섯지기는 곧바로 호흡을 맞춰서 내달리는 대형 이륜차 앞쪽 도로에 새송이버섯 화살을 쐈다. 새송이버섯 균사가 아스팔트를 점점 먹어치우자, 발아의 예감과 함께 대지가 떨렸다.

"크아아압!!"

빠, 꿈!

바이크 위에서 후려친 철곤의 일격이 두 사람이 날린 화살 바로 위를 때렸고, 그 충격으로 무지막지한 크기의 새송이버섯이 엄청난 기세로 피어났다. 뛰어오른 바이크와 파우는 밤하늘을 유성처럼 날아가 녹식을 비틀어서 막으려 하던 도시벽 이마 구멍 속으로 빨려 들어가듯 뛰어들었다.

『앗?! 으아, 뭐야 너는…… 으악— 그만둬—!』

"이, 이게 무슨, 해냈네! 파우가 들어갔어!"

"바보, 물러나자, 호프!"

마을 전체에 울리는 아폴로 조이의 비명과 함께 우뚝 서 있던 도시벽은 꽝음을 내며 와르르 무너졌고, 낙하하는 빌딩 무리가 지면에 부딪혀서 깨졌다. 모자이크 아트처럼 융기해 있던 아폴로 조이의 모습은 흔적도 없이 무너졌고, 직립해 있던 도시벽은 그대로 90도 기울어져서 원래의 평탄한 모습으로 돌아갔다.

"호프…… 저거 봐봐!"

미로가 가리킨 방향에는, 무너진 도시벽 안에서 딱 한 줄만 질서 있게 남아있는 도시 빌딩이 마치 계단처럼 공중에 뜬 황거와 이어져 있었다.

밤하늘에 떠오른 구형 황거는 아련한 푸른색 빛을 발하며 일행을 기다리고 있는 것처럼 보였다.

"유도하는 것 같은데."

"좋아 이거야."

파트너의 목소리에 수긍한 비스코가 목을 뚜둑 꺾었다.

"먼 길을 여행해왔잖냐. 선물로 한두 방 정도는 피워주지 않으면 직성이 풀리지 않아."

"하, 하지만 두 사람. 먼저 파우를 구해야!"

호프는 태연하게 중얼거리는 두 소년 사이에 끼어들어서 황급히 외쳤다.

"저 도시벽은 무너졌지만, 지금 파우는 아폴로의 분신인 조이와 일대 일 상태에 있을 걸세. 저 무너진 도시 건너편에서 지금 싸우고……."

"바보야. 시간이 없으니까 이런 작전에 나선 거잖냐. 파우는 지지 않아. 구하러 간다면, 그때야말로 우리 목을 꺾어버릴걸."

"그, 그런…… 아얏, 비스코!"

길게 이어진 도시 빌딩 계단을 향해 달려가는 비스코. 그 뒤를 쫓아 미로가 호프의 몸을 안고 뒤따라 달렸다. 호프는 곤혹스러워하면서도 미로의 옆얼굴에 물었다.

"미로, 정말로 괜찮은 건가?! 비스코의 아내라네. 자네의 누나이기도 하지 않나!"

"일대 일, 실내에서 파우를 이길 수 있는 녀석은 없어."

미로는 호프를 진정시키듯이 웃으면서 파트너를 따라가기 위해 스피드를 올렸다.

"자비 씨도, 아쿠타가와도, 파우도…… 다들 우리를 믿고, 우리를 쏜 활이 되었어. 그러니 꿰뚫어야지, 종말을. 우리는 모두의 화살이야, 호프……."

호프는 그제야 미소 속에서 덧없이 흔들리는 미로의 눈동자를 보며 말문이 막혔고, 달리는 비스코의 등으로 시선을 옮기고는 입술을 꽉 악물었다.

당연히 도우러 가고 싶을 게 분명하다. 그러나 서로를 결속하는 전사들의 사랑이, 언어를 뛰어넘어 그것을 허용하지 않았다. 소년들이 태연하게 짊어진 크나큰 비통과 올곧은 마음을 깨달은 호프는 자신을 부끄러워하며 눈을 꼬옥 감았고, 고뇌를 떨치듯이 다시 크게 떴다.

"알겠네. 가세, 비스코, 미로! 내 생명 전부를 자네들에게 걸겠네!"

15

좁은 지하 쉘터의 투박한 바닥에 흑연을 뭉게뭉게 피워올리는 대형 이륜차가 **박혔다**. 그 주변에는 철곤에 맞아 마구 파괴된 정밀 기계 부품이 흩어져서 이곳저곳에서 빠직빠직 불똥을 튀기고 있었다.

"……나의, 시티 월 프로그램이……."

아폴로 조이는 두 무릎을 꿇고 조종 기구의 잔해를 망연자실하게 바라봤다.

"거창한 마술도 트릭을 파괴해버리면 이런 꼴인가."

철곤이 부우웅! 허공을 가르자, 아름다운 흑발이 바람에

실려 춤췄다. 파우는 얕잡아보듯이 목을 뚜둑 꺾으면서 눈앞의 조이에게 철곤을 겨눴다.

"무저항인 상대의 머리를 깨는 건 뒷맛이 나쁘지. 실력에 자신이 있다면 일어나서 맞서라."

"……뭘, 잘난 척하는 거야? 고작 장난감을 부순 정도로……."

내려다보는 파우의 시선을 바라본 조이의 붉은 눈동자가 번뜩 뜨였다.

"런치 시티 스네이크!!"

조이가 오른팔을 휘두르자 손바닥에서 빌딩 모양 건조물이 체인처럼 수없이 이어져 마치 채찍처럼 뻗었고, 푸른 입자를 흩뿌리며 조이의 발밑에 휘감겼다.

"나는 조이, 아폴로의 아바타라고! 암원숭이 주제에 기고만장하지 마!"

'…………승산은, 낮은, 가.'

역전의 여전사 파우는 표정이야 다부지게 유지했지만, 이미 조이와 자신의 압도적 능력차를 깨닫고 있었다. 기량이나 순간적인 완력은 앞서지만, 자신이 곤술사인 이상 입자의 집합체인 조이를 상대로 대미지를 가하는 건 불가능에 가깝다.

'그래도. 이 격해지기 쉬운 정신의 빈틈을 찌르면……!'

"그 피부를 갈기갈기 찢어주겠어……. 네가 내 장난감에게 했던 것처럼!"

"몰래 지하에 숨어있던 주제에 대단한 자신감이군."

파우의 아름다운 입술에서 후후, 하고 도전적인 미소가 흘러나왔다.

"불만이라면 실력으로 입 다물게 해봐라. 내 목을 찢어서 말이지."

"바라는 대로 해주겠어!!"

덤벼드는 조이를 「크아아압!」 하고 외친 파우의 철곤이 맞받아쳤다.

아폴로의 도시 채찍과 파우의 철곤이 불똥을 튀기며 부딪쳤고, 촤르륵, 촤르륵 하는 금속 스치는 소리가 들렸다. 2합, 3합씩 부딪치는 양자의 기량은 호각처럼 보였지만, 변환자재인 조이의 채찍은 파우의 철곤이 방어하는 빈틈을 돌아 들어가면서 라이더 슈트를 휘감아 아름다운 흰 피부를 무참하게 찢어버렸다.

"윽! 크으읍!"

"바~보. 그런 막대기 하나로 시티 스네이크를 막을 수 있을 것 같아! 찢어, 자, 끼이끼이 울어 보라고!"

시티 스네이크는 그것 자체가 의지를 가진 듯이 변환자재로 움직이며, 지금까지 파우가 상대해온 어떤 무기와도 다른 거동을 보였다. 열심히 응전했지만 아름다운 몸에는 처참하게 찢어진 상처가 무수히 새겨졌고, 철곤을 휘두를 때마다 선혈이 주변에 뿌려졌다.

"자아, 자아! 울어, 울부짖어, 죽여달라고 말해보라고!"

"크윽! 컥, 으아압……!"

"거기다앗!"

푸확!

휘두른 도시 채찍이 드디어 파우의 어깻죽지를 후려쳤고, 쇄골에서 가슴까지의 육신을 칼날처럼 깊게 찢어버렸다. 온몸이 찢어지는 아픔 속에서도 파우는 충격을 받아내고는, 철곤을 지팡이 대신 삼아 일어섰다.

따스한 피가 바닥을 뚝뚝 물들였고, 파우의 아름다운 몸을 찢으며 새로운 도시가 차례차례 생겨났다.

그럼에도.

"키이익……. 스으읍…… 하아아~~……!"

어금니를 악물고, 깊은 숨을 몰아쉬면서도…… 파우는 피투성이 몸으로 여전히 조이를 노려봤다.

"뭐, 뭐야…… 너 대체 뭐냐고?"

한편, 조이는 지금까지 수도 없이 후려치던 시티 스네이크를 축 내리고는 허억허억 숨을 헐떡였다.

"통각도 오프할 수 없는 주제에, 한 번도 울지 않다니. 재미없어, 재미없다고……!"

어지간한 인간이 상대라면 통증만으로도 즉사할 공격을 저 부드러운 피부에 수십 발씩 먹여줬다. 분명 우세일 터인 조이의 경악 속에는 미약한 공포가 배어있었다.

"크. 크크큭…… 아픔 말고는 여자를 울게 할 수도 없는 거냐?"

"……뭐?"

"……아폴로 조이. 시시한 이름이군."

파우는 입가에서 선혈을 흘리면서도 조소하듯이 웃으며 말했다.

"기뻐하는 건 너뿐, 누구도 행복하게 할 수 없다니……. 아마 주인인 아폴로도…… 그런, 시시한 남자인 거겠지……."

"너…… 지금, 아폴로를! 바보 취급한 거냐—!!"

자신은 물론이고, 경애하는 아폴로에 대한 크나큰 모욕을 듣고 격앙한 조이는 푸른 시티 스네이크를 들어서 만신창이인 파우를 향해 내려쳤다.

'……지금이다!'

눈앞에 다가오는 죽음의 칼날을 슬로우 모션처럼 느끼면서, 파우는 남색 눈동자를 빛냈다.

탓!!

검은 바람이 바닥을 박차며 뛰었다. 슬로우 모션의 세계 속에서, 떨어지는 채찍에 철곤을 맞댄 파우는 그걸 그대로 부메랑처럼 던져 셸터 건너편 벽에 꽂아버렸다.

"으윽?! 이, 이 녀석, 무기를?!"

철곤을 휘감으며 파우의 육체를 찢어야 했던 도시 채찍은 벽에 틀어박힌 철곤에 말려들어서 반대로 조이의 움직임을 막았다. 조이가 판단을 망설인 그 잠깐의 틈을 타서 선풍처럼 뛰어온 파우가 품에서 무언가를 꺼내 가슴을 깊이 찔렀다.

쿠웅!

파우가 날린 혼신의 태클에 맞아 날아간 조이의 몸은 그대로 벽에 박힌 철곤 끄트머리에 꽂혀서 깊숙이 꿰뚫려 버렸다.

"끄하악!!"

고통스러워하며 기침한 조이의 입에서 하얀 가루 같은 것이 튀어나왔다. 파우는 그걸 보며 피범벅이 된 얼굴로 웃고는, 꽂은 무언가를 그대로 놔두고 그 품에서 물러났다.

"간단한 도발에 넘어가다니. 내가 도시에 먹힐 때까지 지켜보고 있었으면 좋았을 것을."

"······고작 한 번, 빈틈을 찌른 게 어쨌다는 거야!"

조이는 철곤에 배를 찔린 채 빠직빠직 몸을 움직이면서 그걸 뽑으려고 전진했다.

"헛수고야, 헛수고! 내 몸은 아폴로 입자로 구성되어 있다고. 힘으로 몇 번을 찢어버린들 헛수고란 말이야! 너희 원숭이와는 달리, 몇 번이고······."

빠꿈!

떠들어대던 조이의 목을 찢고 태양의 버섯이 피어났다. 다음 말 대신 「으, 으아악!」 하고 경악한 비명을 지른 조이는 황급히 버섯을 뽑았다.

"미로가. 내, 동생이······ 지혜와, 연구 끝에 만들어낸, 녹식 앰플이다."

조이의 흉부에 깊이 꽂힌 그것은 미로가 비스코의 피에서 추출한 순도 100의 녹식 앰플이었다. 약병 안에서 천천히 흐르는 태양빛 액체가 조이의 몸으로 흘러 들어가서, 아폴로 입자를 먹어치우며 아름답게 피어났다.

"함부로 뽑으면, 깨져서 버섯이 성대하게 피어나지. 뭐, 내버려 둬도 마찬가지겠지만."

"거, 거짓말이야, 싫어, 이런…… 원숭이의 문명 따위가, 나를!"

"그 원숭이의 지혜로, 너는 죽는다."

"으아아아, 닥쳐어어어어—!!"

뽕, 뽕! 안에서 녹식이 작렬하는 와중에도 철곤을 뚫고 튀어나온 조이가 곧장 시티 스네이크를 생성해서 파우를 향해 휘둘렀다.

좌악!!

엄청난 선혈이 튀었다. 조이의 도시 채찍을 받아낸 것은 파우의 이마에 있는 머리띠였다. 그러나, 일찍이 녹슬었던 얼굴 절반이 찢겨나갔음에도 파우의 눈은 조금도 흔들리지 않고 필살의 확신으로 번뜩였다.

"그……런…… 말도 안 돼!"

"이번에는, 네가 울어라."

파우는 그대로 바닥에 떨어진 철곤 끄트머리를 강하게 밟고는 공중으로 띄워서 움켜잡았다.

부웅, 부웅!

그리고는 십자로 조이의 몸을 가르며 체내의 녹식 앰플을 부쉈다. 그러자 조이의 몸 단면에서 태양의 광채가 새어 나오며 셸터 안을 밝게 비췄다.

"으아, 아, 아아————…… 으아아아——!!"

빠, 꿈!

조이의 몸을 먹어치우고 폭발하듯이 피어난 녹식의 위력에 파우가 말려든다. 철곤마저 놓치고 데굴데굴 구른 파우는 셸터 벽에 부딪쳐 그곳에 기댔다.

"……훗. 크큭……. 아—하하!! 봤나! 나의, 승리다!"

이미 손가락 하나 까딱할 수 없는 몸으로, 순진한 아이처럼 웃었다.

부풀어 오르며 폭발의 전조처럼 떨리는 녹식을 눈앞에서 보고, 파우는 조금씩 호흡을 다스리면서 갈기갈기 찢긴 자신의 몸을, 그곳에서 조금씩 생겨나는 도시 무리를 보고는 만족스럽게, 조용히 눈을 감았다.

'미련, 같은 건, 없다.'
'조금의 후회도 없어.'
'내달리듯이, 살았고……'
'두 개의 사랑에, 목숨을 바쳤으니까.'

'아아. 그래도……'
'부디 마지막으로, 하나만.'
'어떤 신이든 좋아. 내 영혼을, 방패로 바꿔서……'
'두 사람을, 지켜주십시오.'
'부디, 두 사람을……'
'지켜주세요……!'

빠꿈!!
도쿄의 지하를 뚫고 거대한 녹식이 피어났다.

그것은 소년들의 앞길을 비추는 태양처럼 한층 아름답게 도쿄의 밤을 비췄다.

16

"도착했네. 저 너머에 서버 룸이 있어!"

"이 너머라니……."

도시 빌딩 계단을 올라서 드디어 종점에 도착한 세 사람은 매끈한 광택을 발하는 거대한 구형 건조물 앞에서 약간 지체했다.

"이 공 어디에서 안으로 들어가는데?!"

"미로, 내려주게. 두 사람 모두 물러나고!"

호프는 아련하게 발광하는 거대한 구형 벽으로 달려가서 손을 갖다 댔다.

눈을 감고 깊게 호흡하자, 네 개의 땋은 머리가 두둥실 떠오르더니 핑크색 입자가 몸을 뒤덮듯이 뿜어져 나왔다.

"이레이즈 월 프로텍트!!"

호프의 주언과 함께 벽에 핑크색 균열이 새겨졌다.

"비스코!"

"그래!"

호프의 목소리에 응한 비스코가 균열 중심을 쏘자, 구형 벽이 빠캉! 하고 산산이 부서지면서 그 안에 있던 칠흑의 어둠이 드러났다.

"아폴로는 이 어딘가에……?! 으, 악!"

"호프!"

호프가 어둠 속을 들여다본 직후, 확 뿜어져 나온 푸른 입자가 그를 뒤덮었다. 건물 내부의 어둠으로 보이던 것은 사실 짙은 푸른색 입자의 집합체였고, 그게 눈사태처럼 쏟아져 나온 것이다.

남색 입자의 물줄기는 의지를 가진 것처럼 꿈틀대면서 세 사람을 통째로 삼키고 슈르릭! 하고 건조물 안으로 끌고 들어갔다.

찰싹!

"아야아앗!! 뭐, 뭔가, 뭔가?!"

"비스코! 따귀는 너무하잖아! 여자아이의 얼굴을 뭐라고 생각하는 거야?!"

"그래도 일어났잖냐. 이것저것 따질 때냐고!"

비스코는 항의하는 파트너에게 고함치고는 호프의 목을 흔들며 전방을 가리켰다.

"호프! 뻗어있을 때가 아니야. 저게 목표인 거 아니냐?! 우리는 어떻게 해야 하는데?!"

"앗! 저건……!!"

비스코 일행은 검게 칠해진 반구형 공간에 있었다. 바닥이나 벽은 방 중앙에서 나오는 강렬한 녹색 빛을 받으며 간헐적으로 빛났다.

방 중앙부에 있는 빛의 주인은, 공중에 떠 있는 너무나도 거대한 녹색 큐브였다. 그것은 원통형 유리관 같은 것에 덮여서 항상 꿈틀꿈틀 형태를 바꾸며 지지지직, 하고 날벌레 같은 이질적인 소리를 냈다.

"그래. 저게 《서버》일세! 저 안에 일본이 멸망하기 전, 2028년 4월 9일의 백업이 전부 들어있지!"

호프는 눈을 가늘게 뜨고 녹색의 빛을 바라보면서 흥분하며 외치더니 비스코를 돌아봤다.

"저건 내게 맡겨주게! 자네들은 아폴로를⋯⋯!"

"보여주고 싶은 게, 있는데."

낮고 얼어붙는 목소리가 서버 뒤에서 들렸다. 세 사람이 바로 경계하자, 그곳에 두 눈을 새빨갛게 빛내면서 꿈틀대는 불꽃처럼 붉은 머리를 휘날리는 백의의 남자가 서 있었다.

'이 녀석, 언제 튀어나왔어⋯⋯?!'

'비스코, 방심하지 마!'

표정을 다잡은 두 소년 앞에서 또각, 또각 걸어온 아폴로는 낮은 목소리로 말했다.

"보여줄 상대가, 없어졌군⋯⋯. 레이지도, 조이도. 너희에게 산산이 부서지고 말았다."

"그거 큰일이었구만."

비스코는 남의 일처럼 말하더니, 아폴로의 시선을 정면에서 받아내며 비취색 눈으로 노려봤다.

"관객이 없다면, 특기인 마술도 의미가 없잖냐. 슬슬 끝내자고."

"관객은, 있다. 너희지. 그걸 위해, 여기로 불렀다……."

아폴로는 감정을 전혀 보이지 않는 얼음장 같은 목소리로 말하더니, 서버의 빛 앞에서 오른팔을 들었다. 그걸 신호로, 칠흑으로 칠해진 반구형 벽이나 바닥이 파도에 씻겨나가듯이 투명해졌다. 거대한 공간은 몇 초도 걸리지 않아 완전한 투명 돔이 되었고, 네 사람은 밤하늘에 떠올라서 도쿄의 야경을 내려다보게 되었다.

"자연 발생한 입자가 《복원》을 방해하는 건, 예상 밖이었지만."

아폴로는 비스코에게서 잠시 시선을 떼고는 작은 소녀의 몸을 빌린 자신의 분신을 바라봤다.

"버섯 항체 프로그램은 이미 완성되어, 적용을 시작했다……. 서버는, 이미 움직이고 있어. 머지않아 지금의…… 거짓된 일본을 없애버리고, 눈부신 2028년이 복원될 거다."

"뭐라고……!"

"그 편린을, 보여주고 싶었다. 먼저, 너희가 어지럽힌 도쿄를, 복원할 거다."

비스코 일행의 아래쪽, 투명한 바닥 밑에는 조이의 도시벽이 파괴된 바람에 너덜너덜해진 대도시가 펼쳐져 있었다. 아폴로는 다시 팔을 들면서 한 마디, 중얼거렸다.

"런치 시티 메이커."

"앗?! 으아악."

비스코 일행 아래쪽 거리 전체가 고고고고, 하는 굉음을 내며 맥동했다. 세 사람이 지켜보는 가운데, 대도시 도쿄는

한 번 미세한 입자가 되어 무너지더니 다시 모여서 새로운 도쿄를 형성했다.

"도, 도시를, 통째로 생성하다니⋯⋯!"

무심코 중얼거린 미로의 눈앞에서 엉망으로 부서졌던 도쿄 역이나, 도시벽이 되어 무너졌던 거리가 차례차례 복원되었다.

그것은 구 문명의 건조물을 잘 모르는 비스코 일행의 눈으로도, 지금까지의 여행길에서 봤던 도시의 편린을 아득히 뛰어넘을 만큼 정밀하고, 정교하고, 아름답게 재현되어 있었다. 버섯을 극복했다는 아폴로의 말을 뒷받침하는 경이로운 조형이었다.

"⋯⋯아름답군. 이거다. 이것이 본래의 모습이다⋯⋯."

아폴로는 아래쪽을 바라보며 안도한 듯이 한숨을 내쉬었다.

"⋯⋯호프. 이걸로 알았겠지. 이제 시시한 꿈은 끝이다. 네가 편들어 주던 그 녀석들은, 원래부터 **없었던 거다**⋯⋯. 지금이라도 내 곁으로 돌아와라."

"⋯⋯얄궂구나, 아폴로!"

"⋯⋯응?"

"자네 덕분에, 그 시시한 꿈이⋯⋯ 한층 빛나 보여. 지금 자네의 뒤에 있는 것처럼 말이지!"

호프의 의기양양한 미소에 아폴로는 뒤를 돌아봤고, 그 시선 너머에서 태양처럼 빛나는 녹식의 탑이 보였다. 그 주변에는 복원에 실패한 빌딩이나 타워가 마구잡이로 모여들었고, 질서 정연하게 만들어진 거리 안에서 그곳만이 명백한 버그로 이루어져 있었다.

"……저건. 녹, 식……!"

"버섯 항체 프로그램이라. 웃기는군, 아폴로!"

호프는 두 눈을 크게 뜨고는 이마의 문장을 빛내며 아폴로에게 외쳤다.

"저것이야말로 우리의 상상을 뛰어넘은 생명 진화의 상징이라네. 과거의 망령이 만든 프로그램이 지금을 진화하는 생명을 막을 수 있다고 생각하는가? 앞으로 나아가는 그들의 생명을, 멈춰있던 우리가! 빼앗을 수 있다고 생각하는가!"

"……호프, 네놈……."

"그들이, 내일이라네. 그들이 『인간』이야! 어째서 그걸 모르는 건가, 아폴로!"

지금까지 본 적도 없던 호프의 분노에 찬 포효에 소년들이 놀랐다. 한편, 아폴로는 약간 이를 갈면서도 얼음장 같은 표정을 무너뜨리지 않은 채 소녀의 몸 안을 비춰보듯이 호프를 바라봤다.

"……내 안에, 일찍이 너 같은 감정이 존재했었나."

아폴로는 천천히 호프를 향해 오른손을 들었다.

"절제한 게 정답이었군……. 네가 사라진다면, 아무도 서버를 멈출 수 없다. 이번에야말로, 의지 없는 먼지가 되어줘야겠다."

"호프! 피해!"

"런치 시티 메이커……."

호프를 감싼 두 소년이 날린 화살이 아폴로에게 맞았다. 푹, 푹! 두 발의 화살이 아폴로를 관통했지만, 항체를 가진 아폴로의 움직임을 막을 수는 없었다.

"샷."

"젠장!"

비스코는 즉시 새송이버섯 화살을 지면에 날려서 빠끔, 피우고는 다가오는 큐브탄을 위쪽으로 날려버렸다. 그러나 큐브는 그 기세를 그대로 유지한 채 소년들의 뒤로 빙글 돌아가서 호프의 옆구리에 힘껏 꽂혔다.

"크, 아악!!"

"호프!!"

미로가 필사적으로 뻗은 손에서 벗어나듯이, 광탄은 호프의 몸을 들어서 아폴로의 곁으로 돌아갔다. 푸르게 빛나는 큐브는 그대로 네 개로 나뉘어 소녀의 양손, 양다리를 구속해 공중에 고정했다.

"미로! 진언궁으로 날려버리자!"

"알았어, 비스코!"

아폴로는 예전에 자신을 격파한 진언의 활이 시야 끝에서 빛을 발하며 비스코의 손에서 형성되고 있는 것도 아랑곳하지 않은 채 호프에게 다가갔다.

"……내, 역할은…… 이미, 끝났어. 그들을, 여기까지, 데려올 수 있었으니까. 이번에는, 완벽하게, 나를 죽여야 할 걸세, 아폴로. 다시, 뜨거운 맛을, 볼 테니……."

"너는 조이, 레이지와 비교해서도…… 월등히 유능했다."

"……."

"마지막으로 가르쳐다오. 왜 나를 배신했지……? 왜, 함께 하지 않았지?"

"……큭, 그, 건……."

푸른 입자에 둘러싸인 아폴로의 손이 눈앞에 드리워졌다. 아폴로와 눈을 마주친 호프의 붉은 눈에서 한줄기 눈물이 흘렀다.

아폴로의 손이 광채를 늘리며 호프의 얼굴로 다가가자, 호프의 이마에 새겨진 문양에서 붉게 빛나는 큐브가 주르륵 뽑혀 나왔다.

"……좋아했으니까…… 자네를, 좋아했기 때문이야, 아폴로……."

"……잘 가라. 호프."

"그 녀석을, 놔라—!!"

푸슈우웅! 태양의 화살이 불똥을 흩뿌리며 날아가자 아폴로는 한 손을 들어서 막아냈다. 비스코의 화살과 아폴로의 입자가 부딪치며 방 전체의 공기를 찌릿찌릿 뒤흔들었다.

"……확실히, 무시무시한, 힘이라는 것을…… 인정하지 않을 수 없군."

어마어마한 충격에 머리털이 마구 흔들렸지만, 그럼에도 아폴로의 표정은 변하지 않았다.

"그러나, 결국 호프는…… 조그만 개미가 가진 예상 밖의 힘에, 감동한 것에 불과해. 《인간》이 가진, 문명의 힘과 비교한다면…… 너무나도, 조그마하고. 덧없지……."

파슝!! 아폴로가 손을 휘두르자 진언궁으로 날린 태양의 화살이 비스듬히 튕겨나서 방 안쪽으로 날아갔고, 그곳에 빠꿈, 빠꿈 녹식을 피웠다.

"……마, 말도 안 돼……!"

"이 자식…… 정면에서 우리의 화살을!"

필살의 일격이 한 손에 막혀버리자 저도 모르게 무릎을 꿇은 소년들 앞에서, 충격으로 날아간 붉은 큐브가 데굴데굴 굴러왔다.

『……미로…… 거기, 있는 건가?』

"호프!!"

미약하게 점멸하는 붉은 큐브를 살며시 손으로 감싼 미로가 얼굴을 가져갔다. 큐브는 조금씩 붉은 가루로 변해서 허공에 사락사락 흩어졌다.

"안 돼…… 안 돼. 가지 말아줘, 호프!"

『포기해서는, 안 돼, 미로……. 인류는…… 자네들은 언제나. 절망의 늪에 떨어지면서도…… 그때마다 기어 올라왔어. 밤의 저편에서, 태양이 떠오르듯이…….』

"호프……!"

『내 마지막 힘을. 아주, 미약한 힘이지만…… 자네에게, 맡기겠네. 미로. 나는 믿고 있어……. 자네들이 반드시, 내일을 밝혀주리라는 것을…….』

"호프! 기다……."

쩽그랑! 유리 깨지는 소리와 함께 붉은 큐브가 산산이 부서져 허공으로 흩어졌다. 부서진 붉은 조각은 미로의 피부에 닿자 녹색으로 변하더니 피부 속으로 가라앉듯이 흡수되었다.

"호프……."

손에 남은 온기를 꼬옥 움켜쥔 미로는 살짝 눈을 감고 기도하듯이 중얼거렸다.

'알았어. 호프.'

미로를 중심으로 화악! 돌풍이 일어났다.

핏속에 잠든 녹식 포자가 부글부글 각성하고는 미로의 주변에서 뿜어져 나와 녹색으로 빛났다. 동시에 하늘색 머리가 돌풍에 휩쓸리듯이 흔들리며 선명한 에메랄드색으로 변했다.

두 눈을 번뜩! 뜨자, 그 이마에는 호프에게 있던 문양이 눈부신 에메랄드그린으로 빛나고 있었다.

"……호프의 권한을, 이어받은 건가? 말도 안 돼. 원숭이 따위가, 어떻게……."

"비스코, 가자!!"

"그래!"

얼음장 같은 표정을 약간 놀라움으로 물들인 아폴로를 향해 두 소년이 질풍처럼 뛰었다. 앞뒤에서 기관총처럼 발사된 화살이 전부 아폴로를 노렸지만, 아폴로에게 응축된 항체는 도시의 것보다 훨씬 강해서 녹식의 독이 피어나는 것을 허용하지 않았다.

"헛수고라는 말을, 모르는…… 윽?!"

빠끔! 아폴로의 몸이 갑자기 발밑에서 피어오른 새송이버섯의 발아에 튕겨나, 상공으로 치솟으며 투명한 천장에 강하게 부딪혔다.

"뭣, 이……!"

"미로, 지금이야!"

"won, shad, gahnahi, snew(대질량으로 짓누른다)!"
_온 _{섀드} _{가나히} _{스나우}

비스코에게 응한 미로가 진언을 외우자, 이마의 문양이 한층 빛나면서 위력을 늘렸다. 미로가 생성한 대질량 대종은 아폴로가 부딪혔던 천장에서 거꾸로 떨어져서, 그대로 아폴로를 지면에 강하게 처박으며 삐져나온 왼팔을 절단했다.

"네놈, 들……!"

아폴로의 원념 어린 목소리는 낙하의 충격으로 크게 울린 대종의 소리에 지워져서 소년들에게는 닿지 않았다. 미로는 곧장 파트너에게 달려갔고, 안쪽에서 빠직빠직 부서지는 대종의 모습을 보며 이를 갈았다.

"틀렸어. 대미지가 전혀 통하지 않아! 녹식도 피우지 못하는데, 어떻게 해야……."

"야. 왜 하필이면 종으로 뭉개버린 거야? 얼빠진 그림이잖아."

"이건 켈싱하의 취향이라서…… 잠깐만! 고민하는 데 방해하지 마!"

퉁! 하고 종 안쪽을 뚫고 나온 아폴로의 주먹이 거대한 대종을 순식간에 녹색 가루로 되돌렸다. 아폴로는 끊어진 왼팔을 무감정하게 바라보면서 프로그램을 중얼거렸다.

"런치 시티 메이커."

아폴로의 말이 끝나기도 전에 왼팔 단면에서 조그만 도시 무리가 빠직빠직빠직! 하고 어마어마한 스피드로 생성되었고, 그것은 이윽고 팔을, 손을, 손가락을, 입던 백의까지도 형성해서 신품이나 다름없는 아폴로의 팔로 바꿨다.

"핫! 이놈이고 저놈이고 도마뱀처럼 쑥쑥 재생하기는."

"……『시티 메이커』……."

문득 고개를 든 미로의 이마에서 큐브 문양이 반짝였다.

"……그래……! 저 명령 언어에 개입할 수만 있다면…!"

"이제 10분만 지나면, 사라져버릴 녀석들이니, 내버려 두려고 했다만."

아폴로는 양손에 푸른 입자를 두르고는, 붉은 두 눈을 부릅뜨면서 비스코를 노려봤다.

"역시, 비스코. 네 녹식의 힘은, 위험하군. 조금 전 화살을 튕겨낼 때도, 메모리를 절반이나 써버렸다……. 복원된 세계에, 어떤 버그를 불러일으킬지, 알 수가 없어."

"몽키 상대로 갑자기 겸손한 말투잖냐. 아폴로 박사."

비스코는 아폴로의 도전을 받아들이겠다는 듯이 걸어가면서, 넌지시 미로를 뒤로 보내 보호하며 중얼거렸다.

"40초 벌겠어. 충분하냐?"

"무시하지 마. 20초면 할 수 있어!"

"핫! 말은 잘하게 됐네!"

탁! 비스코와 아폴로가 동시에 바닥을 박차며 엄청난 스피드로 도약했다. 타오르는 오렌지색과 밤 같은 푸른색이 상반된 호를 그리며 두 줄기의 발차기가 되어 공중에서 격돌하자, 파아앙! 하는 공기 터지는 소리와 함께 공간에 충격이 스쳤다.

"학자 주제에 꽤 좋은 발차기를 날리잖아!"

"네 전투 데이터를 카피했다. 기량이 호각이라면, 네게 승산은 없어."

"과연 그럴까? 이런 속담이 있거든. 남자는 3초마다…… 뭐였더라?"

"남자는 사흘만 지나도 괄목상대한다, 다! 멍청한 놈!"

"아무튼, 나는 성장기라고!"

비스코는 그렇게 내뱉고는 몸을 휘리릭 돌려서 외투로 아폴로의 눈을 가리고, 그 기세를 실어서 반짝이는 단도를 뽑아 휘둘렀다. 한편 아폴로도 순간적으로 생성한 푸른 단도를 번뜩이며 시야가 막힌 것도 아랑곳하지 않은 채 비스코의 참격을 받아냈다.

깡, 깡, 깡!

오렌지와 푸른 발광체는 몇 번이고 공중에서 격돌했고, 그때마다 단도와 발차기를 섞어서 어마어마한 불똥을 튀겼다. 몇 번씩 타격이 부딪힐 때마다 비스코의 움직임은 점점 빨라졌고, 몸에서 뿜어져 나오는 녹식 포자도 점점 양이 늘어났다.

"헛수고다! 너의 움직임은 이미 풀 오토로 요격할 수 있어!"

"정말 그렇긴 하네, 아폴로! 내 기술을 이렇게까지 받아낸 녀석은, 없었어!!"

'……이, 이 녀석, 정말로 점점 빠르게……!!'

점점 스피드를 늘려가는 비스코의 공격 탓에, 아폴로의《시티 메이커》도 그걸 막기 위해 리소스를 할당하게 되어 공격으로 전환할 수가 없었다. 그러나.

빠꿈!

"……큭!"

작열처럼 빛나는 비스코의 목덜미에서 버섯 하나가 피어나며 움직임을 약간 늦췄다. 빈틈은 거의 잠깐에 지나지 않았고, 비스코는 곧장 스피드를 되찾았지만, 아폴로는 그 순간 자신의 승리를 확신했다.

"오버히트다, 비스코! 아무리 강인한 원숭이의 육체라 해도, 그 정도의 포자량을 허용할 수 있을 리가 없지. 내가 버티기만 해도, 너는 자멸한다!"

"네, 그러십니까, 하고 멈출 수 있을 리가 없잖냐!"

뽕, 뽕! 비스코에게서 녹식이 연속해서 피어나며 몸을 한층 빛냈다. 이미 그 광채는 슬쩍 보더라도 폭발 직전이라는 걸 알 수 있을 만큼 한계에 달해 있었다.

'바보 같은 놈…… 화려하게 저물려고 하는 건가. 마음대로 해라, 이기는 건 나다!'

격돌에 이은 격돌이 반복되며 공간 천장까지 올라갔을 때, 비스코의 비취색눈이 빛났다.

"……지금이다아!"

"윽?!"

비스코는 그때까지 손대지 않았던 활을 뽑아서 거꾸로 달라붙듯이 천장에 착지하고는, 활을 힘껏 당겨서 천장에 쐈다.

빠꿈!

한계까지 높아진 녹식의 발아력은 새송이버섯 이상이었고, 공기를 마찰로 찢어버릴 기세로 비스코의 몸을 튕겨냈다. 비스코는 그 기세를 타고 날아가서 곧장 공격을 막으려던 아폴로의 배를 걷어차고는 그대로 바닥을 향해 운석처럼 떨어졌다.

"바, 바보 같은…… 이런!"

"못 막겠지! 신기술이니까—!!"

콰, 가각!

녹식의 발아력을 이용한 번개 같은 발차기는 그대로 공간의 바닥을 크게 깨부수며 아폴로의 배에 바람구멍을 뚫었다.

'수, 수복을……'

하얀 가루를 입에서 콜록, 뿜어낸 아폴로의 주언이 늦어진, 그 한순간의 빈틈에.

"won, viviki, nagira, city, maker, snew!"
(온) (비비키) (나기라) (시티) (메이커) (스나우)

미로가 비스코를 향해 진언을 외치면서, 녹색 큐브를 호를 그리며 쐈다. 큐브는 비스코의 손에 에메랄드색 화살 형태가 되어 뭉쳤고, 비스코 자신의 빛을 받으며 광채를 발했다.

"바보 같은 놈들, 학습하지 못하는 거냐!! 내게 화살은 통하지 않아!"

"나와 미로가, 꿰뚫지 못하는 화살은 없다고!"

푸슈우웅! 뛰어오르자마자 발사한 에메랄드 화살은 아폴로가 즉시 전개한 방벽을 너무나 간단히 꿰뚫고 그대로 가슴팍에 푸욱! 꽂혔다.

"크윽!"

아폴로는 대미지를 각오하고 이를 악물었지만, 그 화살이 버섯을 피우지는 않았다. 표정에도 서서히 여유를 되찾은 아폴로는 소년들에게 거만하게 말했다.

"시시한 짓을. 그게 마지막이라면, 내 차례다…… **런치 시티 메이커!!**"

아폴로의 주언에 응해서 푸른 입자가 전신에 끓어올랐다.

"야, 미로! 저 화살은 뭐야. 고물딱지를 준 거냐?!"

"보고만 있어."

"……뭐지……? 입자가, 응고되지 않는, 다니……?!"

아폴로를 감싼 푸른 입자는 갑자기 아폴로가 의도한 움직임을 보이지 않고 공중에 확산되고 말았다.

"뭐냐, 이건. **런치 시티 리페어…… 런치 시티 메이커!!**"

아폴로 입자가 뜻밖의 오작동을 일으키자, 아폴로는 울부짖듯이 외쳤다. 그러자 그 눈앞에서 갑자기 『봉』하는 소리를 내며 네모난 얇은 창문 같은 것이 나타났다.

그 네모난 틀에 덮인 얇은 창에는.

『시스템 정보의 갱신으로 인해 《시티 메이커 프로그램》의 액세스가 정지되었습니다. 에러 코드 : a20280409』

뭔가 주언 같은 것이 적혀서 반짝반짝 점멸을 반복했다.

"액세스가, 정지됐다고?! 말도 안 돼?! 《시티 메이커》의 최고 권한자는 나일 텐데?!"

『붕』

"맞아. 너의 프로그램 언어상으로는 말이지."

『붕』

『붕』

"무, 슨 소리를……!"

『붕』

『붕』

『붕』

『붕』

이윽고 시스템 에러를 알리는 네모난 창 같은 것이 연속해서 소리와 함께 늘어났고, 아폴로 주변에 전개되어 빙글빙글 돌더니 그 몸에 일제히 푹푹푹! 꽂혔다.

"크허어억!"

"그 『안티 시티 애로우』는 진언으로 되어있어. 진언은 호프가 우리에게 맡긴 새로운 언어야……. 너의 권한보다, 더 상위에 위치하도록 만들어졌지."

아폴로의 몸 사방팔방에 꽂힌 네모난 창은 그대로 아폴로를 덮은 푸른 입자를 빨아들여서 버섯 항체 프로그램을 무력화하며 부서졌다.

비스코의 발차기에 꿰뚫린 복부가 태양의 균사에 침식되는 감각에 아폴로가 경악했다.

"호, 호프는…… 이걸 위해, 새로운 언어를 만들어냈다는 건가. 종교 속에, 숨기면서까지…… 고작, 이 한 발의, 화살을 위해서!"

"아까부터 네놈은 대체 뭔 소리야? 내가 알아듣게 말해."

"아폴로가 사용하는 옛날 마법보다, 우리의 진언이 더 강하다는 뜻이야."

"흐으응?"

아폴로는 거친 숨을 몰아쉬면서 으드득 이를 갈며 미로를 노려봤다.

"내가, 이런…… 가짜, 프로그램에. 가짜, 인류에게……."

"비스코. 우리 가짜라는데?"

"말하게 내버려 둬. 진짜든 가짜든 그런 게 있겠냐?"

비스코는 자신에게서 태어난 녹식을 뽑으면서 코피를 「쿵」 훔쳤다.

"어찌 됐든, 이 녀석이 뒈져버리면 우리밖에 없게 되니까."

"원숭이…… 놈들—!!"

아폴로는 몸에 남아있는 힘을 모조리 쥐어짜서 가슴의 화살을 뽑고, 얼음장 같은 표정을 결사의 각오로 바꾸며 푸른 입자를 양팔에 모았다.

"처음부터 그 얼굴로 싸웠다면……."

"몰랐을 거야!"

등을 맞대고 쏜 두 발의 화살이 아폴로의 심장과 머리에 꽂혔다. 이윽고 아폴로의 눈, 귀, 입에서 오렌지색 빛이 흘러나왔다.

빠꿈, 빠꿈, 빠꿈!

그리고 강렬한 녹식의 작렬로 산산이 부서졌다. 소년들은 돌풍에 맞아 외투를 휘날리면서 한동안 그 광경을 지켜봤다.

"……이걸로 끝났나? 전혀 끝났다는 기분이 안 드는데."

"서버를 멈춰야지. 내 안에 있는 호프의 권한으로 저 안에 들어가야……."

갑자기 쿠웅, 고고고고! 하는 굉음과 함께 방 전체가 흔들리더니, 거대한 큐브를 덮고 있던 원통형 방벽이 쨍강, 쨍강! 하는 소리를 내며 무너졌다.

『오오오. 오. 오오오오.』

녹색 큐브의 형태가 물결치면서 괴로워하며 버둥거리는 인간의 얼굴들로 뒤덮였고, 그 입에서 원념의 포효가 터져 나왔다. 질서 있는 형태에서 순식간에 거대한 원령으로 변모한 그 정보 생명체는 그 몸에서 인간 영혼 같은 입자 집합체를 차례차례 토해내고는 부서진 아폴로의 시신을 향해 차례차례 몰려들었다.

"또 아폴로를 재생시킬 셈이야! 이제 호프의 힘도 얼마 남지 않았는데……."

"그럼 어쩔 수 없지. 저 녀석하고는 나 혼자서 싸우겠어."

"비스코!"

"저 무식한 인간 영혼 덩어리 안에는 너밖에 들어갈 수 없잖냐."

비스코는 피어난 녹식을 차례차례 도시로 바꾸고, 흡수하며 형태를 되찾아가는 눈앞의 아폴로를 바라보며 목을 뚜둑 꺾었다.

"이 녀석도 그냥 눈속임이야. 네가 저걸 막으면 우리의 승리라고."

"……비스코. 이길 수 있지?"

"너야말로. 확실히 돌아오는 거겠지?"

"당연하지."

"핫!"

비스코는 씨익 웃고는 다시 전신에서 불똥 같은 포자를 분출했다.

『이제 가』라는, 그런 의미라는 건 미로도 충분히 이해했다. 미로는 부풀어 오른 망령으로 변한 서버를 향해 달려가다가, 우뚝 멈췄다.

"……비스코!"

미로의 두 눈을 크게 뜨고, 떨면서 파트너를 바라봤다. 지금까지 몇 번이나 격파해온 죽음과 이별의 기척이 갑자기 마음속에 침입해서 미로의 몸을 돌리게 했다.

비스코는 오랜만에 보는 파트너의 미덥지 못한 시선과 눈을 마주치고는, 당겼던 활을 일단 빼고 우두커니 선 파트너에게 성큼성큼 걸어오더니, 에메랄드로 변색된 뒷머리를 꽉 잡고 자기 어깨로 당겨서 힘껏 안아줬다.

"…………."

"…………."

"…………."

"…………."

"이제 됐냐?"

"……앞으로, 4초만……."

"……."

"……다녀오겠습니다!"

"좋아!"

비스코는 미로의 얼굴을 떼어내고 평소처럼 송곳니를 드러내며 씨익! 웃었다. 그리고 곧장 파트너를 끌어안은 채 높이 뛰어서 그대로 팽창한 서버를 향해 파트너의 몸을 내던졌다.

"가라, 미로! 인간을 구하고 와!"

"반드시, 돌아올 테니까! 기다려, 비스코!"

날아간 미로는 이마의 문양을 눈부시게 빛내며 꿈틀대는 서버를 만졌다. 그리고 꾸물꾸물 움직이며 밀려오는 입자 무리를 유유히 노려보면서 푸른 눈동자를 빛냈다.

"호프…… 힘을 빌려줘!"

눈을 감고 뭔가 진언을 외우자, 미로의 이마 문양이 한층 강하게 빛나더니 몰려오던 입자 무리가 파도처럼 밀려났다. 그대로 미로는 구멍 뚫린 서버의 심연을 향해 빨려 들어가듯이 사라졌다.

"……좋았어."

그 모습을 눈앞에서 확인한 비스코는 만족스럽게 웃더니,

다시 시작하자는 듯 아폴로의 시신을 돌아봤다.

아폴로의 시신은 그렇게나 성대하게 피어났던 녹식을 완전히 도시로 바꿔서 흡수한 뒤, 서버에서 튀어나온 원령을 흡수해서 형태를 되찾고 지금, 천천히 일어나고 있었다.

『오. 오오오. 비스코. 오오.』

그 전신은 이미 너무 짙어서 칠흑에 가깝게 물든 푸른 입자에 뒤덮여 흔들거렸고, 얼굴의 두 눈과 머리털만이 예전의 아폴로를 가리키듯이 진홍으로 반짝이고 있었다.

"……너, 이제 아폴로가 아니네. 녀석은 어디로 갔어?"

『비스코. 비스코. 오오. 무서워. 없애버려야 해. 우리가. 우리가. 사라져버려. 비스코. 저걸. 저걸 부숴버려. 없애. 비스코를 없애버려.』

'이매망량(魑魅魍魎)의, 집합체 같은 느낌이구만.'

아폴로는 형태 자체는 인간을 유지하고 있지만, 나오는 목소리는 남자, 여자, 노인, 아이 등등 다양한 목소리를 가졌고, 일제히 비스코를 적대시하며 무서워하고 있었다.

『아폴로. 싸워. 저기 저 녀석을 없애. 아폴로. 네가, 죽이는 거다…….』

"아, 으, 아아아……!"

"아폴로!"

"《2028년》이…… 너를, 무서워하고 있다!"

약간이나마 자아를 되찾은 아폴로가 쥐어짜듯이 말했다.

"설령…… 복원된 세계에서, 내가 없어지더라도. 《2028년》

233

은, 되찾는다……. 너를, 없애버리겠다. 비스코—!"

"300년 전의 원령들이 참 뻔뻔스럽게 튀어나오는구만, 응?"

비스코는 얕잡아보듯이 송곳니를 번뜩이며 전신의 힘을 담았고, 퍼엉! 하고 폭발하는 불똥 입자로 스스로를 감쌌다. 그 안에서 반짝이는 한 쌍의 비취색 빛이 아폴로의 시선과 부딪쳤다.

"내 시간은 내 거야. 와라, 다시 관뚜껑 덮어주마!!"

"사라져라, 비스코—!!"

마치 빛과 어둠, 각각의 덩어리가 된 두 사람은 꿈틀대는 서버 앞에서 몸을 빛내며 정면에서 부딪쳤다. 어마어마한 충격이 공간을 덮치며 미로가 들어간 서버 본체를 부르르 흔들었다.

『무서워.』

『끔찍해.』

『괴로워.』

『무서워.』

『너무해에에.』

무한하게 이어지는 구멍에 떨어진 미로의 정신에 섬뜩하고 부정적인 감정이 끊임없이 흘러들어왔다. 그것은 일반인이라면 곧장 제정신을 잃을 듯한 폭력적인 절망의 물줄기였고, 미로는 이를 악물며 그 고문 같은 감각을 견딜 수밖에 없었다.

'돌아가겠어, 반드시…… 모두가! 비스코가 있는 곳으로!'

"미로! 눈을 감아서는 안 되네. 여기는 프로텍트 계층이야, 열쇠를 찾아야만 해!"

"……호프?!"

떨어지는 미로 옆에서 티롤의 몸이 다가오더니 약간 붉게 빛났다. 붉게 빛나는 두 눈과 그 표정을 보면 그것이 호프라는 것을 단번에 알 수 있었다.

"자네를 덮치는 정신 공격은 내가 막겠네! 자네는 패스를…… 열쇠를 찾게!"

"열쇠라니…… 이런 커다란 구멍 어디에?!"

"여기는 프로그램 안이네. 시각을 믿지 말게! 서버의 주인은 『매너』를 중시하지……. 반드시 도전자가 찾을 수 있는 곳에 열쇠를 숨겨놓았을 거야!"

"……알았어. 호프!"

"부탁하네. 오래 버틸 수는 없어!"

미로는 정신을 갉아먹는 절망의 대미지에서 보호받으며 버섯지기의 감을 되찾았다. 바로 이 커다란 구멍에 떨어지는 낙하 감각을 극복하여 냉정한 눈으로 주변을 돌아봤다.

커다란 구멍의 주변은 절벽으로 둘러싸여서 초목 하나 나지 않았고, 그저 계속 뚫려있을 뿐이었다. 애초에 이런 스피드로 계속 낙하한다면 열쇠를 찾더라도 잡는 건 불가능에 가깝다.

"……젠장. 이런 곳에서는 짐작도 안 가는군! 벌써 놓쳐버린 게……."

"아니, 호프. 그런 심술을 부릴 정도라면, 열쇠 같은 건 놔두지 않아."

"미로, 짐작 가는 곳이 있는 건가?!"

"해볼게. 실패하면 미안해."

미로는 태연하게 말하면서 품에서 도마뱀 발톱 단도를 꺼냈다.

'이 거대한 구멍이 힌트야. 어디에도 보이지 않는다는 건, 처음부터 가지고 있다는 뜻.'

'내가, 열쇠를 숨긴다면……'

푹! 미로는 손에 든 단도를 망설임 없이 자신의 오른 가슴에 꽂았다. 그리고 그대로 의사다운 재주로 흉골을 절단했다.

"미, 미로! 자, 자네는 대체 뭘?!"

"괜찮아. 아프지 않아. 정말로 프로그램 안이구나."

"그, 그렇다고……!"

미로의 너무나도 강인한 정신력에 아연실색한 호프 앞에서, 미로는 자신의 심장을 뒤져서 뭔가 작게 빛나는 것을 주르륵 꺼냈다.

"있네."

"오오!!"

"뭐지 이건…… 반지?"

미로의 손에서 눈부시게 빛나는 것은 백금에 에메랄드가 박힌, 간소하지만 아름다운 반지였다.

"열쇠가 아니잖아. 그럼 이번에는 배를……."

"아니, 이게 맞네. 이게, 열쇠야……."

호프는 미로의 어깨 너머로 반지를 바라보면서 깊은 한숨을 내쉬고는 그걸 들고 가슴에 꼬옥 안았다. 그리고 두 눈을 다시 크게 뜨고는 낙하하면서 미로를 돌아봤다.

"여기서부터는 나도 모르는 영역이네. 각오는 됐는가?"

"따라오지는 않을 거야? 호프?"

"걱정하지 말게. 자네의 마음은 강해. 반드시 그녀에게 닿을 걸세…… 자, 가게!"

호프가 백금 반지를 미로의 약지에 끼운 순간, 눈부신 섬광이 일대를 감쌌다. 그리고 다시 미로의 의식이 하얗게 날아가면서 또 다른 깊은 세계로 들어가 버렸다.

콰앙, 콰앙, 콰앙!

태양과 어둠이 격렬하게 부딪힐 때마다 불똥이 이곳저곳에 퍼지며 공간을 비췄다. 비스코가 내뿜는 작열의 빛조차 삼키는 《2028년》의 원념 어린 어둠은 아폴로의 손에서 칠흑의 단도가 되어 번뜩였고, 비스코의 신속과도 같은 움직임을 포착하여 가슴을 비스듬히 갈랐다.

"우오옷?!"

마그마처럼 뿜어져 나오는 자신의 혈액을 보고 비스코의 얼굴이 일그러졌다.

"으그오오오—!!"

밤의 화신이 된 아폴로는 원념의 목소리에 조종당하면서도 비스코를 웃도는 스피드로 뛰어올라 비스코의 특기인 돌려차기를 그 기술의 주인에게 날렸다. 단도의 대미지로 멈춰버린 움직임을 되찾지 못하고, 비스코는 그 직격을 맞고 날아가서 멀리 있는 벽에 부딪혀 흰 연기를 피워올렸다.

『없애. 없애. 없애. 저 녀석을 없애. 비스코를 없애.』

"비 스 코 —— !!"

짐승처럼 울부짖으며 덮쳐오는 아폴로의 어깻죽지에.

푸슈우웅! 하고 공기를 가르며 날아온 화살이 어마어마한 기세로 박혔다. 아폴로는 태양의 화살에 직격당해 나선처럼 회전하며, 바닥에 처박혀서 고통스러운 비명을 내질렀다.

"네, 이놈…… 아직도, 이런 힘을……."

박혀있는 태양의 화살을 잡아서 자신의 어둠으로 바꾸는 아폴로를 바라보고, 비스코는 피를 폭포수처럼 흘리며 천천히 일어섰다.

'지금 쏠 수 있는, 최고의 화살이었어. 저걸로도, 못 피우나…….'

몇 번이고 발차기와 단도를 맞부딪히는 가운데, 비스코는 어둠에 먹힌 아폴로의 힘이 이미 인지를 한참 초월했다는 사실을 알게 되었다. 철철 흐르는 자신의 피를 본 비스코는 그럼에도 웃으면서 비취색 눈을 한층 빛냈다.

"양아치 한 명한테 꽤 고생하고 있잖냐. 2028년에 몇 명이 있었는지는 모르겠지만…… 우르르 몰려와서 고작 그 정도냐?"

"그만둬……! 원념이, 부푼다. 죽은 자들을, 모독하지 마라. 비스코!"

"싫으면 불단에서 얌전히 있으라고. 그러니까 망한 거야."

『오오오. 오오오오. 오오오─.』

원령들의 분노에 휩싸인 아폴로의 몸이 더욱더 짙은 어둠에 덮이려 한, 그 순간.

『캬아─ 캬아─ 캬아아.』

두 사람 옆에서 명멸하던 거대한 서버가 새된 비명을 지르면서 소란을 부렸다. 아폴로는 비스코에게 향하던 의식을 곧장 서버로 돌리고는 경악하며 붉은 눈을 부릅떴다.

"말도 안 돼!! 프로텍트를 돌파한 건가!!"

노골적으로 당황한 아폴로와 원령들이 웅성거리자, 비스코는 뭐가 뭔지는 하나도 모르겠지만 아무튼 파트너가 서버 내부에서 잘하고 있다는 것을 눈치챘다.

『와아. 뭔가 있어. 끄집어내. 끄집어내.』

『끄집어내, 아폴로. 뭔가 있다. 들어오고 있다, 들어오고 있다.』

"네 이놈─!"

서버로 들어가려는 아폴로의 옆구리에 다시 비스코의 화살이 꽂혔다. 투웅! 하는 충격과 함께 아폴로의 몸이 날아가서 바닥에 굴러떨어졌다.

"파워가 무식하게 올라간 대신, 지능이 무식하게 내려간 모양이구만."

작열의 활에 화살을 메긴 비스코의 송곳니가 빛났다.

"비스, 코오오오⋯⋯."

칠흑의 몸에 비스코의 화살 흔적이 수없이 빛났고, 밤하늘

같은 모습이 된 아폴로는 뽑아낸 비스코의 화살에 차례차례 원령을 옮기고는, 점점 비스코와 미로의 진언궁을 본뜬 칠흑의 대궁으로 변형시켰다.

"너의…… 특기인 궁술도, 지금, 복제했다. 이걸로, 이제 너에게 손쓸 방도는, 없어."

"좋알좋알 떠드는 사이에 미로가 날뛸 텐데. 괜찮은 거냐?"

"죽어라, 비스코!!"

투웅! 마치 열차포 같은 소리를 내며 발사된 칠흑의 화살과 푸슈우웅! 하고 공기를 가르는 태양의 화살이 격돌했다. 그것은 두 사람의 중심에서 어마어마한 충격파를 발했지만, 이윽고 두꺼운 칠흑의 화살이 비스코의 태양의 화살을 꺾고 곧장 몸을 피한 비스코의 배후에 꽂혔다.

빠꿈!!

칠흑의 화살은 빌딩이나 전신주, 신호기 같은 것이 뒤엉킨 도시 무리를 마치 버섯 같은 기세로 피우고는 그 충격으로 비스코를 천장까지 날려버렸다. 콰앙! 하고 등을 강하게 부딪쳐서 「커헉!」 하고 피를 뿜어낸 비스코에게 곧장 두 번째 화살이 추격해왔다. 간발의 차이로 직격을 피한 비스코의 옆에서 다시 빠꿈! 하고 도시가 피어나며 이번에는 비스코를 바닥에 꽂아버렸다.

빠직! 하고 뼈가 부서지는 감각. 격통이 덮쳐오자 비스코는 어금니를 악물었다.

'빌, 어먹을……! 저쪽은 마음대로 피우잖아……!'

『이겼다. 이겼다. 이겼다 이겼다.』

『죽여. 없애. 죽여.』

원형의 활은 점점 흉악함을 늘리며 만신창이인 비스코에게 화살을 날렸다. 비스코는 부서진 전신을 질질 끌면서 일어나서 그 칠흑의 화살촉을, 자신이 가진 생명을 모두 부딪치듯이 노려봤다.

17

뭔가 청결한, 복도 같은 곳을 걸었다.

다양한 약품 냄새가 미약하게 풍기는 하얀 벽, 병원 같기도 하고 연구소 같기도 한 곳이다. 그곳에서 또각또각 힐 소리를 내며 걷던 미로는 문득 인적이 없는 쓸쓸한 문 앞에서 발을 멈췄다.

미로는 거기서 장난스럽게 눈을 가늘게 뜨고는 힘차게 문을 열었다.

"빠바아앙!!"

"우와아앗?!"

문 너머에서 의자가 크게 쓰러지는 소리가 들렸다. 미로는 마음껏 큰소리로 웃으면서 쓰러진 의자의 주인을 일으켜 세웠다.

"아, 아프잖아…… 너무하네. 문은 천천히…… 앗, 네코야나기 씨."

"이제 슬슬 성으로 부르는 건 그만둬. 길잡이! 도미노면 돼."

"……알았어. 도미노……."

"아카보시, 또 안 자고 있었지? 눈의 다크서클, 엄청나졌어."

그렇게 말한 미로는 고개를 수그려서 상대의 눈가까지 내려가 그

241

얼굴을 정면에서 바라봤다.

붉은 머리에 붉은 눈동자. 눈앞의 청년은 아까까지 사투를 펼쳤던 아폴로가 틀림없었다. 그러나 동시에, 아직 앳된 모습이 남아있는 데다 조금 겁먹은 표정은 그 냉혹하고 비인간적인 아폴로와는 너무나도 동떨어져 있었다.

"우왓. 쓰레기통, 레드불밖에 없잖아! 이거 전부 마셨어? 죽거든?!"

"잠깐…… 도미노, 남의 쓰레기통을……."

"그래서?"

미로는 하늘색 롱 헤어를 스르륵 흔들면서 아폴로를 올려다보며 웃었다.

"철야의 성과는 나왔지? 다크서클은 심하지만, 표정은 좋은데."

"……으!"

아폴로는 그 한마디를 듣자, 무서워하던 표정을 단숨에 활짝 빛냈다.

"내 연구, 봐줄 거야?"

"언제나 봐왔잖아. 처음이라는 표정 짓지 마."

"도미노. 이걸 봐줘."

미로는 아폴로가 재촉하는 대로 원통형 유리관 같은 것을 들여다봤다. 그 안에는 큐브 같은 것이 떠서 천천히 모양을 바꾸고 있었다.

"얼마 전하고 똑같잖아. 뭐가 다른데?"

"이걸 보면서, 뭔가…… 상상해봐. 그…… 마음에 드는 형상을."

"마음에 드는 형상?"

미로는 그 말에 따라 찌푸린 표정으로 큐브를 바라보고는, 하나의 형상을 떠올렸다. 그러자 입자 덩어리는 점점 모습을 바꾸면서 상상한 형태를 형성했다.

"와. 와. 와! 굉장해! 뭐야 이거?!"

"저기, 도미노. 이거 무슨 형태를 만든 거야?"

"버섯."

아폴로는 그 버섯 모양 입자를 바라보더니, 과연 그렇다면서 끄덕였다. 미로는 그 손을 잡고는 가벼운 아폴로의 몸을 들어 올릴 기세로 붕붕 상하로 흔들었다.

"굉장해! 굉장하잖아, 아카보시!! 사람의 사념을 표현하는 입자를 추출하다니, 지금까지 아무도 성공한 적이 없었는데!!"

"도, 도미노. 기다려. 그것만이, 아니야…… 이 입자는, 사람의 사념에 응해서 분자 구성도 뜻대로 바꿀 수 있어. 지금은 아직 실험 단계지만, 사람이 바라기만 한다면…… 자신의 육체든, 티탄제 도구든…… 생각대로 만들 수 있어."

미로는 아폴로가 조심조심 말해준 이야기의 스케일에 아연실색하며 굳어졌다.

"어…… 뭐야 그거 너무 굉장한데…… 식겁하겠어……."

"도미노! 부탁이 있어. 너는 미인이고…… 사교적이니까, 여기저기에 발이 넓잖아. 내가 이걸 완성한 뒤에…… 그에 어울리는, 양심 있는 곳에 이걸 넘겨줬으면 좋겠어. 그, 그러니까…… 이 입자는, 네가 완성했다는 걸로."

콩!

"아얏…… 책 모서리로……."

"바보. 그런 건 아카보시가 사교성을 익히면 되는 거잖아. 계~속 이런 곳에 틀어박혀 있으니까 그런 일로 고민하게 되는 거야!"

미로는 다시금 품평하듯이 아폴로를 바라보고는, 뭔가 결의한 것처럼 끄덕이더니 팔짱을 끼며 거만하게 말했다.

"그런 거라면, 알았어. 무척 커다란 회사…… 바로 그 마토바 중공의 높으신 분을 소개해줄게. 하지만! 먼저 그 촌스러운 백의를 어떻게 좀 하고, 구부러진 등도 펴고, 그 밖에도 이것저것…… 아카보시의 사교성을 확실하게 단련해줘야겠네."

"사, 사교성을, 내가?! ……그런 건 불가능해……!"

"눈앞에서 불가능을 가능하게 만들었잖아. 괜찮아! 내가 붙어있고, 애초에 아카보시는 이미 기적의 대발명가니까!"

미로는 거기까지 말하고는 조금 고민하듯이 고개를 갸웃했다.

"맞다. 이름을 만들어야지. 그 입자, 무슨 이름이야?"

"이, 이름은…… 아직, 없어."

아폴로는 완전히 순종적인 강아지가 되어서 긴 머리를 빗는 미로를 올려다봤다.

"오늘 아침 막 완성된 데다, 나는 이름 센스가 없어서…… 도미노가, 지어주겠어?"

"그럼, 『아폴로 입자』네."

"에에엑?! 그, 그런, 내……."

"당연하잖아. 뭐가 됐든 발명가의 이름은 붙여야 해."

미로는 손목시계를 힐끔 보더니 「이런」 하고 중얼거리고는 아폴로를 지나쳐서 힐을 또각또각 울리며 빠르게 문으로 향했다.

"아카보시, 내일 쉬지? 같이 정장 사러 갈 거니까, 이 방에서 열 시에 보자!"

"도······ 도미노!"

문에 손을 대려고 하기 직전, 아폴로의 목소리가 미로를 불러 세웠다.

"······고마워, 도미노. 네······ 덕분이야."

"······."

미로는 그대로 아폴로에게 돌아가서 목에 손을 돌리고는, 그 가느다란 팔로 꼬옥 안아줬다. 뾰족한 붉은 머리가 뺨에 닿아서 조금 아팠지만 참았다.

"열심히 했어. ······모두가 멸시하더라도, 나만큼은 너를 봐왔으니까······. 원한다면, 언제나 함께 이어줄게······."

미로는 말을 마치고 나서 대략 3초 정도 그러고 있다가 밀쳐내듯이 아폴로를 풀어주고는 그대로 문을 열고 바람을 가르며 걸어갔다. 상상 이상으로 자신의 뺨이 뜨거워진 것을 아폴로에게 보여줬다는 것이 아니꼬웠다.

'······뭐지? 지금 이건?'

기억의 피막이 깨지면서 천천히 눈을 뜬 미로는 하얀 허무 속으로 떨어졌고, 이윽고 점점 자신이 누구인지를 떠올렸다. 그러나 이 허무 속에서는 그것조차 애매모호했고, 뭔가 모르는 누군가와 의식을 공유하고 있다는 감각만이 깃털처럼 미로의 가슴을 감쌌다.

'따스하네……'

공유된 의식 속에서 한 가지, 미로가 잘 아는 것이 있었다. 그것은 아마도 「사랑」이며…….

자신을 지배하던 무언가가 그걸 가지고 있었다는 것은, 미로에게 신기한 안도감을 주었다.

미로는 그대로 하얀 허무 밑에서 기다리는, 새로운 기억의 막으로 뛰어들었다.

"잠깐, 아카보시. 정신없이 먹으면 안 돼! 오늘은 테이블 매너 강습을 위해 온 거니까!"

"「매너」?"

"그래! 아카보시가 연구 다음으로 공부해야 하는 건 매너. 매너를 위반하는 일은 해서는 안 돼! 약속할 수 있지?!"

"으, 응…… 약속할게. 도미노가 그렇게 말한다면."

"좋아. 먼저 나이프와 포크는 바깥쪽부터……."

"잠깐만! 어디 가는 거야?! 친구 결혼식 중인데!!"

"아, 아니. 연구실에서 전화가 와서…… 아폴로 입자가 걱정돼서."

"전화는 끊어! 알겠어?! 신랑 신부와 신부의 아버지 말고는 버진 로드를 가로지르면 안 돼! 그게 매너야!"

"도미노! 이 입자를 봐줘. 마토바 사장이 보낸 주문에 반응했어."

"……이거, 아폴로 입자? 녹 같은 색. 자글자글 꿈틀대네……."

"입자에, 스스로 증식하라는 명령을 내렸어. 이 녹빛이 되었을 때, 아폴로 입자는 주변의 모든 것을 먹어치우며 증식해."

"모든 것을, 먹는다고……? 아폴로, 이건 너무 위험해! 어째서 이런 걸……!"

"이해해줘, 도미노. 나와 너의 연구가 마토바 사장의, 세상의 인정을 받지 못하면…… 아폴로 입자는 누구도 행복하게 해주지 못한 채 이 시험관 속에서 끝날 거야. 이 녹빛의 아폴로 입자는…… 우리의 꿈을 위해, 필요한 스텝인 거야."

"이, 이거, 반지…… 나, 나한테……?"

"그게…… 프러포즈는 남자부터 하는 게 『매너』라고, 네가……."

"아폴로!"

"우왓! 도미노, 나, 남들 앞에서는, 『매너』 위반이야……!"

"바보! 나는 괜찮아!"

미로는 단속적인 기억을 주마등처럼 바라보면서 떨어졌다. 자신이 어디 있는지는 모르겠지만, 신기하게도 불안감은 들지 않았다. 그저 몸을 맡기고 떨어지고 있지만, 무언가의 인도를 받고 있다는 것을 자각할 수 있었다.

　다음 기억의 피막에 뛰어들었을 때, 가슴을 찌르는 감각이 미로를 덮쳤다. 미로는 본능적으로 이것이 기억 소용돌이의 종착점이라는 걸 깨닫고, 결의와 함께 그곳에 뛰어들었다.

"쿠데타다! 마토바 중공이 무력 봉기했다—!"

"저 철인을 막아라! 황거를 뭉개버릴 셈이야!"

　미로는 아비규환에 빠진 도쿄 안에서 인파를 가르며 달렸다.

　자위대가 긴급하게 쌓은 철조망을 겨우 치우고 땀으로 범벅이 된 채 하늘을 올려다보자, 전투기가 속속 철인에게 날아가 미사일을 날렸다. 마토바 중공의 엠블럼을 흉부에 새긴 최신 철인은 거대한 팔을 휘둘러 그 미사일을 떨쳐냈다.

"그만둬—!! 안 돼, 공격을 그만두게 해!!"

"이 여자는 뭐야?! 이봐, 위험하잖나! 민간인은 피난해라!"

"저 최신식 철인은 아폴로 엔진을 싣고 있어!! 기동한 엔진이 폭파되기라도 하면, 납빛 아폴로 입자가 일본 전역에 퍼져버릴 거야!"

"영문 모를 소리를. 이봐! 이 여자를 데려가라."

"부탁이야, 공격을 그만둬! 누군가 연구자를 불러줘!"

　남자 몇 명에게 붙들려 목청을 높이는 미로의 시선 끝에서.

　무수한 미사일이 하늘을 가르며 날아오는 게 보였다.

　두꺼운 장갑을 관통하는 철갑(徹甲) 미사일은 그대로 대괴수처럼 날뛰는 철인의 머리나 배에 꽂혀서 퍼퍼퍼펑! 하고 어마어마하고 연쇄적인 폭발을 일으켰다.

"황거 앞 철인, 침묵을 확인! 지상 부대는 전진, 이어서 잔당을……."

"아앗, 아, 그, 그런……."

천천히 팔다리를 꺾으며 쓰러지는 철인의 흉부에서 납빛 입자가 주르르 새어 나오더니, 이윽고 부서진 철인의 몸을 뒤덮었다.

"……도망쳐……."

"여자, 뭐 하는 거냐? 너는 이쪽이다!"

"안 돼, 다들 어서 도망쳐."

빠웅!

모든 소리를 지워버리는, 어마어마한 충격파가 도쿄를 덮쳤다.

그에 이어서 어마어마한 질량의 폭발이 철인을 중심으로 일어났다. 폭발은 아폴로 엔진 안에서 증식한 황토색 아폴로 입자를 도넛 모양으로 뿌려버렸고, 고작 한 호흡 만에 주변 생명체를 납빛 가루로 바꿨다. 전투기나 전차 같은 병기도 순식간에 녹덩어리가 되어 날아가서 폭연을 피워올렸다.

"아. 아아. 아아아."

자신을 잡고 있던 남자들이 녹가루가 되어 와르르 무너졌다. 미로는 그걸 계속 건져 올리려 하다가, 0.1초 만에 멸망한 세상의 하늘을 피눈물을 흘리며 올려다봤다.

"……쿨럭."

자신의 허파에서 피가 흐르며 무릎을 뚝뚝 더럽히는 걸 알 수 있었다. 의지력으로 아폴로 입자를 움직여서 자신을 피하도록 명령했지만, 거칠게 몰아치는 이 녹빛 바람은 도저히 막아낼 수 있는 게 아니었다. 격렬한 바람이 녹 입자를 퍼뜨릴 때마다 미로는 격한 피를 뿜었고, 도시 빌딩은 부식되어 무너졌다.

"도미노————!!"

"아……폴로……."

멸망의 녹바람 속에서 자신을 향해 달려오는 붉은 머리의 인물. 사랑하는 남자 아폴로를 보게 된 미로는 자신의 마지막 오기를 쥐어짜며 피로 물든 채 웃었다.

"너는, 무사, 했구나. 다, 행이야……."

"아아…… 거짓말이야. 안 돼…… 도미노……."

아폴로는 고동이 약해져가는 미로의 몸을 안으며 덜덜 떨었다. 이 멸망 속에서 무사히 몸을 유지할 수 있는 건, 무의식적으로도 아폴로 입자를 조종할 수 있는 개발자 아카보시 아폴로 본인뿐인 모양이었다.

"용서, 해줘. 아폴로. 너의, 기술을…… 누구에게도, 넘겨줘서는 안 됐어. 뜻대로 모든 것을 만들 수 있는, 꿈의 입자…… 그런 게, 악한 자에게 넘어가면, 언젠가, 이렇게 되리라는 걸, 알고 있었는데……."

"아아, 그만둬. 도미노…… 으, 아아, 이렇게, 피가……!"

"아, 녹바람은…… 증식하는 것만을, 명령받은, 아폴로 입자. 이제 누구도, 막을 수 없어. 일본은, 먹혀버릴 거야……. 나 때문에……."

"그렇게는, 두지 않아!"

아폴로는 죽어가는 연인을 안으며 녹바람에 울부짖듯이 외쳤다.

"내가, 멸망에서, 반드시 너를 되찾겠어. 수십 년, 수백 년이 걸리더라도!! 반드시 내가, 어제까지의 세계로 되돌리겠어!!"

"……아폴로……."

"그러니까……!"

연인의 얼굴과 눈을 마주한 아폴로는 서툴게 웃었다.

"……잠깐만, 자고 있어. 도미노. 반드시, 마중 나갈 테니까……."

"……응. 기다릴게. 언제까지나, 기다릴게, 아폴로……."

미로는 자기 안에 남아있는 마지막 힘을 쥐어짜내서 아폴로의 머리를 잡고 입술에 입맞춤했다.

기나긴 키스는 가슴속을 사랑으로 가득 채워서 죽음의 예감을 좇아내고, 자신의 몸이 녹가루로 변해가는 감각조차 잊게 했다.

쑤우욱!

"윽! 으아아아앗?!"

뭔가 솜사탕을 뚫고 지나온 듯한 묘하게 가벼운 느낌과 함께, 미로는 곧장 모든 감각을 되찾았다. 즉시 낙법을 취했지만 바닥이 상상 이상으로 부드러워서, 미로의 몸은 몇 번을 튀기다가 구역질이 날 즈음해서야 겨우 멈췄다.

'……뭐, 뭐야 여기는?!'

묘하게 팬시하고 몽실몽실한 하얀 공간이 주변 전체에 펼쳐져 있었다. 미로는 일단 일어나려고 했지만 바닥이 너무 부드러워서 잘 걸을 수가 없었다. 그때.

"빰빠카빠—암!!"

"에엑?!"

"축하해! 여기가 서버의 가장 안쪽이야!"

미로의 눈앞에서 백의를 입고 하늘색 롱 헤어를 나부끼는 아름다운 여성이 탁 내려왔다.

하늘색 여자는 머리를 사르륵 흔들면서 놀라움에 굳어진 미로의 눈앞으로 코끝을 가져다 댔다. 그리고는 서슴없이 얼굴을 이리저리 관찰하고는 만족스럽게 끄덕였다.

"으음—! 엄청 귀엽네!! 꽃미남!! 역시 내 유전자야!"

"……당신이…… 도미노! 우리의 선조님?!"

"열심히 했구나, 미로. 서버는 멈췄어. 관리인실에 두 명이 있으니까 에러를 뿜으며 멈추더라."

하늘색 여자…… 네코야나기 도미노는 그렇게 말하며 씨익, 미로와 닮은 미소를 지었다.

"이걸로 《복원》의 처리는 리셋될 거야. 너희의 승리, 게임 클리어!"

"복원이, 멈췄다……? 다, 다행이다……!"

미로는 그녀 앞에서 깊은 안도의 한숨을 내쉬고는 바로 고개를 번쩍 들어서 날카롭게 노려봤다. 도미노의, 미로를 복사한 듯한 웃음이 눈앞에 있었다.

"알고 있어. 가려는 거지? 비스코를 구하러."

"……나를, 보내줘도 돼? 우리는 당신이 사랑한 사람을……."

"그게, 하하……! 미안, 설마 이런 일이 벌어질 줄은 몰랐거든. 내가 그렇게 로맨틱하게 죽어버린 바람에 아폴로도 너무 절박해졌던 거겠지~."

"…………."

"아폴로는 말이지. 2028년을…… 아니, 나를 복원시키기 위해 감정까지 잘라내 버렸지만. 원래는 이런 일, 바라지 않았을 거야……. 자기 손으로, 자기 자손을 없애려 들다니."

도미노는 미로의 뺨을 다정하게 어루만지고는, 약간 울먹이면서 미소 지었다.

"아폴로의 마음은 무척 기뻐. 하지만, 우리는 이미 그냥 귀신이잖아. 내일을 살아가는 건 너희들이야. 그렇지?"

"도미노……."

"미로. 비스코를 도와줘. 너희의 손으로, 아폴로를 막아줘…… 부탁해."

미로는 자신과 똑 닮은 얼굴을 정면에서 바라보고는, 그 손을 잡고 눈앞에서 의연하게 끄덕였다. 미로의 눈동자 속에는 생명의 힘이 강하게 타올랐고, 도미노의 공백이었던 시간 사이에 인간이 얼마나 강인하게, 씩씩하게, 눈부시게 살아남았는지를 증명해주었다.

"……좋아. 내 힘을 모두, 너에게 맡길게. 미로."

"당신의, 힘을?"

"비스코에게도 전해줘. 계속 보고 있었다, 사랑했다고……."

미로는 맞잡은 손을 통해 일찍이 느껴본 적이 없는 막대한 힘의 흐름이 흘러들어오는 것을 느꼈다. 도미노는 전신을 오로라처럼 반짝이면서 무지갯빛이 된 몸으로 미로를 다정하게 안아주었다.

18

"특기인 스피드도, 꽤 느려졌구나."

칠흑 속에서 빛나는 붉은 눈이, 얄보듯이 말했다.

"아무리 갈고닦은 기술, 활이라 해도. 이렇게 카피해버리면 아무런 의미도 없지……. 문명 앞에서, 피지컬의 단련 따위는 무의미하단 말이다."

그 붉은 빛을 번뜩 노려본 비스코가 반박하려고 벌린 입에서 쿨럭! 하고 피가 흘렀다. 녹식의 빛을 발하는 핏속에는 어두컴컴한, 태엽이나 나사 등의 쇳덩이들이 섞여 있었다.

비스코는 현재 몸의 6할이 도시에 먹혀버려서 숨을 헐떡이는 상태였다. 아폴로의 도시 공격이 마침내 녹식의 균을 웃돌면서, 전신을 덮는 태양의 광채도 줄어들고 있었다.

"쓸데없이 화살을 피하지 마라, 비스코. 괴로움이 늘어날 뿐이다."

"핫! 네놈은 좀 피하라고. 전부 맞아버렸잖냐. 내 화살."

"피할 필요가 없을 뿐이다……! 네 포자의 힘 따위, 이미 조금도 통하지 않아!"

"알았으니까 덤비라고. 그렇게 누군가와 떠들고 싶다면 거기서 메이드 찻집이라도 여는 게 어때?"

"네, 놈……!!"

이미 죽기 직전인 몸인데도 불구하고, 비스코의 비웃는 말투와 비취색 두 눈은 전혀 쇠약해지지 않았다.

『오오. 오오오. 오오─.』

『없애. 비스코를 없애. 없애.』

아폴로의 몸에서 꿈틀대는 2028년의 목소리는 두려움과 증오를 쏟으며 눈앞의 비스코에게 몰두하고 있어서, 서버 본체는 이미 안중에도 없었다.

'젠장. 우선해야 하는 건 서버 쪽이건만!'

비스코는 자신의 의식과 원령의 의식 사이에서 고뇌하던 아폴로의 빈틈을 놓치지 않았다. 화살통에서 뽑은 태양의 화살을 활에 매겨서, 그대로.

콰악!

자신의 심장에 꽂아버렸다.

"앗?! 바보 같은, 무슨 짓을?!"

"으으으으으아아아!!"

놀라는 아폴로 앞에서, 비스코의 몸에서 태양의 버섯이 빠꿈, 빠꿈! 하고 피어나 비스코의 몸을 뒤덮은 도시를 없애버렸다.

자신의 목숨과 바꿔서 녹식의 힘을 한계까지 끌어올리는, 비스코의 결사적인 작전이었다.

'앞으로 4초…… 3……'

"내버려 둘 것 같으냐─!!"

비스코의 작전을 알아챈 아폴로는 칠흑의 대궁을 겨눴고, 그곳에 원령이 몰려들면서 모든 것을 삼켜버릴 흉흉한 칠흑

으로 물들었다. 끼릭끼릭끼릭 활을 당기며 뛰어오른 아폴로
가 비스코에게 조준을 맞췄다.

'2…… 1……!'

"죽어라, 비스코——!"

"먹어라아아아——!!"

투쾅, 파슈웅!

두 화살이 완전히 같은 순간, 공간을 가르며 굉음을 울렸
다. 화살의 스피드는 도저히 눈으로 쫓을 수가 없었고 그저
오렌지와 칠흑의 궤적만이 두 사람 사이를 이었다.

"무시, 무시한……."

빠꿈, 빠꿈!!

완전한 포자 항체가 생긴 줄 알았던 아폴로의 몸을 뚫고 태
양의 버섯이 몇 개 피어났다.

그것은 투명한 벽을 통과해서, 마치 아폴로와 연동하듯이
도쿄의 거리에도 거대한 녹식을 피웠다. 빠꿈, 빠꿈! 아폴로
의 몸을 녹식이 뚫고 나올 때마다 밤의 도쿄에 녹식이 피어
났다.

붉은 두 눈을 일그러뜨린 아폴로는 마침내 칠흑의 대궁을
떨어뜨렸다.

"무시무시한, 인간, 이었다. 비스코. 만약, 앞으로 3년만 더,
계획이 늦어졌다면……."

녹식은, 아폴로의 몸에서도 두세 개 피어나다가…….

이윽고, 거기서 멈췄다.

"나의, 패배였을 거다."

투웅!

아폴로의 시선 너머, 비스코의 등을 뚫고 거대한 도시 빌딩이 피어났다.

퉁, 퉁, 퉁, 퉁!!

거대한 도시 무리가 비스코의 몸을 사방팔방으로 튕기면서 그의 몸을 유린했다. 비스코가 마지막 힘으로 메기려던 화살도 퉁! 하고 손목에서 피어난 빌딩의 쇼크로 멀리 날아가 굴렀다.

비스코는 그대로 실이 끊어진 인형처럼 바닥에 풀썩 쓰러져서, 가까스로 피범벅이 된 숨을 헐떡거렸다.

"…………."

아폴로는 자신에게서 피어난 녹식을 고생하며 뽑고는, 죽음의 늪에 빠져가는 비스코에게 걸어갔다. 비스코의 생명력이 막대해서인지, 도시는 어마어마한 기세로 생겨나 비스코의 몸을 계속 찢고 있었다.

"……괴롭겠지. 비스코. 이제 됐다. 일어나지 마라……."

비취색 눈은 계속 깜빡였지만, 이미 시력을 잃었기에 아폴로를 보지는 못했다. 그러나 상상을 초월하는 고통 속에서도 표정은 놀랄 만큼 맑았고, 그저 뭔가 한 가지를 생각하는 소년의 얼굴을 보이고 있었다.

" "

비스코가 무언가 말했다. 일어나려던 무릎은 꺾이고, 빌딩에 찢어진 가슴에서는 엄청난 피가 흘렀다. 그럼에도 비스코는 계속 손을 뻗어 손톱으로 바닥을 긁었다.

" "

도시에 침식당한 성대는 이미 비스코의 의지를 목소리로 꺼낼 수 없었다. 아폴로는 마음속에 밀려오는 강력한 허무감을 밀어내듯이, 그 손바닥에 입자를 모았다.

"……잘 가라…… 아카보시, 비스코……."

아폴로가 조용히 모은 푸른 입자를 비스코에게 날리려는…… 그 순간.

"그만둬—!!"

카아앙!

"윽?! 우오옷!"

핑크색 파동이 확 번쩍이면서 아폴로의 등을 덮쳤다. 아폴로는 즉시 몸을 틀어서 그 공격의 주인을 걷어찼다.

"꺄, 아아악!"

조그만 몸이 핑크색 땋은 머리를 휘날리면서 바닥을 굴렀다.

콜록, 콜록, 기침을 하며 일어난 그 손에는, 미로의 대종 진언에 맞아 잘린 아폴로의 한쪽 팔을 잡고 옅은 핑크색 입자를 내뿜고 있었다.

"호프의, 찌꺼기 주제에."

아폴로는 짜증난다는 듯이 티롤을 보며 말했다.

"처음부터, 너와는 상관없었던 일이다. 지금까지 숨어있었던 주제에, 왜 나왔지?"

"핫. 어째서일까? 정말로."

티롤은 비지땀을 흘리면서도 금빛 눈을 크게 뜨며 아폴로를 노려봤다.

"아카보시에게서 떨어져. 나에게는 아직 호프의 힘이 남아 있어. 너도 분해할 수 있다고."

"비스코는 죽는다. 구하고 싶다면 나를 막지 마라. 그는 지금, 어마어마한 고통 속에 있으니까."

"그래도, 살아있잖아!!"

티롤의 외침이 아폴로에게 씌인 원령들을 살짝 흔들었다.

"아카보시는, 어떤 벼랑 끝에서도…… 벼랑에서 떨어져서 계곡 바닥에 있더라도, 지옥 밑바닥에 떨어지더라도 태양처럼 솟아오른다고! 너 같은 녀석이! 생사를 정해도 되는 녀석이 아니란 말이야!"

"그럼 지금 당장 이 녀석을 일으켜 세워봐라. 바보 같군."

"그만두라니까──!"

아폴로는 다시 비스코에게 손바닥을 들었고, 뛰어든 티롤을 다시 후방으로 걷어찼다.

"……"

바닥에 쓰러진 핑크 머리를 흘겨보며 다시 손바닥을 비스코에게 겨눈 그 발밑에.

꽉! 이미 무기마저 잃어버린 티롤이 달라붙었다.

아폴로가 휘두른 발꿈치가 이번에는 티롤의 콧등에 맞았다. 날아가서 바닥을 뒹군 티롤은 그럼에도 고양이처럼 재빨리 몸을 일으켜서 다시 아폴로의 다리에 달라붙고는 마침내 그 몸을 쓰러뜨리고 말았다.

"뭐……냐. 넌 대체 뭐냔 말이다!"

"허억— 허억— 허억……."

티롤의 얼굴은 코피로 범벅이 되었고, 발차기에 맞은 내장의 대미지도 피가 되어 입에서 꿀럭꿀럭 새어 나왔다. 그럼에도 금빛 눈을 마치 비스코처럼 빛내면서 불굴의 불꽃을 피워 올리고 있었다.

"나는 『인간』이야! 인간을 버린 녀석이! 제멋대로 굴게, 내버려 둘 것 같아!"

"죽어라……!!"

아폴로의 손바닥에서 이번에는 티롤을 향해 푸른 입자가 날아가기 직전.

『오오오오——오오, 오오오——.』

공중의 서버가 한층 강하게 부풀어 오르더니 꾸물꾸물 변형을 반복하기 시작했다. 강렬한 녹색 빛이 아폴로의 경악한 얼굴을 밝게 비췄다.

"뭐, 뭐냐?! 무슨 일이지?!"

"……으히히히힛…… 내 승리야. 바~보."

"윽?!"

티롤의 금빛 눈동자가 평소의 간계를 꾸미는 형태로 장난스럽게 일그러졌다.

"미로가 저걸 멈출 때까지 30초만 있으면 충분했어. 호프가 가르쳐줬거든."

"이 년이, 처음부터 계산을 세우고……!"

"계집애라고 생각해서 방심하는 건…… 고대인도 똑같나 보네."

『오오오오아아오아오아오아오아오.』

서버의 비명이 한층 커지며 공간 전체를 뒤흔들었다. 그리고 그 중앙에 둥근 구멍 같은 공간이 형성되었고, 그 안에서 에메랄드색 광채를 두른 한 소년이 튕기듯이 뛰쳐나왔다.

"늦지 않았어! 미로!"

"네 이노오오옴!"

"눈을 뗐네. 해파리는 말이야! 쏜다고—!!"

미로를 노리려던 아폴로의 옆구리에, 티롤이 숨기고 있던 녹식 화살이 꽂혔다. 빠끔! 하고 피어난 발아의 쇼크 탓에 아폴로의 조준이 빗나가서 천장에 직격했다.

"런치 라이프 메이커!!"

미로가 공중에서 주언을 외우자, 그 손에 오로라색이 모이더니 무지갯빛 활을 형성했다. 한껏 당긴 화살이 일직선으로 날아가자.

화아악, 하고 그 자리에 있던 모두의 눈을 막아버리는 어마어마한 빛이 공간을 채우더니 소리마저도 지워져서 들리지 않게 되었고…… 그저 새하얀 것이 그 자리를 감쌌다.

19

'라이프 메이커는, 2028년의 생명을 현대로 복원하는 프로 그램.'

'시티 메이커로 발생한 도시의 힘을, 생명으로 변환해.'

'이걸, 네게 줄게.'

'미로라면, 알 수 있을 거야.'

'쏴야 하는 것이 뭔지……'

"헉!!"

한순간인가. 몇 분인가. 의식이 새하얗게 날아갔던 아폴로의 감각이 원래대로 돌아왔고, 「허억, 허억」 거친 숨을 내쉬었다. 몸을 뒤척이자, 칠흑에 덮인 자신에게는 상처 하나 없었고, 그저 전방에 티롤의 몸을 안으며 서 있는, 녹색으로 빛나는 소년이 있을 뿐이었다.

『빗나갔다. 저 녀석, 화살이 빗나갔어.』

『없애, 아폴로. 저 녀석도 없애.』

"……. 서버의 복원을 막았다고, 그걸로 이겼다고 생각하나?"

아폴로는 호흡을 가다듬으면서 위압하듯이 미로에게 말했다.

"바보 같은 놈. 저건 몇 번이고 재기동하면 될 뿐이다. 어리석게도, 목숨을 걸더니…… 체크메이트다. 이미 내게 대항할 수 있는 유일한 남자, 비스코는 죽었다."

"비스코가, 죽었다고?"

"잘 봐라! 거기에, 도시 덩어리가 되어 굴러다니……."

아폴로는 붉은 눈을 부릅뜨면서 비스코의 시신을 가리키려다가.

그제야 헉, 하고 숨을 삼키며 굳어졌다.

"……없어. 없, 다고……?! 말도 안 돼. 그 도시 덩어리가, 흔적도 없이…… 어디냐. 녀석의 시체는, 어디로 간 거냐?!"

"내 화살은, 빗나가지 않았어."

당황하며 주변을 돌아보는 아폴로의 귀에 미로의 서늘한 목소리가 꽂혔다. 판다 멍 안쪽의 푸른 눈동자가 아폴로의 붉은 눈을 바라보며 보석처럼 빛났다.

"지금, 너를 향해 막 날렸다고. 이 세상에서 가장 강한 화살을……."

미로는 천천히 고개를 들어서 투명한 돔 천장을 봤다. 아폴로가 그에 이끌려서 시선을 들자, 달빛이 공중 한가운데에 생겨난 도시 덩어리 같은 것을 비추고 있었다.

"뭐…… 뭐, 냐, 저건……?!"

빠직, 빠직, 빠직!

공중에서 활짝 피어난 도시 덩어리가 아폴로의 말을 가로막으며 일그러지기 시작했다. 석영 결정처럼 튀어나온 도시 빌딩이 굉음을 내며 압축되었고, 그 근본을 향해 순식간에 줄어들었다.

"시티 메이커가…… 먹히고 있다고?! 말도 안 돼. 네, 네가 쏜 건, 설마!"

"너를, 막아달라고…… 그러더라."

천장의 도시 덩어리가 일으키는 바람으로 미로의 머리가 펄럭펄럭 흔들렸다.

"그리고, 사랑한다고 전해달라고 했어."

조용히 중얼거린 미로의 눈동자 속 광채가, 잃어버렸던 아폴로의 마음속 깊은 곳에 물 한 방울을 떨어뜨려서…… 약간의 파문을 만들었다.

"……도, 미노…… 그곳에, 있는 거냐?"

『오오오오오우오우오우우오오.』

"으, 끄, 으, 아아아아악!"

마음을 약간 되찾은 아폴로가 주저했지만, 몸에 달라붙은 원령들은 그걸 용납하지 않았다. 원령들은 이미 아폴로의 표면은 고사하고 귀나 입까지 들어오더니 성대까지 빼앗고 말았다.

『원숭이의!! 생각대로, 놔둘 것 같으냐——!』

"약속은 반드시 지킬게. 도미노. 나와……."

아폴로는 칠흑의 짐승이 되어 천장을 향해 뛰어오르더니, 곧바로 입자의 대망치를 생성해서 줄어드는 도시 덩어리를 향해 힘껏 들어 올렸다.

"나와, 비스코가."

쿠콰아앙!!

뛰어오른 아폴로를 맞받아치듯이, 도시 덩어리가 어마어마한 기세로 격돌해서 그 몸을 공처럼 날려버렸다. 바닥에 처박힌 아폴로를 내려다본 도시 덩어리 안에서 비취색 눈이 드러났고…… 이윽고 모든 시티 메이커의 힘을 그 몸에 흡수했다.

『으…… 오아……!!』

일어선 아폴로가 경악하며 눈을 크게 뜬 그 너머에서.

흔들거리면서 극광(極光)의 빛을 발하는 사람의 모습이 후광을 두르며 공중에 떠 있었고, 마지막 도시 빌딩이 뚜둑 꺾였다. 전신에서는 일곱 빛깔로 반짝이는 포자가 뿜어져 나오고, 길게 뻗은 머리털은 오로라처럼 계속해서 채색을 바꿨다.

일곱 빛깔로 반짝이는 그는 꺾여버린 도시 빌딩을 그대로 입에 넣고 으적으적 소리 내서 씹어먹더니, 그대로 배에 넣고 「꺼흑」 하고 트림을 했다.

"……뭐야 이 몸은. 미로! 너 이 자식, 나를 계속 괴물로 바꾸지 말라고!!"

"비스코, 굉장해! 신 같아. 아니, 신 그 자체야!"

『저게, 비스코, 라고.』

아폴로는 경악하며 전신을 떨면서도 두뇌를 번뜩였다.

『그런가. 라이프 메이커의 힘! 그렇다면, 관리자를 죽이면!!』

곧바로 지면을 박차고 우두커니 선 미로에게 덤벼든 아폴로의 뒤쪽에서, 무지갯빛 유성이 번개처럼 날아와 발차기를 날려 지면에 강하게 꽂아버렸다.

『커허어어억…… 비스코, 네놈…….』

"눈이 뜨였단 말이지. 리턴 매치로 가볼까, 아폴로!"

송곳니를 번뜩인 비스코가 몸을 번쩍이며 특기인 돌려차기를 날렸다. 비스코의 다리는 아름다운 무지갯빛 반월 궤도를 그러면서 그 도신을 아폴로의 옆구리에 깊이 꽂아버렸다.

『커허어억!』

어마어마한 기세로 날아가 투명한 벽에 부딪쳐서 금을 가게 한 아폴로를 응시하면서, 무지갯빛 소년이 두둥실 바닥에 착지했다. 비스코는 원래보다 두 배 정도 늘어난 머리털을 짜증 난다는 듯 치우고는 두둥실 떠오른 무지갯빛 가루를 보며 눈썹을 찡그렸다.

"이 반짝거리는 건 뭐야. 젠장, 쓸데없이 화려하잖아!"

"이건…… 녹식이, 도시를 먹어치우면서 진화한 포자야. 아직 이름이 없는 무지갯빛 버섯. 비스코가 이름 붙여줘."

"이름이라고?"

비스코는 자기 몸에서 뽁뽁 피어나는 버섯을 하나 뽑더니 반짝이는 갓을 빤히 바라봤다.

"나나이로, 려나?"

"칠색(나나이로)이니까?"

"응."

『오오오오— 일어나. 용서할 수 없다. 일어나, 아폴로—!!』

비스코 뒤에서 서버가 새된 비명을 지르면서 어마어마한 흐름이 되어 아폴로에게 몰려들었다. 아폴로는 이미 파괴와 원념 덩어리가 되어서 꼭두각시 인형처럼 일어나더니 비스코를 쓰러뜨렸던 칠흑의 대궁을 다시 형성했다.

"있잖아. 저거에 당했어?"

"뭐, 그렇지. 저 안에서 봤냐?"

"아니. 그래도 비스코가 맞았을 때, 나도 아팠어."

"시적이잖냐. 판다 주제에."

"여기지? 쇄골 있는 쪽. 이거 봐, 멍들었잖아."

"뭐? ……캐엑—! 아파!"

『비스코오——!』

농담을 늘어놓으며 활조차 들지 않는 비스코를 향해, 흉흉한 칠흑의 대궁에서 검고 두꺼운 화살이 발사됐다. 공기를 가르며 눈앞으로 다가온 그것을 돌아보고 비스코는 한껏 숨을 들이쉬더니.

"카아앗!!"

하고 공간 전체를 찌릿찌릿 뒤흔드는 포효를 내질렀다.

그 목소리에…… 비스코가 고작 한 번 외쳤을 뿐인데도, 모든 것을 도시로 먹어치우던 칠흑의 화살은 즉시 빠우움! 하고 파열하며 이곳저곳으로 흩어졌다. 검은 화살 조각은 바닥에 떨어지더니 무지갯빛을 발했고, 이윽고 그곳에 「뽀옹」 하고 무지갯빛 버섯을 피웠다.

『우오, 오, 아아……?!』

아폴로는 눈앞에서 일어난 사태를 이해할 수 없었다. 전력으로 날린 시티 메이커 화살을 목소리만으로 지워버린 것이다. 상대의 빈틈을 본 비스코는 바닥을 부수면서 크게 도약해 움츠러든 아폴로를 겨눴다.

"비스코, 활은?!"

"필요 없어!"

무지개를 그리며 공중으로 날아오른 비스코가 길게 늘어난 자신의 머리털을 하나 뽑자, 그것은 순식간에 무지개 화살로 변했다. 아무것도 없는 한 손으로 그 화살을 메기자, 곧바로 포자가 형태를 이루더니 비스코의 손에 무지개 활을 만들어 냈다.

"굉장해……!"

마로는 지금까지 파트너로서 비스코의 빛나는 마음을, 현인신으로의 모습을 몇 번이고 봐왔다. 그러나 지금의 비스코는 만인이 보더라도 신 그 자체였다. 무지개를 다루며 무기로 삼고, 명부에서 기어나온 원념 무리를 해치우는. 극광의, 버섯 신이다.

"아폴로. 생명에는 앞도 뒤도, 정의도 악도 없어."

『우우오오오!!』

"한 가지, 확실한 게 있다면."

비스코를 쫓아서 뛰어오른 아폴로의 대궁이 비스코를 정면에서 겨눴다. 정지한 공간 속에서, 비스코와 아폴로의 시선이 다시 교차했다.

"내가…… 너를 쓰러뜨린다는 것뿐이야."

『그곳 시간에서, 비켜라, 비스코——!!』

쏜 것은, 아폴로가 먼저였다. 투쾅! 하고 중저음과 함께 날아간 창 같은 어둠의 화살이 반짝이는 무지갯빛 몸을 꿰뚫고자 다가왔다.

"그것뿐이라고, 아폴로……."

비스코의 눈동자에는 평소처럼 무엇이든 꿰뚫을 의지의 빛과 동시에, 모든 것을 포용하는 자애의 광채도 깃들어 있었다. 비스코는 천천히 숨을 내쉬고는, 당기고 있던 무지개 화살에서 손을 놓았다.

퐁, 퐁, 퐁, 퐁퐁퐁, 포포포포포퐁!!

쏜 순간, 비스코의 무지개 화살은 한 줄기 빛이 되어 어둠의 화살과 아폴로를 꿰뚫었고, 허공에 녹아서 형태를 잃었다. 그 빛을 뒤따르듯이, 아무것도 없는 공중에서 무수한 무지갯빛 버섯이 태어나더니, 어둠의 화살로 몰려와 순식간에 무지갯빛 분말로 분해해버렸다.

『그, 그런. 그러언. 으아아.』

『싫어. 없어져. 우리가, 없어진다!』

아폴로의 몸을 뒤덮은 원령은 눈앞의 광경을 보고는 공포에 휩싸여 무지갯빛으로 피어나는 버섯 무지개에서 도망치고자 필사적으로 달아났다.

한편 바닥에 쿵, 내려선 비스코는 착지의 충격으로 피어난 버섯을 약간 치우면서, 가루가 되어 흩어지는 무지개 활을 보며 탁탁 양손을 털었다.

"또 인간에서 멀어져 버렸잖아. 내 인생은 왜 생각하는 것하고 반대로 가는 거냐고?"

"비스코! 그런 말 할 때가 아니야. 아폴로가 도망치잖아!"

"도망칠 수 없어. 이미 꿰뚫었다고. 저 녀석은 죽었어."

"이미, 꿰뚫었다……?"

"화살이 너무 빨랐거든. 결과가 늦게 오고 있을 뿐이야."

아폴로는 대궁을 두꺼운 장벽으로 바꿔서 포포포포포퐁! 하고 여전히 자신을 따라오며 피어나는 무지갯빛 버섯을 막아냈다.

"으으으으으으으오아아아아아아!"

발꿈치가 바닥을 파고 들어갔지만, 장벽은 무지갯빛 뱀의 진행을 막아내며 직전에서 기세를 줄였다.

"헉, 헉, 헉! 해냈다! 막았다, 막았……!"

빠끔!

"……으와아아아아──악!!"

아폴로의, 장벽을 전개한 그 손목에서 무지갯빛 버섯이 피어났다. 버섯은 이어서 퐁퐁퐁퐁! 하고 어마어마한 스피드로 아폴로의 전신을 뒤덮으며 검게 물든 몸을 무지갯빛으로 바꿔나갔다.

『꺄아아아아──악! 으아아, 아아아아악.』

『끄케──에엑! 끄, 끄으으으으.』

2028년이 섬뜩한 비명을 내질렀다. 그것은 죽어서도 데이터가 되어 뒤섞여서 타인과 자신의 구분조차 하지 못하게 된 망령들의 단말마였다.

『도망쳐. 도망쳐. 도망쳐.』

『버려. 그 몸을 버리고, 도망쳐.』

"……도망치지 마라아앗, 괘씸한 놈들!!"

원령들은 버섯에 분해되는 것을 두려워하며 앞다투어 아폴로에게서 도망치려 했지만, 아폴로는 자신의 몸을 끌어안으며 그걸 허용하지 않았다.

아폴로는 붉은 두 눈을 부릅뜨며 비스코를 바라봤지만, 그 광채에서는…… 지금까지의 모멸과 증오가 아니라, 경악과 경애가 뒤섞인 감정이 배어 나오고 있었다.

"비스코는…… 그들은, 이긴 거다……. 우리에게! 이, 무지개 입자…… 아폴로 입자를 월등히 웃도는, 새로운 인간 진화의 비법을, 비스코가, 만들어낸 거다."

『끼아아아— 정신, 나간 거냐, 아폴로——!!』

"그들은! 그들이 우리의 내일이라는 것을, 지금 증명했다! 그렇다면, 받아들여야 한다. 우리가 과거라는 것을. 그것이 문명인의, 『매너』가 아니냐!"

『죽여~ 이놈을 죽여. 아폴로를, 죽여—!』

'호프, 레이지, 조이……! 나를, 용서해다오……'

칠흑의 원령 무리가 숙주인 아폴로의 몸을 찢고 먼지로 바꾸려던 그 직전.

"와아악!!"

공기를 찌릿찌릿 뒤흔드는 포효가 비스코에게서 터져 나오며 아폴로에게 몰려들던 원령을 한꺼번에 날려버렸다. 빙의할 몸이 없어져서 둥실둥실 떠오른 검은 입자 덩어리는 포효로 인해 흩어진 무지갯빛 가루에 차례차례 뒤덮여서 『꺄아』, 『아아아』 같은 가느다란 비명과 함께 버섯이 되어 떨어졌다.

한편, 아폴로의 몸을 뒤덮은 무지갯빛 버섯은 앞선 일갈과 함께 눈부신 가루로 돌아갔고, 이후에는 그저 하얀 피부에 붉은 머리를 가진 청년 한 명이 주저앉아 있을 뿐이었다.

"……."

비스코는 침묵한 아폴로 앞까지 성큼성큼 걸어가더니, 쪼그려 앉아서 얼굴을 빤히 들여다보고는 뒤쪽 파트너를 돌아봤다.

"잘 보니 약해 보이는 낯짝이잖냐. 정말로 내 선조 맞아?"

"뭐, 피는 꽤 떨어져 있으니까……. 그래도 닮았다고 생각하는데."

아폴로는 두 소년의 모습을 눈부신 듯이 바라보고는, 깊은 한숨을 내쉬었다. 아폴로 입자로 구성된 몸이 비스코의 무지개 입자에 분해되어가는 게 느껴졌다. 손끝부터 서서히 푸른 가루가 되어가는 것이 그의 붉은 눈에 비쳤다.

"나는, 자손인 너희를…… 다짜고짜, 없애버리려 했는데……."

"으응?"

"나를, 이렇게 행복하게, 보내줘도 되는 거냐……? 나는, 절망과, 후회 속에서…… 괴로워하며 죽어야 하지 않나? 멋대로, 너희에게서 희망을 보며, 죽어가다니……."

"듣고 보니 그러네. 좋~아, 각오하라고…… 미로, 간지럼버섯독 내놔."

"아폴로!"

파트너를 무시한 미로가 쪼그려 앉더니 아폴로의 가느다란 몸을 힘껏 끌어안았다. 놀라는 아폴로의 귓가에서, 미로는 눈을 감고 다정하게 속삭였다.

"여기 비스코와 미로를 봐. 이 아이들이 너를 쓰러뜨렸어. 우리의 피가 이렇게나 강하게…… 듬직하게 살아가고 있잖아. 시간은, 뒤틀리지 않았던 거야."

"도, 미노…… 나는…….."

"괜찮아. 무척 기뻤어…… 비스코도, 너도. 다들 노력했어…… 그러니까, 우리는 이제 돌아가자. 아폴로. 둘이서, 함께……."

"……응. 도미노……."

미로는 조용히 아폴로에게서 떨어졌지만, 녹색 가루가 미로의 형태를 그대로 둔 채 그 자리에 남아 아름다운 여성의 형태로 빛났다. 이윽고 아폴로와 도미노는 서로에게 몸을 맡기며 허공에 흩어져서, 이윽고 무지갯빛 입자가 되어 공중을 날았다.

그걸 배웅한 미로는 가슴속에 감도는 복잡한 심경을 살며시 달래며 뒤쪽 파트너를 돌아봤다. 무지개 버섯 신은 미로와는 반대로 불만스럽다는 듯이 인상을 찌푸리며 팔짱을 끼고 있었다.

"쳇. 너는 너무 무르다고. 난 그 녀석한테 엉망으로 당했단 말이야. 조금은 아픈 꼴을 보여줘도 됐을 텐데."

"패자를 채찍질하는 짓을 하면 안 돼. 그게 『매너』잖아."

"야. 너 그거, 마음에 든 건 아니지?!"

"아폴로가 죽었으니까 도쿄가 어떻게 될지 몰라. 빨리 티롤을 데리고……."

미로가 말을 마치기도 전에, 고고고고고 하고 건물이 크게 흔들리며 두 사람의 자세를 무너뜨렸다.

그것과 동시에.

『오오오오오. 오오오오. 오오오오오.』

지금까지 완전히 정지해 있던 서버의 아름다운 녹색이 순식간에 흑색으로 물들고는, 사람 머리 모양이 뽀글뽀글 무수히 떠오르기 시작했다.

『오오오아아아. 싫어. 싫어.』

『《디바이스 손상을 확인. 백업 데이터를 다른 디바이스로 피난합니다.》』

『도망쳐. 도망쳐. 하늘로. 하늘로 도망쳐.』

"뭐야?! 저거, 멈춘 거 아니었어?!"

"멈췄을 거야! 관리자도 없이 움직이다니……!"

『싫어——!』

서버는 그 거대한 몸을 꾸물꾸물 회전하면서 엄청난 스피드로 공간 위쪽으로 날아가 천장을 깨부수고 아득한 상공으로 올라갔다.

"저 자식!"

밤하늘 높이 솟아오르는 서버를 향해 비스코가 무지개 화살을 쐈다. 화살은 노린 그대로 서버에 명중해서 무지개 버섯을 피웠지만, 서버는 자신의 몸에서 몇몇 원령을 떼어냈고, 그들의 원념 어린 목소리는 아랑곳하지 않은 채 점점 상공으로 날아올랐다.

"저거, 뭘 하고 싶은 거야?!"

"……아뿔싸. 그래! 저건 위성을 노리는 거야!!"

"위성?!"

"일본 전역의 TV를 중계하는 위성 방송, 그건 도쿄 바로 위에 있는 위성에서 오고 있어. 서버가 거기에 달라붙어서 그대로 일본에 낙하한다면……."

미로는 이마에서 땀을 흘리며 자신에게 남은 호프의 기억을 더듬어 말을 자아냈다.

"그야말로 일본 전역이 도시로 엉망진창 뒤덮일 거야! 어떻게든 저걸 막아내야 해!!"

"우주까지 가서 위성을 부수고 돌아오라고? 너도 진짜 무지막지한 소리 하네!"

"할 수 있다고 생각하면서."

"캑!"

비스코는 눈을 감고 후으으읍, 하고 깊게 숨을 들이쉬더니 무지갯빛 포자를 모아서 자신과 티롤을 안은 미로를 감쌌다. 비스코는 파트너와 눈을 마주치고는 고개를 끄덕이며 천장에 뚫린 구멍을 통해 밤하늘로 날아올라, 하늘에서 내려다보이는 대도시 도쿄를 겨눴다.

"런치 라이프 메이커!"

미로의 주언이 무지개 가루를 조종하며 비스코의 손에 대형 활을 만들었다. 비스코가 휘날리는 자기 머리털을 모아서 뽑고는 그걸 대궁에 메기자, 한데 뭉친 열 발의 화살이 밤하늘을 반짝 비췄다.

"으으으랴아아아아압!!"

비스코의 포효와 함께 발사된 열 발의 화살. 그것은 각각 오로라 같은 궤적을 그리며 빛나며 도쿄 각 부분에 꽂혔다.

퍼엉, 퍼엉!!

그것은 태양의 녹식을 월등히 웃도는 위력으로 도쿄 전체를 먹어치울 기세로 발아하더니, 주변 사막마저도 일곱 빛깔로 물들였다.

"……예쁘네……."

미로는 파트너의 목을 안고 무지갯빛을 맞으며 조용히 중얼거렸다.

"티롤. 기절한 게 아깝네. 깨울까?"

"자게 내버려 둬. 그 녀석은 정취를 모른다고."

비스코는 그렇게 말하며 도쿄가 무지개 버섯에 뒤덮인 것을 확인하고는, 자기 바로 밑에 활을 겨누고는 힘껏 당겼다.

"야! 후회하지 말라고! 3초 뒤에는 타버린 찌꺼기가 될지도 몰라!"

"안 해! 언제 끝나더라도. 너와 함께라면!"

"가아라아아!!"

비스코의 화살이 휴우웅, 하고 빛의 속도로 날아간 몇 초 뒤. 쿠우웅! 하고 새송이버섯보다 몇 배나 강한 위력으로 솟구친 무지개 버섯이 포자 배리어로 덮인 세 사람을 아득한 상공으로 튕겨냈고, 소년들은 그대로 구름을 뚫고 별들이 반짝이는 우주로 날아갔다.

20

뭔가 따스한 것이 자신을 강하게 안고 흔들었다.

눈동자 속에 빛을 되찾은 소녀는 멍하니 그것에 몸을 맡겼다.

"암리, 암리이! 부탁이다, 눈을 떠줘!"

"······어머, 님?"

"······암리!"

눈앞에서 눈물이 잔뜩 맺힌 라스케니의 얼굴이 날아들었다. 암리는 어머니를 안심시키듯이 웃으면서 뺨을 어루만지고는······.

"······앗! 지휘를 맡아야! 어머님, 오오챠가마 승정은!"

"이제 됐어. 암리. 끝났어. 정말 애썼다."

"끝났······다고요······?"

라스케니의 다정한 시선에 이끌린 암리는 설치된 천막 밖으로 나왔다. 달빛에 비치는 사막 일대에는 함께 싸웠던 많은 승려들이 앉아서 도쿄 방향을 향해 일심불란 기도를 바치고 있었다.

"······저······ 숲, 은······."

거대 도시가 위용을 드러내며 솟구쳐 있던 도쿄 폭심혈에는······.

현재 그 도시 전체를 뒤덮듯이 반짝반짝 색을 바꾸며 사막 일대를 비추는 무지갯빛 버섯 숲이 펼쳐져 있었다. 무지개는 밤을 밝히며 아름답게 빛나면서, 상처받고 지친 이들을 치유하며 감싸고는 천천히 흔들렸다.

"암리 승정께서 눈을 뜨셨다—!!"

"살아계신다! 암리 승정께서는 살아계신다!!"

칸드리의 무식하게 큰 목소리에 응해서 종파를 불문한 승려들이 암리에게 몰려와 그 가벼운 몸을 헹가래했다. 암리는 상황을 전혀 받아들이지 못한 채 그저 외눈을 깜빡거렸다.

"우리는 이겼단다. 암리. 이제 편히 있거라."

"이겼, 다니……."

헹가래를 멈추지 못하는 암리 옆에서 마찬가지로 획획 내던져지는 폭신폭신한 인물, 오오챠가마 승정이 공중에 드러누운 자세로 암리를 불렀다.

"그 적의 군세는 어디로 가버린 건가요?! 게다가, 저의…… 맞아요. 제 몸은!"

암리의 뇌리에, 부하를 보호하고자 뛰쳐나갔다가 온몸에 광탄을 얻어맞았을 때의 아픔이 선명하게 되살아났다.

"도시에 파먹혀서, 죽음을 기다리고 있었어야 할 텐데. 그런데 어째서……."

"하늘을 보거라."

폭신폭신이 가리킨 밤하늘을 의아한 표정으로 올려다본 암리는, 일렁일렁 색을 바꾸며 빛나는 가루가 하늘에서 떨어지는 모습을 보며 넋을 잃었다. 가루는 마치 눈처럼 사막 전체에 내려와서 부드럽게 빛나며 모래에 녹아들었다.

"이건…… 포자, 인가요……?"

"아직 이름 없는, 새로운 포자지. 녹을, 생명의 힘으로 바꾸고 있단다."

오오챠가마 대승정이 두둥실 떠오른 채 진언을 외워 무지개 포자로 버섯 모양을 그리자, 승려들이 일제히 환성을 내질렀다.

"이 포자에 맞은 인형들은 녹아내렸고…… 모두의 몸에 있던 도시도 깔끔하게 사라지질 뭐냐."

"……무지개, 포자……."

승려들이 폭신폭신 승정의 마술에 정신이 팔린 틈에 암리는 모래에 내려서서 오로라를 두르며 빛나는 버섯 숲을 바라봤다.

"……이긴, 거구나. 그 사람이. 비스코 오라버니가……."

아름답고 커다란 손이, 뭔가 커다란 감상에 젖어 떨리던 암리의 어깨에 올라왔다. 암리는 미소를 짓는 라스케니를 올려다보며 그 품에 안겨서 떨리는 눈동자로 무지개 숲을 응시했다.

그때.

뭔가 작은 구형의 무언가가 무지갯빛 궤적을 그리며 아득한 밤하늘로 날아가는 모습이 보였다. 그것은 달을 배경으로 한층 빛났고, 멀리서는 알기 어려웠지만 어마어마한 스피드로 상공으로 향하고 있었다.

"이봐, 저건 뭐야?!"

"어쩜 저리도 신성한 모습이!"

승려들이 입을 모아 놀라는 가운데, 암리만큼은 그게 무엇인지 알 수 있었다.

'비스코 님. 미로 님……'

암리는 살짝 눈을 감고는, 이윽고 조용히 무릎을 꿇고 무지갯빛으로 빛나는 모래 위에서 마음을 담아 기도했다.

그 옆을 지키듯이, 라스케니도 무릎을 꿇고 기도했고.

반대쪽에서는 오오챠가마 대승정이.

그 뒤에서 칸드리가…….

승려들은 승리의 기쁨을 전부 기도의 마음으로 바꿔서 다들 그 자리에 무릎을 꿇었다.

기도의 말은 없었다. 애초에 뭐에 기도하는 건지도 모른다.

그저, 마음만을…….

순수한 마음만을 무지개에 바치며, 승려들은 그저 바랐다. 저 무지개가 향하는 곳에, 행복이 있기를. 평온함이 있기를…… 그것만을, 강하게 바라였다.

음속을 돌파한 무지개 구체는 열의 벽을 찢고 타는 냄새를 발하며, 성층권을 돌파해 마침내 중력의 구속에서 벗어나 새까만 우주 공간에 도착했다.

"그 위성이라는 건 어딨어?!"

무지개 머리를 번뜩이며 돌아본 비스코의 눈에, 입을 막고 파닥파닥 버둥거리는 파트너의 모습이 들어왔다.

"야, 장난칠 때냐고!! 일본이 망하느냐 마느냐의 갈림길이잖아!"

'숨! 을! 못 쉬겠어!'

"숨을 못 쉬겠다고? 아, 그런가…… 우주니까……."

비스코는 혼자 수긍하고는 손바닥에 숨을 불어넣어서 무지개 버섯을 뿅뿅 생성했다. 그걸 뽑아서 파트너와 티롤의 입에 넣어주자, 그제야 두 사람은 겨우 호흡할 수 있게 되었다.

"그거 들이쉬어. 아마 그걸로 숨 쉴 수 있을 거야."

"……허억, 허억! 하마터면, 먼저 가버릴 뻔했어!"

미로는 잠든 티롤의 고동을 확인하고는, 만약을 위해 인공호흡을 해주고(아마 무지개 포자가 공기를 생성하고 있을 것이기에) 겨우 한숨 돌렸다.

"버섯을 타고 날아왔으니까, 코스에서 벗어났을지도 몰라! 뭔가 커다란 기계가 떠 있지 않아?"

"저거야?"

"……그래, 저거! ……우와앗, 큰일이야. 벌써 대기권에 들어갔어!"

"저걸 부수면 되는 거지!"

비스코는 머리털을 몇 개 뽑아서 진행 방향 반대를 향해 무지개 화살을 묶어서 쐈다. 추진제가 된 무지개 화살은 암흑의 우주에 무지개 버섯을 수없이 피웠고, 비스코 일행은 마치 화살처럼 역방향으로 날아가서 낙하하는 거대 위성에 달라붙었다.

『오오오오우오우오오오──!』

불길에 휩싸인 위성이 꿈틀댔다.

거대 위성의 표면은 두꺼운 원령에 뒤덮여서 이미 하나의 기계 생명체로 변했고, 이 작은 무지갯빛을 배제하기 위해 분노와 공황이 뒤섞인 의지를 모아 비스코 일행의 무지갯빛 구체로 몰려왔다.

원령들은 무지갯빛 배리어를 빈틈없이 메우고는, 꿈틀대면서 단숨에 짓뭉개고자 어마어마한 압력을 걸어왔다.

"티롤이 기절해서 다행이야. 이런 끔찍한 걸 보면 기절해버릴 테니까!"

"미로. 이 포자를 공격에 돌리면 배리어를 칠 수 없어. 너, 대신할 수 있냐?"

"맡겨둬! 런치 라이프 메이커!"

미로가 방어를 대신하고, 비스코는 한꺼번에 뽑아낸 머리털로 창 같은 화살 하나를 만들어서 무지개 대궁으로 지근거리에서 쐈다. 두꺼운 무지개 화살은 장벽으로 고정된 위성 장갑을 뚫고 표면에 꽂혔다.

비스코는 꽂힌 화살을 움켜쥐고는 이를 악물고 전신의 힘을 담았다. 비스코의 핏속에 흐르는 무지개 포자는 숙주의 의지에 응해서 차례차례 화살로 흘러 들어가 무지갯빛 불똥을 타탁타탁 퍼뜨렸다.

"으으으으으오오오오랴아아압!!"

포효에 응하여 위성 이곳저곳에서 무지갯빛 버섯이 펑! 펑! 피어났다.

『그만둬. 그만둬. 그만둬—.』

"누가! 그런다고! 네, 알겠습니다, 하고 그만둔 적 있냐!"

『너희는, 무슨 짓을 하는지 알기나 하는 거냐. 우리는, 죄

없는, 무고한 생명이란 말이다! 너희와 다른, 본래 있어야 할, 생명이다! 우리를 멸하는 것이, 무엇을 의미하는지, 알고 있는 거냐—!』

"미로, 이 녀석 부수면 어떻게 되는데?"

"일본에서 위성 방송을 볼 수 없게 돼."

"위성 방송?"

"6채널. 언제나 똑같은 애니 하는 거기."

"그 고양이랑 생쥐 나오는 거? ……과연, 조금 죄악 같은 느낌이 드는데."

『우오오오오오고오보오.』

빠꿈, 빠꿈, 빠꿈!

무지개 버섯은 점점 기세를 늘려갔지만, 2028년도 죽을힘을 다하며 맹공을 가해서 미로가 전개한 구형 배리어에 빠직빠직 금이 갔다. 그에 더해서 어마어마한 스피드로 대기권을 통과하는 열기가 소년들을 태우고자 덮쳐왔다.

"비스코! 이제 못 버텨!"

"……좋아!"

비스코는 충분히 위성에 균사를 퍼뜨렸다는 감촉을 느끼며 씨익 웃고는 오른팔을 휘둘러서 위성을 힘껏 후려쳐 주먹을 장갑 내부에 깊이 쑤셔 박았다.

쿠쾅!

비스코는 남은 왼팔로 자기 오른팔을 잘라내고는 파트너를 안고 위성을 박차서 대기권 안으로 뛰어들었다.

"너희들! 저세상에서 머리나 식히라고!"

떨어지는 위성을 향해 왼팔을 내밀자, 그곳에 빛나는 무지개 활이 나타났다. 그리고 미로가 없어진 팔을 감싸면서 오른손을 뻗자, 그 손에 무지개 화살이 쥐어졌다.

"비스코!! 정말 6채널을 보지 못하게 돼도 좋은 거지?!"

"이미 늦었어!! 이제 와서 말하지 마!"

"간다. 3, 2."

""1!!""

슈웅, 하고 바람 가르는 소리. 대기권에 아주 잠깐 직선의 무지개가 걸리면서 위성의 배를 뚫었다. 미로와 비스코의 활은 조준한 그대로 위성에 박힌 비스코의 오른팔을 맞췄고, 그걸 기폭제로 삼아서 어마어마한 기세로 피어올랐다.

빠꿈!!

빙의한 곳이 통째로 무지갯빛 버섯에 뒤덮이자, 위성에 달라붙은 2028년의 원령은 비명도 지르지 못한 채 흩어졌다. 그들은 모두 잘게 흩어져서 대기권 안에서 먼지가 되었고, 고대로부터 이어져 온 망집은 드디어 한 조각도 남기지 않은 채 완전히 사라져버렸다.

"야, 미로!"

"뭔데?!"

"이제 배리어 안 쳐도 돼! 어차피 못 버텨!"

"알고는 있지만!"

"뭐라고?!"

"알고는 있지만, 조금만 더!"

두 사람은 유성처럼 대기권을 낙하하면서 굉음에 뒤지지 않게 목소리를 높였다.

비스코의 무지갯빛 머리는 이미 힘을 다 써버린 것을 나타내듯이 원래의 붉은색을 되찾아가고 있었다.

그리고 비스코 본인도 이미 손가락 하나 까딱할 힘도 남아 있지 않았다.

파트너가 쥐어짜듯이 사용한 진언 배리어 속에서 소년들은 거꾸로 떨어졌다. 비스코는 묘하게 해탈한 듯이 자신의 죽음을 응시했다.

"그동안 실컷 세상에 배척당하며 살아왔는데 말이지~."

비스코는 붉은 머리를 펄럭펄럭 휘날리면서 불쾌한 듯이 말했다.

"왜 그 세상을 구하고 죽어야 하는 거야? 여러모로 납득이 안 간다니까."

"결과적으로 그렇게 됐을 뿐이잖아! 괜찮아. 그 덕에 여러 사람들과 만났으니까. 게다가 비스코는 누구보다도 굉장한 보물을 하나 갖고 있잖아."

"그게 뭔데?"

"나!"

마찬가지로 펄럭펄럭 휘날리는 푸른 머리 너머에서, 미로는 비스코를 향해 반짝이듯이 웃었다.

"죽음이 나눌 수 없는 유일한 것. 우리는 그걸 가지고 있어. 찾은 거야. 둘이서. 이 길고 긴 여행 속에서!"

"……."

"비스코!"

미로는 티롤의 몸을 안은 채 비스코를 안았고, 파트너의 이마에 있는 고양이눈 고글이 방해되자 인상을 찌푸리고는 그걸 홱 버려버렸다.

"아앗, 야!!"

무심코 나온 비스코의 항의도 듣지 않은 채, 미로는 거꾸로 떨어지는 자세로 비스코를 억지로 끌어당기고는 이마를 툭! 부딪혔다.

"……."

"……."

"비스코."

"……으응?"

"이마, 땀 엄청나네."

"……."

"……."

"……큭."

"후훗."

"크히히힛……."

"아하하하!"

붉은 머리와 하늘색 머리를 뒤섞듯이 휘날리면서…….

이마를 맞댄 두 사람은 웃었다.

두 소년은 하나의 생물인 것처럼 그저 유대만을 이은 채, 조용히 타오르는 작열 속에서 한동안 서로의 온기를 느꼈다.

"미로."

"왜 그래?"

"내 몸에, 녹식 포자가 조금 돌아오는 게 느껴져. 너와 맞추면, 어쩌면……."

"한 명이라면, 지킬 수 있을지도 모른다?"

"응."

미로는 비스코의 눈동자 속 광채를 보며 끄덕이고는, 티롤을 두 사람 사이에 놓고, 그 몸을 함께 건드렸다.

미로와 비스코가 잠든 티롤을 향해 힘을 주입하자, 세 사람을 덮은 배리어가 줄어들며 티롤만을 덮었다. 몸을 찢어버릴 듯이 불어오는 초열의 바람이 두 사람에게 몰아치며 피부를 서서히 검게 그을려갔다.

미로가 비스코를 향해 뭐라 외쳤지만, 굉음에 지워져서 들을 수 없었다. 비스코는 그저 눈을 감고는 타버리는 자신의 몸과, 과거를 떠올렸다.

『비스코.』

『비스코.』

『비스코. 일어나게!』

"……으응?!"

완전히 타버려서 없어질 줄 알았던 자신의 의식이 돌아오
자, 비스코는 놀라움을 느끼며 주변을 돌아봤다. 변함없이 떨
어지는 자신의 몸 옆에는 마찬가지로 검게 타버린 채 기침하
는 파트너의 모습이 있었고, 의아한 듯이 자신을 올려다보고
있었다.

『두 사람! 다행이야. 늦지 않았어……!』

시선 너머에는, 떨어지는 두 사람을 인도하는 듯한 소녀의
모습이 보였다. 펄럭펄럭 바람에 흔들리는 네 개의 땋은 머리
안쪽에서 붉은 눈이 번뜩였고, 전신에는 미약한 붉은 오라를
두르고 있었다.

"……호프!!"

『아폴로와 도미노의 자취가 나를 다시 한 번 낳아준 걸세.
분명 자네들을 지키기 위해!』

호프가 양손으로 전개한 장벽은 대기권의 작열로부터 두
사람을 보호하며 간발의 차이로 소년들의 목숨을 이어붙인
모양이었다.

"바보! 그럼 좀 더 빨리 나왔어야지. 머리가 타버렸잖아!"

"구해줬는데 말이 너무 심하잖아!"

『……눈부셔. 비스코, 미로.』

호프는 붉은 눈을 가늘게 뜨며 진심으로 기쁘다는 듯이 두 사람을 바라봤다.

『자네들과 여행할 수 있어서, 행복했네. 이것이 나의 답례. 마지막 힘일세…….』

호프는 그렇게 말하며 조용히 눈을 감고 티롤의 이마에서 붉은 큐브가 되어 뛰쳐나왔다. 큐브는 그대로 비스코의 찢어진 오른팔에 달라붙어서 순식간에 듬직한 비스코의 팔을 원래대로 복원시켰다.

"우왓! ……내 팔이!"

비스코의 새로운 오른팔은, 어깨에 빛나는 호프의 문양이 새겨져 있었다. 놀라는 비스코의 귓속에 호프의 목소리가 들렸다.

『바로 익숙해질 걸세…… 영광이야, 비스코. 자네의 팔이 될 수 있다니.』

"호프, 너는?! 너는 어떻게 되는데?!"

『2028년도. 아폴로도 소멸했네. 자연히 나도 사라지지……. 그래도 이보다 행복한 최후는 없어. 자네들의 새로운 희망을 세울…… 주춧돌이 되었으니까!』

"호프!!"

『지금부터라네. 비스코, 미로! 인류를 가로막던 과거의 벽은 사라지고, 이제는 그저 미지의 미래가 끝없이 펼쳐질 걸세! 내일이…… 진정한 내일이 지금, 자네들로부터 시작되는 거야!』

21

오로라의 빛에 비친 도쿄의 사막은 고요함으로 가득했고, 녹바람은 불 기색조차 보이지 않았다.

모래 속에서 꾸물꾸물 기어 나온 쇠쥐들이 쏟아지는 포자를 뿅뿅 잡고는 다음 포자로 향했다.

그때, 두두두두두두.

사막을 뒤흔드는 진동이 주변을 덮치고, 무지개 놀이를 즐기던 쇠쥐들은 불쌍하게도 무서워하며 일제히 모래 속으로 들어갔다. 그 위에서 뭔가 거대한 여덟 다리가 달린 생물이 어마어마한 스피드로 달리며 주변에 뭉게뭉게 모래 먼지를 피웠다.

"우효오호호호!! 엄청난 스피드로고!"

"자비 어르신! 대체 어디로 가시는 겁니까?!"

"낸들 아나!! 아쿠타가와가 어딘가로 가고 있어. 이 녀석이 이렇게 말을 듣지 않는 건 처음이야!"

빠르게 달려가는 것은, 몸 이곳저곳이 무지갯빛으로 빛나는 대게였다. 안장 위에는 수염을 기른 버섯지기 노인이 고삐를 잡았고, 미모의 여전사가 흑발을 휘날리고 있었다.

자비와 파우, 두 사람이 온몸에 입었던 수많은 상처는 현재 무지갯빛에 막혀서 반짝반짝 잔광을 남기고 있었다.

"……자비 어르신, 저걸!"

맹렬하게 달리는 아쿠타가와 위에서 파우가 밤하늘의 한

곳을 가리켰다.

그 시선 너머에서는, 밤하늘에 반짝이는 오렌지색 유성이 공기를 가르며 지표로 떨어지고 있었다.

기세를 올려서 한층 스피드를 늘린 아쿠타가와의 고삐를 자비가 황급히 몰았다. 도중에 커다란 쇳덩어리에 부딪혀서 공중을 한 번 굴렀다가 모래에 투웅! 내려서자 두 사람은 눈이 핑핑 돌았지만, 그래도 아쿠타가와는 아랑곳하지 않고 다시 전속력으로 내달렸다.

"아쿠타가와는 저걸 향해 가고 있는 건가?! 저게 대체 뭐길래!"

"살려줘어어~~~~!!!!"

""티롤!""

상공에서 들리는 귀에 익은 비명에 경악한 두 사람은 동시에 목소리를 높였다.

"왜 하늘에서 티롤이 떨어지는 게냐?! 아니 잠깐만, 저건……."

"미로! 아카보시와 미로입니다! 아쿠타가와는 그들을……!"

파우가 눈을 뜨고 잘 보자, 버섯지기 소년 두 사람이 그 팔로 티롤을 보호하면서 평온하게 눈을 감고 있었다. 티롤은 두 사람 사이에서 버둥거리면서 있는 힘껏 외쳤다.

"이 녀석들 기절했어! 꺄아아아, 떨어진다! 죽어! 죽고 싶지 않아―!"

"이미 떨어집니다, 너무 늦었어요!"

"그럼, 이건 어떠냐!"

자비가 버섯 화살을 조준해서 절묘한 각도로 아쿠타가와

뒤쪽 모래에 꽂자, 빠꿈! 하고 비스듬하게 피어나 아쿠타가와의 몸을 날려버렸다. 그러나 그래도 떨어지는 세 사람에게는 약간 닿지 않았다.

아쿠타가와는 자비의 고삐를 기다리지 않고 안장에 앉은 두 사람을 왕집게발로 잡아서 빙글빙글 회전하더니, 특기인 토네이도 투법으로 힘껏 내던졌다.

"아가씨, 비스코를!"

"네!"

두 사람은 세 사람에게 옆에서 부딪히듯이 날아가더니, 자비가 미로와 티롤을 안고는 허리에서 풍선버섯 낙하산을 피웠다. 한편 파우는 흑발을 직선처럼 뻗으며 럭비 선수가 태클하는 기세로 비스코의 옆구리를 안았다.

"끄아악!"

철곤에 얻어맞은 거나 다름없는 충격이었는지라, 평온하게 감고 있던 비스코의 두 눈이 경악과 고통과 함께 뜨이더니 그대로 흰자위를 드러냈다. 파우는 그대로 철곤을 지면에 박아서 충격을 줄이고, 모래사장을 30m 정도 깎은 뒤에 겨우 멈췄다.

"아카보시!! 네가 이겼다는 게 전해졌다! 아아, 용케 무사히……."

비스코를 모래사장에 내려놓고 상반신을 일으킨 파우는 눈물을 흘리며 말했다. 하지만 그 시선 너머, 맹세를 나눈 반려의 얼굴은 흰자위를 드러내며 고통의 침을 흘리고 있었다.

"……숨을 안 쉬잖아! 눈을 떠라, 아카보시! ……비스코, 일어나줘!"

파우는 망설임 없이 비스코에게 입맞춤을 해서 허파에 공기를 보내줬다. 그 인공호흡도 여걸 파우의 전력을 담은 터무니없는 폐활량에서 뿜어져 나온지라, 그 공기를 그대로 받은 비스코의 허파는 비명을 지르며 참지 못하고 숙주를 깨워버렸다.

"……윽!! 으으읍——!!"

눈에 비취색 빛을 되찾은 비스코는 견디지 못하고 파우의 어깨를 두드렸지만, 파우의 포옹은 좀 더 기절해 있으라는 듯이 강도를 늘려나가서 비스코의 몸은 그 애정으로 삐걱삐걱 조여들었다. 어떤 의미로는 오늘 최고의 고통이었는지라, 비스코의 몸은 경련하다가 이윽고 힘이 빠져버렸다.

"식사 중에 미안한데."

자비에게 안겨서 상공에서 둥실둥실 내려온 동생의 어이없는 목소리가 파우를 불렀다.

"그 이상 하면~ 미망인이 돼버릴걸~."

"꺼흑. 실례되는 말을. 이건 어엿한 의료 조치야."

마음껏 탐닉한 비스코의 입술을 떼고, 파우는 태연자약하게 동생을 돌아봤다. 남매는 서로 얼굴을 마주하면서, 부드러운 애정으로 가득한 미소를 지었다.

"아야얏. 팔이 뻐근하구나."

바람에 둥실둥실 뜬 자비는 그런 말을 하면서 미로와 티롤을 모래사장에 휙 던졌고, 「꺄아악!」하고 겹친 비명을 배경 삼아 목을 뚜둑뚜둑 꺾었다.

"이거야 원. 또 못 죽었구나. 겨우 죽기 딱 좋은 곳을 찾아서 편안하게 가버릴 줄 알았는데…… 정신이 드니까 이상한 무지갯빛이 상처를 막지 뭐냐. 아쿠타가와도 완전히 건강해졌고."

달려온 아쿠타가와를 안아준 미로가 활짝 웃었다.

"아쿠타가와는 그걸로 죽을 생각은 없었다고 하는데요!"

"말은 잘 하는구만! 게다가 10분 전의 일은 잊어버린 게야."

"댁들은 그나마 나은 거라고. 각오가 있었으니까. 나는 정신이 드니까 하늘에서 떨어지는 도중이었단 말이야!!"

티롤이 거꾸로 곤두선 핑크 머리로 외쳤다.

"너희와는 달리 나는 퀸사이즈 침대 위에서 죽고 싶어! 그런데 이상한 녀석한테 몸을 조종당하는 바람에, 그래서……."

"그래도 목숨 걸고 도와줬잖냐."

비스코의 목소리에 일행이 돌아봤다. 아내의 바지런한 간호로 숨을 되찾은 비스코는 모래사장에서 책상다리로 앉아 티롤에게 말했다.

"내가 도시에 뜯어먹혀서 뒈지려고 할 때…… 아폴로한테 그렇게나 해파리처럼 달라붙었잖냐. 얼굴까지 피투성이가 돼서는. 그게 아니었다면 미로는 늦었을 거야."

"너, 너, 그때 일어나……!"

확! 하고 얼굴을 새빨갛게 물들인 티롤 앞에서, 비스코는 성큼성큼 다가가 손에 뭔가 따스한 걸 쥐여줬다.

"고맙다, 티롤. 또 빚이 생겼어……. 이거 받아."

"어…… 네가 나한테? ……이거, 뭔데?"

"우주에서 날아갔던 내 손가락이야. 보라고, 각도에 따라서는 단면이 일곱 빛깔로 빛나잖아."

"필요 없어—!! 기분 나쁘잖아!!"

바닥에 떨어진 자기 손가락을 보며 경악한 비스코의 어깨를 파트너가 두드려줬다. 비스코가 의아한 듯이 올려다보자, 미로는 밤하늘의 한 곳을 가리키며 조용히 미소 지었다.

"있잖아. 비스코. 어쩌면 위성 방송, 다시 볼 수 있을지도 몰라."

"무슨 소리야?"

"저거."

미로가 가리킨 그 밤하늘 너머에서.

얇은 무지개 궤적을 그리며 날아가는 위성의 빛이 보였다. 그것은 때때로 반짝반짝 다른 빛으로 반짝이면서, 다시 원래의 위성 궤도로 돌아가고 있었다.

"…………."

"…………."

이 자리에 있는 여섯 명 모두가 그저 조용한 가운데 마음을 모아, 말없이 밤하늘에 걸린 무지개를 바라봤다. 쏟아지는 오로라 가루는 싸움을 헤쳐나온 전사들을 빛으로 다정하게 감싸 안으면서, 그들에게는 가장 길었던 밤의 끝을 아름답게 비췄다.

22

파우를 수장으로 삼아 이미하마에 결집했던 동맹군은 도쿄라는 위협이 지나가자마자 태세를 바꿔서 자기의 이익을 둘러싸고 순식간에 대립 상태로 돌아가고 말았다. 그렇지만 어느 현도 자기들이 입은 피해 복구를 우선하지 않을 수 없었기 때문에, 어부지리를 노린 화재 현장 도둑 같은 침략 전쟁이 벌어지지 않았던 것은 불행 중 다행이었다.

도시화 현상의 부차적인 은총을 받은 효고현을 본 마토바 회장은 크게 기뻐했지만, 그것도 잠시뿐이었다. 도시 기술을 다룰 수 있는 기술자들이 병기 편중 개발 체계에 이의를 제기하며 독립해서, 의료나 교통을 개발하는 회사가 되어 차례차례 분열됐다. 마토바 중공은 그 일로 인해 일본 1강 개발 회사에서 몰락했고, 효고는 광대한 도시 안에서 수많은 회사가 경쟁하는 공업지대로 부흥했다.

또한, 아폴로 화이트의 집중 공격을 받아서 가장 먼저 붕괴한 일본 중앙 정부 교토부는 사태가 수습되었다는 걸 알자 뻔뻔스럽게 돌아온 옛 중역들이 도시화된 교토부청을 근거지로 삼아 정부 재건을 시작했다. 교토부청 주변에 머물던 오소리족 집단은 이 제멋대로인 정치가들에게 항의하려고 했지만, 도쿄 소멸의 영향으로 부청이 무한 재생하는 특성을 잃었기 때문에 적당한 돈을 받고 물러나서, 다시 원래부터 하던 인양

꾼의 삶으로 돌아갔다고 한다. 한편, 옛 문명의 힘으로 규모를 크게 늘린 교토부청에서는 눈앞에서 직원이 벽에 삼켜지거나 엘리베이터에 먹히는 등 괴담 같은 이야기가 몰래 흐르게 되었다고 한다.

버섯지기들은 어땠느냐면, 교토부청 정권의 박해 정책이 부활하기는 했지만 그들의 성질이 사악하지 않다는 것은 함께 싸운 동맹군에게는 자명한 일이었기 때문에, 사실상 각 현의 박해를 받지는 않게 되었다. 그렇지만 버섯지기가 인간적으로 어울리기 힘든 인종이라는 건 틀림없었고, 버섯지기의 라이프 스타일 자체는 박해당할 때와 그리 달라지지 않았다. 단지 자유롭게 도시에 출입하며 장사를 할 수 있게 되었다는 건 만화, 영화, 게임 기기 등을 원하는 버섯지기들에게는 크나큰 이득이었기에, 오락을 무척 좋아하는 그들에게는 기쁜 일이었다고 한다.

그리고 앞으로 일본 전체가 조만간 깨닫게 될 커다란 변화가 하나 일어나고 있었다.

도쿄 함락의 날, 우주에서 일본 전역으로 쏟아진 무지갯빛 가루. 천재지변이라 부를 수 있는 이상 사태였지만, 현대인들은 「어제 무지갯빛 눈이 내려왔대!」, 「그런 걸 따질 경황이 아니었잖아」 정도의 대화를 나누며 한편으로 치워버렸고, 그 후 「그건 인류 멸망의 전조입니다」 같은 종말론자들만이 달라붙었을 뿐 바로 사람들의 흥미에서 벗어나 버렸다.

그러나 그날 이후, 녹바람으로 인한 녹병 증상 중에서도 중증이 줄고, 환자 본인의 생명력으로 완치되는 사태가 많이 보고되게 되었다.

진화의 버섯 「나나이로」의 무지갯빛 포자는 일본인을 천천히 녹과 공존하게 하면서 다음 스텝으로 보내고 있었다. 물론 그 은총을 받는 것은 사람만이 아니었고, 각종 이형 생물들도 더욱 위험하게 진화하리라는 예상이 들었지만, 버섯은 평등하기에 그건 어쩔 수 없었다.

녹의 억압에서 풀려난 생물이 앞으로 어떤 역사를 만드는가. 인류는, 생물은 자기들도 모르는 사이에 새로운 진화의 지평선에 서서, 그저 자기 목숨만을 가지고 걸어가게 되었다.

이것으로 단락을 짓고, 이번에는 일단 끝맺고 싶지만.

그 전에.

이 두근두근 맥동하는 세계의 그림자에서.

인류의 앞을 가로막는 벽을 남몰래, 또는 자각 없이…….

그럼에도 화살처럼 꿰뚫었던.

두 소년의.

——한 줄기 유성의, 그 이후를 조금 쫓아가 보기로 하자.

"……좋아. 빠졌어. 소독하고…… 이걸로 입을 헹궈."

"판다 선생님, 지금 이게 끝인가예?"

"끝났어! 피가 나올 테니까, 그 솜버섯을 한동안 물고 있어."

"어~무~이~! 충치 빠졌데이~!"

"빼주셨다, 라고 캐야지. 선생님. 미안합니더. 여기 치료비 받으이소."

"아뇨, 간단한 조치였으니까요……. 이렇게 많이 받을 수는 없어요."

"정말인가예? 그럼 절반만 두고 가겠심더."

타가쿠시현 북방, 나가노 공군의 폭격으로 불타버린 대형 쇼핑몰 부지에는 새로 생긴 오소리 캠프가 있었다.

두 소년은, 비스코가 이마에 쓰던 고양이눈 고글이 미로 때문에 대기권에서 불타버렸기에 대신할 것을 구하고자 오소리들에게 부탁해서 캠프에 들렀다.

미로는 파우와의 신혼 생활을 제쳐놓으면서까지 할 용건이 아니라며 처음에는 분개했지만, 고양이눈 고글을 잃은 비스코는 앞머리가 눈을 가리는 것을 매우 싫어하면서 마음이 어딘가로 가버린 느낌이기도 했고, 버린 게 자신이기도 했기 때문에 어쩔 수 없이 새로 구하는 데 어울려주기로 했다.

"야, 너무 비싸잖아. 제2세대 고글에 5만은 좀 아니지!"

잘 울리는 비스코의 목소리가 의료기구를 씻는 미로의 귀에 닿았다.

"보소, 형씨. 요즘 고양이눈 고글은 귀중하데이. 게다가 요건 빈티지 물건이다 아이가. 함 바라, 이 튼튼한 구조를. 요즘 대량 생산품은 이래 안 된다."

"그야 알기는 하지만, 그 가격으로는⋯⋯."

"뭐, 얼라한테는 비싼 물건이긴 하겠제. 현상금 제도가 리셋되가 아쉽겠네?"

"어째서야. 나는 현상금 벌이 같은 쪼잔한 짓은 안 한다고."

"그런 수고가 와 필요한데? 아카보시 형씨가 출두하면 그냥 300만 받는다 안카나."

『출장! 판다 의원』 텐트에서 고개만 내민 미로는 별것도 아닌 조크에 웃으며 뒹구는 비스코와 중장비 오소리를 한심하게 쳐다봤다.

"야, 미로. 5만 닛카래. 사줄 거지?"

"뭐어—?! 내가 돈 내야 해?!"

"당연하지. 이 바보 판다! 네가 내 애호품을 대기권에 버리지 않았으면, 애초에 살 필요도 없었다고!!"

그런, 이미 일상다반사가 되어버린 두 사람의 말다툼을 날려버리듯이.

"우와아—아악!"

폐허 저편에서 비명이 터져 나왔다. 황급히 돌아온 비스코 일행의 시선 너머에서, 거대한 흰색 파충류가 폐허에 달라붙어 있었다.

"뭐야 저거, 카멜레온이야?!"

"빌딩도마뱀이데이. 폐허로 변장해 있었나 보네!"

피부에 빌딩 창문을 본뜬 문양을 가진 이형 진화 파충류, 빌딩도마뱀은 길게 뻗은 혀로 이미 두 명의 오소리를 잡아서 당장 삼켜버리려 하고 있었다.

"저리 되삐면 틀렸다. 저 녀석들은 못 산다. 빨리 도망치제이!"

"……이봐, 아저씨! 저거 쓰러뜨리면 얼마야?"

"으응?! 형씨, 진심이가!"

"미로!"

비스코의 말이 끝나기가 무섭게 거대한 오렌지색 운석이 비스코 옆에 투웅! 떨어지더니 안장 위에서 하늘색 머리가 반짝였다.

"가자, 비스코. 올라타!"

비스코는 재빨리 뛰어서 안장에 올라탔고, 미로가 아쿠타가와를 달리게 하는 사이에 오소리에게 외쳤다.

"우리가 저걸 쓰러뜨리면, 그 고글 공짜로 줘!"

맹렬하게 내달리는 아쿠타가와 위에서 미로의 화살이 번뜩였고, 눈앞의 빌딩도마뱀이 이제 막 집어넣으려던 혀뿌리에 꽂혀서 뽕, 뽕! 하고 푸른느타리버섯을 입 안에 피웠다. 간발의 차이로 혀에서 벗어난 오소리들을 제쳐놓은 비스코의 눈이 번뜩였다.

"이정도로는 겁먹지 않나. 역시 어느 동물이건 간에 한층 터프해졌잖아."

"비스코, 너무 무리하지는 마. 이제 우리 둘 다 불사신의 몸은 아니니까!"

"상관없어. 영혼은 여전히 불사신이야!"

비스코는 이빨을 번뜩 드러내면서 필살의 활을 당겼다.

녹식의 태양 포자는 마치 역할을 마친 듯이 두 사람의 핏속 깊숙하게 들어가서 이제는 화살에 발현시킬 수가 없어졌다. 그래도 소년의 내부에서는 생명의 불꽃이 격하게 타오르며 눈에서 광채가 되어 흘러나왔다.

"저 녀석, 녹의 힘이 꽤 강해! 비스코, 해치울 수 있겠어?!"

"나를 누구라고 생각하는 거야."

"아쿠타가와!"

미로의 고삐에 응하여 빌딩도마뱀이 내민 혀를 피한 아쿠타가와가 뛰었다. 빌딩도마뱀이 올려다보자, 태양을 등지고 붉은 머리와 비취색 눈동자가 빛났다.

"나는『녹식』비스코. 맛있고, 강해지는, 비스코다!!"

파슈웅!

푸욱!

빠꿈!!

대지를 뒤흔드는 굉음과 함께 폐허 몰에서 거대한 새송이버섯이 싹트고는, 높게 높게, 구름에 닿을 듯이 활짝 피었다.

버섯은, 그저.

따스한 빛을, 찬란히 발하며……

선한 자.

악한 자.

믿는 자.

망설이는 자.

인류.

동물.

나무.

어제.

내일.

오늘. 그리고

살아가는 모든 것들과

죽어가는 모든 것들을 비추며

새로운 세상을 맞이하는 봉화처럼, 빛나는 포자를 뿌렸다.

거대한 축복을 머금으며 쏟아지는 그 예감의 가루에

모든 생명은 잠시 넋을 잃으며 멈췄고…….

그리고

이윽고 흥미를 잃고는

각자의 내일을 향해 다시 걸어갔다.

■ 작가 후기

집필 중 너무나도 목이 아파서 깁스를 하고 찻집에 간 적이 있었다.

그러자.

"어머나~ 싫다. 손님! 사고 나셨나요?!"

"앗, 그게 아니고요. 이건 그저……."

"어머나~ 큰일이네. 소파에 앉으세요. 자, 짐은 여기요. 블렌드면 되죠?"

"네."

"스탬프 카드 두 개 찍어드릴게요. 몸조리 잘하세요. 블렌드 주문 들어왔습니다~."

묘하게 대우가 좋았다.

언제나 같은 찻집을 이용하고 있으니까 얼굴을 기억하고 있는 것도 나쁜 일만 있는 게 아니구나. 그때는 그렇게 생각했다.

그래도 뒤에서는 「깁스 남자」, 「사고 난 사람」이라고 부를 게 틀림없었다.

뭐, 상관없지만.

깁스를 하고 키보드를 치는 남자라는 것도 왠지 세상을 풍자하는 느낌이 들니까, 이건 이것대로 그윽한 정취가 느껴지지 않을까(옆에서 본다면).

그런 아무래도 좋은 에피소드 등도 있었지만, 이번에도 무사히 제3권을 다 쓸 수가 있었다.

감개무량하다.

제1권, 제2권과 합쳐서 그럭저럭 높은 산에 올랐다는 감각이 든다(본격적인 등산 경험은 없기에 상상으로 하는 말). 이번에는 과거와의 대결을 테마로 해봤지만, 3권을 끝내자 내가 가지고 있던 과거도 깔끔하게 모두 출력되고 말았다.

물론 매번 후회가 없도록 아낌없이 쓰고 있기는 했지만, 세계를 모두 썼다는 점에서 3권은 또 다른 종류의 감정이 든다. 응모할 때 『녹을 먹는 비스코』가 가지고 있던 구상은 이 3권에서 전부 다 써버린 셈이다(구상이라고 해도 전단지 뒤에 메모한 정도의 수준이었지만……).

당초 엔딩은 우주에서 재앙을 없앤 두 소년이 그대로 잠들듯이 생명 활동을 정지하고, 유성이 되어 우주를 흐르다가 언젠가 지구에 도착한다…… 그런 줄거리였다.

(괜찮지 않을까? 극적이어서…….)

그래서 담당자님들에게 플롯을 내봤는데.

"이거, 두 사람은 죽어버리나요?"

"그게…… 뭐, 그렇죠……? 견해에 따라서는…….

"죽으면 안 되잖아요! 이어질 거니까!"

혼났다.

그런고로 담당자님들의 진력 및 독자 여러분의 응원으로 『녹을 먹는 비스코』는 계속되게 되었습니다.

다시 그들의 이후를 적을 수 있게 되어서 그저 기쁠 따름입니다.

정말로 감사합니다.

자, 이렇게 되었으니 앞으로가 큰일이다.

"과거의 벽은 사라지고, 이제는 그저 미지의 미래가 끝없이 펼쳐질 걸세!"라는 호프의 마지막 대사는 내게도 예외 없이 찾아오게 되었다.

즉, 과거의 인과에서 자신을 풀어헤치고, 새로운 세계를 그린다! 라는 뜻이다.

내가 생각해도 참 대단한 대사를 써버렸네~.

그러나 지금까지의 룰이나 (그런 게 있었냐는 말을 자주 듣지만 일단은 있었다) 기존 개념을 돌파한 새로운 세계에서 두 사람을 뛰어놀게 할 수 있다는 것이 매우 기쁘고, 그들이 또 어떤 표정을 보여줄지 나 자신도 기대된다.

그런고로.

이번 3권에서 비스코 일행이 과거와의 인연에 마침표를 찍었기에……

이것으로 제1부 완결이 됩니다.

다음 권, 제2부부터는.

……어떤 이야기가 될까요?!
기대해 주시길!(배수진)

끝으로.

『녹을 먹는 비스코』를 응원해주신 독자 여러분께, 제작팀을 대표하여 깊은 감사의 말씀을 드리는 것과 동시에, 부디 앞으로도 그들의 활약을 따스하게 지켜봐 주시기를 간절히 기원합니다.

코부쿠보 신지

안녕하세요. 불초 역자입니다.

비스코의 1부가 끝났습니다. 여전히 질풍처럼 몰아치는 이야기였네요. 녹의 진짜 비밀이라든가, 여러 도시 생물들이라든가, 선조들이라든가, 2028년이라든가 이런저런 설정들이 나왔지만 다 치워버리고 결국 이번에도 호쾌한 스케일로 끝내버렸습니다. 점점 인간에서 벗어나서 신처럼 변해가는 비스코의 모습도 인상적이었고요. 무지개까지 나왔는데 다음에는 또 뭐가 될지…….

다음 권부터는 2부의 시작입니다. 과연 어떤 이야기로 진행될지 기대해보면서, 이번 후기는 짧게 마치고 다음 권에서 뵙겠습니다.

—그로부터, 얼마간 시간이 흐르고.

　"이 주변은 원래 단지였던 곳이야. 주택은 원래대로 하고, 저 높은 도시 빌딩을 부순 뒤에는 공원으로 만들자는 이야기를 하고 있는데……."

　"그건 찬성하기 힘드네요. 이 주변, 사람이 살기에는 녹기의 흐름이 너무 강해요. 이미하마 현민에게서 마음의 평온을 빼앗고, 치안을 악화시키고, 현 정부에 대한 반기를 불러올 거예요."

　"노……녹기의 흐름?"

　미로는 정신없이 휙휙 뛰는 암리의 뒤를 쫓으면서 강한 바람에 휘날리는 계획서를 황급히 잡았다.

　"이 주변은 마음 굳게 먹고 유희장으로 만드는 게 좋겠어요. 사람의 피를 끓게 하고, 도박에 몰입하게 하기에는 절호의 지형이니까요."

　"에엑. 한 구획을 통째로 카지노로 만들자고?!"

　"그 정도로 호화롭지 않으면 손님의 마음이 시들어 버리잖아요."

　암리는 놀라면서도 계획서에 펜을 끄적이는 미로를 보며 흐뭇하게 웃었다.

"안심하세요. 저, 명색이 쿠사비라슈 승정이니까요. 땅의 기를 다루는 수완에는 그럭저럭 자신이 있답니다."

"무, 물론 믿고야 있지! 근데 파우가 뭐라고 할지……."

"자, 미로 님. 해가 저물기 전에 다음 장소로 가죠. 다음에는…… 그래요. 버섯지기의 신…… 신무십팔천(神武十八天)의 사당 위치를 슬슬 정해야만 하니까요."

거대 도시 「도쿄」의 위협이 사라진 뒤, 반파된 이미하마현을 부흥하기 위한 계획은 지사 파우가 직접 감독을 맡고 있었다.

"파우. 기왕 도시를 다시 만든다면 좀 더 신불을 배려하는 쪽이 좋아."

건설 계획 중간에 그런 말을 꺼낸 것은 휴가 겸 이미하마에 머물고 있던 라스케니, 암리 모녀였다.

"지금 이미하마는 다른 현에서 온 이민에 더해서 버섯지기나 시모부키인 등등, 다양한 인종을 포함하는 거대한 도시가 되었어. 이럴 때 가장 소홀해서는 안 되는 게, 신앙이야."

"흠?"

여걸 파우는 크게 트인 슈트 가슴팍 위에 팔짱을 끼고는 과연, 하고 중얼거렸다.

"즉, 절이나 신사 같은 걸 더 배치하라는 건가?"

"하하. 뭐, 그렇긴 한데, 그리 간단하지는 않아."

여걸 파우의 엉성한 말에 라스케니는 무심코 웃음을 흘렸다.

"그 절을 두는 위치에 신경을 쓸 필요가 있어. 모든 신앙,

모든 신의 파워 밸런스를 균등하게 유지하지 않으면, 생각지 못한 곳에서 신도들의 폭동이 일어날 수 있거든. 어느 민족의 신이 다른 신앙에서는 사신(邪神)이 되는 일도 결코 드문 이야기는 아니니까."

"흐~음. 이즈모 육탑의 조화를 지키던 네 말이니까, 아마 맞겠지."

파우는 그렇게 말하면서도 눈앞의 건설 예정도를 찌푸린 얼굴로 노려보고는, 곤란한 듯 긴 흑발을 긁적였다.

"그렇지만 어려운 일이야. 이런 문제는 어느 신학자를 고용하든 특정 종파의 편을 들게 뻔하니까."

"파우 언니. 딱히 저희는 무책임하게 입으로만 끼어들려는 건 아닌데요."

"암리. 그건 무슨……"

"뭐, 우리도 조금은 도와주겠다는, 그런 말이야."

라스케니는 자신에게 뛰어든 암리를 안아 올리며 말했다.

"요 며칠간 이곳 이미하마의 지맥 흐름은 얼추 파악했어. 네게 폐만 되지 않는다면, 실제로 거리를 돌아보면서…… 이미하마 재건 계획에 협력하고 싶어. 어때?"

그렇게 해서.

현민의 다양한 신앙을 배려하고, 쿠사비라 신토의 종교학적 견지를 도입하기 위해서, 이미하마 정부는 재건 계획에 이 두 사람의 힘을 빌리게 되었다.

'그나저나, 왜 내가 갑자기…….'

미로는 자칫 방심하면 그대로 감길 것 같은 눈꺼풀을 견디면서 생각했다.

미로 본인에게는 갑작스러운 일이었기에 무리는 아니다. 원래는 암리를 데리고 거리를 도는 건 파우의 일이었지만, 이날 아침.

파우가 판다 의원 침실 문을 콰앙! 걷어차며 들어왔다.

"미로! 일어나라. 갑자기 예정이 생겼거든. 오늘 시찰 일을 대신 맡아주지 않겠어?"

"……. 파우~. 지금…… 아직, 밤중인데……."

"미안하지만 부탁한다! 네가 좋아하는 벌집 센베이도 사줄 테니까. ……이런, 머리가 흐트러졌잖아……. 좋아, 괜찮군. 그럼 밤에 또 보자!"

"……."

반짝반짝 빛나는 미소와 함께 나가는 누나를 이불 속에서 멍하니 배웅한 미로는 딱하게도 아침 네 시에 일어나서 아직 졸린 머리로 암리와 함께하게 되어 지금에 이른다.

"미로 님. 야타나텐(八咫那天)의 사당을 짓는다면 이 위치가 좋겠어요!"

"후아~암……."

"……미로 오라버니! 저와 산책하는 게 그렇게 지루한가요?!"

"후아아앗?! 아니야. 미. 미안!"

"……뭐, 무리는 아니네요. 수면 부족이라 그런지 모처럼 아

름다운 얼굴이 다크서클 때문에 엉망이에요. 그래서는 두 눈
모두 판다…… 앗, 아뇨, 지금 이건……."

"못 들은 걸로 해둘게. 서문 옆에 야타나텐의 사당……이라."

"그나저나 파우 언니의 갑작스러운 용건이라는 게 뭘까요? 집
무라면 어떤 병이 되었던 다 떨쳐내고 하는 게 언니인데……."

암리는 그렇게 말하면서 품에 넣어둔 주머니에서 컬러풀한
별사탕을 꺼내서 자신과 미로의 입에 넣었다. 미로는 그걸 우
물우물 씹으면서 메모를 끝내고 크게 기지개를 켜면서 암리에
게 대답했다.

"데이트야."

"……네? 뭐라고요?"

"파우가 임무보다 우선시하는 건 두 개뿐이야. 하나는 내
일. 또 하나는, 신혼 생활."

미로가 입을 살짝 열며 재촉하자, 암리는 별사탕을 하나 더
넣어줬다.

"비스코와 쇼핑하러 간다고 하던데…… 뭐, 내가 비스코한
테 좀 더 파우를 신경 써달라고 이것저것 말했으니까 그렇게
되기는 한 거지만."

"쇼핑이라고 해도……."

암리는 눈을 깜빡거리다가 어느새 틀어져 버린 의안을 고쳤다.

"아침 네 시잖아요?! 어느 가게든 닫혀있을 텐데요!"

"데이트 코스 사전 답사를 하러 간 거야. 다섯 시간에 걸쳐
서…… 파우, 한번 결심하면 극단적이거든. 이것만큼은 태생

적으로 항상 그랬어."

"……. 아…… 아무튼."

암리는 잠시 벌어진 입을 다물지 못하고 굳어졌지만, 이윽고 억지로 마음을 다잡고는 어색하게 웃으며 말했다.

"다소 극단적이라도, 사이가 좋은 건 좋은 일이네요! 저, 비스코 오라버니가 결혼 같은 걸 할 수 있는지 솔직히 걱정이었어요. 천하의 호걸들이 맺어진 거니까요. 옆에서는 조금 기묘한 부부 생활로 보일지도 모르지만…… 사이좋게 지내고 있다면 다행이네요."

"나도 그렇게 생각해, 암리. 근데 말이지, 여러모로 한도가 있어야 하지 않을까?"

"미로 님. 그건 무슨……."

암리는 뭔가 퉁명스럽게 머리를 긁적이는 미로를 보며 고개를 갸웃했다. 그 뒤에서.

콰앙, 콰앙!

대낮의 하늘에서 이제 막 생긴 백화점 벽을 뚫고 새빨간 머리의 버섯지기가 뛰쳐나왔다.

버섯지기는 그대로 옆쪽 술집 천장에 떨어지더니 재빨리 낙법을 취하고는 외투를 펄럭이며 백화점에 뚫린 구멍 너머로 외쳤다.

"야 인마—! 말도 안 되는 짓 하지 말라고. 대화로 어떻게든 풀어보자는 뇌가 너한테는 없는 거냐?!"

"여자 마음을 모르는 녀석한테는 무슨 소리를 해봤자 소용

없다!"

벽의 구멍에서 의연한 목소리가 들리더니, 그 안에서 롱 드레스의 여자가 긴 흑발을 펄럭이며 나타났다. 그 위용은 매우 아름답고 완벽했는데, 딱 하나 위화감이 있다면 손에 흉악한 철곤을 쥐고 있다는 것이었다.

"나도 버섯지기의 아내. 너를 논리적인 말로 속박할 수 있다는 생각은 하지 않아. 그러니 무사끼리, 힘과 힘으로 소통하려는 거다! 곤을 잡아라, 비스코!"

눈앞에서 떨어진 철곤 하나를 잡은 버섯지기가 경악했다.

"와앗. 바보. 진짜로 여기서 할 셈이냐?! 그만둬, 알았어. 네 말대로……."

"잔말은 필요 없다!"

허둥대는 버섯지기에게 유성처럼 몸을 던진 롱 드레스 여자는 검은 선풍처럼 흑발을 휘날리면서 즉시 응전한 상대의 철곤에 1격, 2격을 내리쳤다.

까앙, 까앙, 까앙, 까앙!

이리저리 튀는 불꽃, 대낮에 울리는 철곤 소리에 거리가 소란스러워졌고, 길에는 순식간에 구경꾼들이 생겨버렸다.

"어라, 지사네. 부부싸움이다!"

"이달은 페이스가 빠르구만. 벌써 다섯 번째잖아."

"상관없지. 『지사와 싸움은 이미하마의 꽃』이라고 하니까. 자, 이번에는 어느 쪽이냐?! 지사냐, 아카보시냐. 다들 걸어 걸어!"

"아카보시에 50 닛카다!"

"나는 지사한테 50 걸겠어."

와글와글 태평하게 소란을 부리는 민중들 뒤에서, 훌쩍 맞은편 지붕으로 뛰어오른 미로와 암리는 용과 호랑이처럼 싸우는 두 사람을 바라봤다.

"어머! 이게 무슨 일이죠. 부부끼리 목숨을 걸고 맞붙다니, 심상치 않은 일이에요. 분명 뭔가 오해가…… 미로 님, 막아야죠!"

"괜찮아. 언제나 저러니까."

"에에엑?!"

미로가 흐리멍덩한 표정으로 휘적휘적 손을 내젓자, 암리는 경악하며 바라봤다.

"저 두 사람, 의견이 부딪히면 싸워서 결정하거든. 본인들은 그게 당연한 것처럼 굴고 있지만, 저런 부부 본 적 있어? 여러모로 앞날이 뻔히 보인다니까."

미로는 질색했지만, 비스코에게 단련받은 전사의 눈은 두 사람의 너무나도 훌륭한 싸움을 놓치지 않고 있었다.

파우가 다루는 철곤은 빈틈 같은 건 만에 하나조차 없는 완벽한 곤술이라고 해도 좋다. 어떤 아크로바틱한 자세에서도 힘을 확실하게 실어서 번개 같은 철곤을 최단거리로 휘두른다.

비스코의 공격을 피하면서 펼치는 일격은 모두 변환자재. 얼굴, 몸통, 손목, 다리 등등 방어할 곳을 한정지을 수도 없다.

그러나 반면, 파트너 비스코가 싸우는 기술도…….

이건 이미 천부적인 영역에 달했다고 말할 수밖에 없었다.

뭐니 뭐니 해도 궁술 말고는 단도 정도밖에 다루지 않고, 특기인 체술도 야성에 맡긴 자기류이다. 곤술이라면 일본에서도 무쌍을 자랑하는 파우를 상대로 같은 곤으로 이길 수 있을 리가 없다.

그런 논리를 깨뜨리고…….

비스코의 철곤은 힘과 감에 의지한 움직임만으로도 파우와 완전히 호각으로 부딪히고 있었다. 이 길의 달인이 본다면 도저히 이해하지 못할 기묘한 싸움으로 비칠 것이다.

그건 미로, 혹은 스승 자비조차도 알 수 없는 일이었지만, 애초에 「싸운다」는 원시적 행위에서 비스코의 재능은 이미 신의 영역에 있었다. 파우에게서 전해지는 기, 그 호흡의 변화 하나하나를 느끼며 본능적으로 다음 움직임을 「알 수 있다」. 녹식 포자의 힘을 잃었어도 비스코의 천부적인 재능은 조금도 쇠약해지지 않았다.

"누, 누가 이길까요……!"

처음에는 걱정하던 암리도 눈앞에서 펼쳐지는 초고속 전투를 보며 저도 모르게 고개를 내밀며 침을 삼켰다.

"크라아압!!"

파우가 날카로운 포효와 함께 철곤을 옆으로 휘둘렀다. 세로로 세워 받아낸 비스코의 철곤이 그 일격에 「빠각!」 구부러졌다.

"캐엑!"

"끝이다, 비스코!"

남편을 끝장내면 안 된다는 관중들의 마음은 제쳐놓은 채, 파우는 옥상 끝으로 몰린 비스코의 머리를 향해 있는 힘껏 곤을 내리쳤다.

"끝났네."

"언니의 승리네요! 어서 두 사람을……."

"괜찮아. 보고 있어, 암리."

멀리 있었지만, 미로는 비스코의 안광이 비취색으로 빛나는 것을 알 수 있었다. 비스코는 본디 가진 섬광 같은 순발력을 발휘해서 뱀처럼 재빨리 지면을 기더니 간발의 차이로 파우의 다리 사이를 주르륵 빠져나갔다.

"뭣이, 으, 으왓?!"

찌릿찌릿찌릿! 생각지 못한 충격이 파우의 양손을 덮쳤다. 휘두른 철곤이 비스코가 있던 위치를 지나 술집 간판에 처박혔고, 번쩍번쩍 켜져 있던 간판의 전기가 그대로 파우에게 통한 것이다.

"크, 으으윽! 실수다……!"

"여기까지야, 파우!"

철곤을 떨어뜨린 파우를 향해, 비스코가 이마의 땀을 닦으며 철곤을 내밀었다.

"아무리 그래도 넌 혈기가 너무 왕성하다고. 그야 지면 말을 들어주겠다고는 했어. 근데 왜 이렇게 매번 매번……!"

"뭐냐, 서방님. 이미 이긴 듯한 말투다만."

"어. 그야 지금 내가……!"

파우는 흐트러진 머리를 가다듬고는 씨익 웃으면서 성큼성큼 다가와서 비스코의 철곤을 손가락으로 팅, 튕겼다.

그 직후, 빠직, 빠직! 하고 삐걱대는 소리를 내며 비스코의 철곤에 크게 균열이 갔고, 그건 곧바로 철곤 전체로 퍼져서 이윽고 빠캉! 하고 작렬하며 산산이 부서지고 말았다.

"우와앗?!"

"말했을 텐데. 나의 곤은 불살의 기술. 오랫동안 맞부딪혔던 것도, 네놈의 곤을 부수기 위함…… 옆으로 휘두른 일격을 네 곤이 막아냈을 때, 승부는 정해져 있었다."

파우가 씨익 웃자, 거리를 메운 군중이 일제히 환성을 내질렀다.

"와아~ 오늘은 지사다! 지사가 아카보시한테 이겼다!"

손을 들어 환성에 화답한 파우 옆에서 비스코가 멍하니 자기 손을 응시했다.

"젠장, 납득이 안 가……! 응? 그럼 그 끝이다! 라는 건 뭐였어?! 그때는 이미 네가 이겼던 게…….."

"처음 만났을 때의 앙갚음을 할 수 있어서 개운해졌어."

그 말에는 귀를 기울이지 않은 채, 파우는 활짝 웃으면서 눈앞의 남편을 바라봤다.

"이걸로 이번에는 내 승리. 신혼여행은 9박 10일로 결정됐군! 너와 간다면 어디든 상관없어……라고 말하고 싶지만, 가끔은 아내를 기쁘게 해줄 방법도 배워야지. 너의 여행 플랜, 기대하고 있으마."

"에엑. 그럼 신혼여행 일로 그렇게 호들갑스럽게 싸웠어?!"

"내 탓처럼 말하지 마! 파우가 갑자기 화를 냈다고…… 애초에 활이나 단도였으면 내가 이겼을 텐데, 불공평하잖아. 왜 철곤이야."

"승패 문제가 아니야! 처음부터 자세히 들려줘."

밤, 악어 만두 포장마차로 비스코를 끌고 온 미로는 낮에 있었던 일을 설교할 겸, 사태의 전말을 듣기로 했다.

악어 만두를 먹으면서 이야기하는 파트너의 변명에 미로의 해석을 덧붙이면, 이렇게 된다.

네코야나기 미로가 저술한 『파우 취급설명서』 제21페이지 내용에 따라 비스코가 「내일 옷이라도 볼 겸, 뭔가 영화 같은 거라도 보러 가자(어색한 말투)」라고 말하자, 너무나도 담백한 남편의 태도가 불만이었던 파우는 크게 기뻐하며 일을 내팽개치고 데이트를 준비했다.

파우는 동생을 두들겨 깨워서 암리를 떠넘긴 뒤, 면밀한 사전 준비를 마치고 남편을 에스코트하려 했지만, 비스코가 이미하마 백화점 나무 조각 체험 코너에 푹 빠져버린 바람에 그 개성적이면서도 훌륭한 엔비텐 목상 조각이 완성될 때까지 세 시간 동안 그대로 기다리게 되었고, 그때까지 1분마다 정해놨던 데이트 계획이 완전히 파탄 나버렸다고 한다.

"그래서 파우가 화를 냈어?"

"아니? 전혀. 목상 보여주니까 좋아하던데."

기특하게도 파우 역시 무인이었기에 버섯지기의 신부라는 것을 충분히 이해, 각오하고 있었고, 남편이 좋아한다면 그것도 상관없다며 그 자리에서는 참았지만.

문제는 그 다음, 여행회사와 상의할 때 벌어졌다.

"여행을, 가는, 의미를 모르겠단, 말이지."

악어 만두를 물고 「아저씨, 하나 더」라고 추가를 부탁한 비스코에게 딱히 반론하지 못한 미로는 복잡한 표정을 지었다.

"여행은 언제나 하잖냐. 그보다, 우리는 어딘가에 머무는 것 자체가 드물어. 그걸 왜 일부러 돈까지 내고, 코스까지 정하면서 갈 필요가 있는데?"

"아니, 뭐, 응. 그야 우리한테는 그럴지도 모르지만……."

"아무튼 그래서 여행 같은 건 안 간다고 했다고. 그랬더니 갑자기 그 녀석, 엄청나게 화를 내더라고. 신혼인데 여행을 가지 않는다니, 각오는 됐겠지! 밖으로 나와! 라고 하더라니까. 그러더니 밖으로 나갈 시간도 아깝다면서 벽을 박살내며 내팽개쳤어."

"그래서, 평소처럼 그거?"

"응."

의견이 맞부딪히면 싸워서 결판을 낸다는 건 언뜻 보면 터무니없는 부부싸움이지만, 이기든 지든 모두 뒤끝이 없다는 건 사실이기에 미로도 최근에는 「이 두 사람이라면 어쩔 수 없네」라는 체념의 경지에 이르러 있었다.

"뭐, 진 건 진 거지. 그건 상관없긴 한데. 그래서 알았어, 어디든 갈 테니까 마음대로 하라고 했거든. 그러니까 네가 즐기지 못하면 의미가 없다, 라면서 플랜을 세우고 자기한테 제출하라고 하지 뭐야."

"그럼 다행이잖아. 가고 싶은 곳에 가면 되지 않아?"

"너 말이야. 우리랑 아쿠타가와가 얼마나 일본을 돌아다닌 줄 알아? 이제 와서 가고 싶은 곳은 없다고!"

기대감에 반짝이는 누나의 여심을 생각하면 어떻게든 파트너를 설득해야겠지만, 미로에게도 이건 몹시 난이도가 높은 일이었다.

왜냐하면 이 식인종 아카보시의 마음은 강한 버섯, 강한 활, 재미있는 만화라는 세 요소만으로 구성되어 있으니까. 이 나이대의 소년이면서도 그런 연애의 낌새라든가, 섬세한 남녀의 밀당 같은 것에는 전혀 센스가 없다.

예전에 파우가 울컥하면서 동생에게 중얼거린 「그 녀석은 아내와 훈련 상대를 혼동하고 있어」라는 말만 보더라도, 색기고 뭐고 없는 신혼 생활이라는 것을 짐작할 수 있다.

"저, 저기, 비스코. 동생인 내가 말하기는 좀 그렇지만. 조금은 저기, 파우를 여자로서……."

『긴급 뉴스입니다.』

말을 꺼내려던 미로를 TV 뉴스 속보가 가로막았다.

『야마구치현 호후시, 호후 텐만구를 중심으로 한 인근 일대가 흉악한 테러리스트에게 파괴되었다고 합니다. 상공에서는 보시는 대로 치솟은 화마와 뭉게뭉게 솟구치는 연기를 관측할 수 있습니다.』

"우와아. 뭐야 이거. 너무하네."

악어 만두 포장마차 점주가 TV에 비치는 처참한 광경에 인상을 찡그렸다.

"야마구치는 내 고향인데 말이지. 손님, 조금 소리 키워도 될까?"

"알았어. ……오오, 이거 굉장하네. 숲이 불구덩이잖아."

점주에 이끌려서 비스코의 흥미도 바로 뉴스 쪽으로 옮겨갔다. 이야기를 하려다가 꺾여버린 미로는 원망스럽게 TV를 바라봤다.

『목격자의 증언에 따르면, 테러리스트는 전신에 새빨간 갑옷을 입은 상당한 거구의 인간으로, 갑옷 위에 검은 망토를 입었다고 합니다. 입장료를 내지 않고 야타나텐 신상에 기도를 바치던 중, 주지의 「그런 뒤숭숭한 차림으로 기도해서는 안 돼」라는 말에 격앙하여 숨겨둔 중화기를 난사…….』

"텐만구라고 하면, 야타나텐 본존이 모셔져 있는 곳이잖아. 통째로 태워버리다니, 벌 받을 녀석이네. 일족 도당이 모조리 천벌을 받을걸."

"저기, 비스코. 기다려봐. 전신, 새빨간 갑옷, 이라는 건……."

『범인은 현장에서 서쪽으로 도망쳤다고 합니다. 큐슈 방면으로 도주할 가능성이 있습니다. 주변 주민 여러분은 충분히 경계를…… 앗, 지금 범행 중인 테러리스트를 포착한 사진이 당도한 모양입니다. 보도록 할까요. 조금 확대해서…….』

"확대해봤자 얼굴이 투구에 가려져 있으면 의미가 없잖아. 아무튼 참 흉포한 녀석이 나와버렸네. 이거 한동안 서쪽으로는 가지 않는 게 좋겠어."

"……."

"손님?"

비스코와 미로 두 명은 화면에 크게 비친 테러리스트 사진을 보면서 굳어진 미소와 폭포수 같은 땀을 흘리고 있었다.

신무십팔천 중 하나·야타나텐이 불타고 있는 본존을 배경으로, 일렁이는 불길 속에서 카메라를 노려본 강철의 테러리스트. 그 모습은.

도시화한 효고에서 비스코의 피로 만든 유아독존 파괴 병기…….

『아카보시 1호』였던 것이다!

"왜 그래? 만두가 비릿했나? 교환해줄까?"

"아, 아니요. 아저씨, 잘 먹었어요……. 이거…… 거스름돈은 필요 없으니까요."

"응?? 두 사람 다 왜 그래? 아무튼 고맙다, 또 와라."

두 소년은 땀으로 범벅이 된 채 잽싸게 가게를 나와서 황급히 뒷골목으로 달려갔다. 주변에 아무도 없는 걸 확인한 미로가 파트너의 목을 잡고 붕붕 흔들었다.

"그러니까! 말했잖아! 큰일이 벌어질 거라고……! 아카보시

1호는 폭주하는 화살 그 자체야. 비스코와 달리 스승이 없으니까. 자비 씨가 없었다면 스스로가 어떻게 됐을지 생각해보라고!"

"으윽!"

불덩이 같은 스트레이트 정론을 얻어맞은 비스코는 찍소리도 내지 못하고 시선을 갈팡질팡 돌렸다.

"뭐, 불쌍했다는 건 이해해. 그도 남의 사정으로 처분당하고 싶지는 않았을 거고. 그러니까 적어도 대화로 풀어야지. 기, 기계와 대화한 적은 없지만……."

"며, 명색이……."

미로도 비지땀을 흘리고 있지만, 거의 세 배나 되는 어마어마한 양의 땀을 흘리고 있는 비스코는 목에서 쥐어짜듯이, 겨우 목소리를 내뱉었다.

"명색이 내 피에서 태어난 녀석이니까, 그건 친족이라는 뜻도 되잖아. 가, 가족이, 신무십팔천의 본존을 부숴버렸다면, 지옥에서, 끔찍한 꼴을 당할 거야……."

"……치, 친족이라니, 비스코. 그건 너무 비약한 게……."

"잠깐. 큐슈 쪽으로 도망쳤다고 했지?!"

비스코는 뭔가 떠올랐는지 고개를 확 들고는 이러고 있을 수 없다는 듯이 밤의 이미하마를 바람처럼 내달렸다.

"비스코!! 갑자기 왜 그래?!"

"안 되겠어. 서둘러 저 녀석을 막아야 해! 오이타에는 하토호텐(播兎穂天)의 본존이 있다고."

"하토호텐?"

"결혼의 신이야!"

서둘러 쫓아온 파트너에게 비스코가 외쳤다.

"애초에 나와 파우도 맹세의 의식에서 하토호텐의 인정을 받아 부부가 됐다고. 그걸 가족이 부숴버린다면, 이혼당해버려!"

"에엑, 그런!"

"아쿠타가와의 기척이 없어. 그 녀석, 어디 있지? 아쿠타가와—!"

비스코가 밤의 이미하마를 향해 크게 외치자, 바람이 확 불어오더니 여덟 다리의 거대한 그림자가 쿠웅! 하고 광장 돌바닥 위에 내려섰다.

"아쿠타가와! 휴가 중에 미안, 급한 용건이 생겨서……."

"여어, 미로, 비스코도 있나!"

비스코가 뛰어오르려던 안장 위에서 아름다운 목소리가 들렸다.

"아쿠타가와가 갑자기 뛰어서 놀랐다고. 비스코가 불렀던 건가."

"캐액!"

"파우!"

"남편에게만 고삐를 맡기는 것도 미안하니까. 최근에는 일이 끝날 때 이렇게 게타기 훈련을 하고 있었던 거다."

라이더 슈트를 입은 파우가 밤하늘에 흑발을 나부끼면서 활짝 웃었다.

"두 사람 다 저녁은 먹은 거야? 괜찮으면 지금부터……."

"아니, 우리는 저기, 그게."

"야, 파우!"

어리둥절한 아내 옆으로 잽싸게 올라온 비스코가 말했다.

"지금 당장 가자. 오이타에 가서 하토바텐에 참배하러 갈 거야."

"나간, 다니…… 으응? 지금 당장?! 갑자기 무슨 소리냐!"

"신혼여행의, 플랜이 정해졌어!"

비스코는 갑작스러운 일에 놀란 파우의 눈을 들여다보며 결연하게 말했다.

"큐슈에 있는 신무십팔천 중 5천, 거기서 자자손손의 건강과 전사의 혼을 비는 참배 여행이야. 어때? 따라올 거야? 안 따라올 거야?!"

"……앗, 자자손손의, 건강……!"

비스코의 눈빛에 꿰뚫린 파우의 표정이 서서히 취한 것처럼 변했다.

"물론, 함께하겠습니다…… 서방님……."

몽롱하게 눈을 내리깐 파우 너머에서, 비스코는 미로와 눈을 마주치고는 땀투성이 얼굴로 고개를 끄덕였다. 비스코의 안광이 날카로운 건 그저 초조해졌기 때문이지만, 미로는 파우가 그것을 눈치채지 못했기를 마음속으로 빌면서 아쿠타가와의 백팩으로 미끄러졌다.

"그렇다면 일 같은 걸 하고 있을 때가 아니지! 자, 큐슈를 향해, 우리의 사랑 여행을 떠나보지 않겠는가!"

"야, 파우. 철곤은 가지고 있어? 아니, 그게, 뭐랑 싸울지 알 수 없으니까."

"물론이지. 경사스러운 신혼여행에 철곤을 잊을 리가 없잖나."

'어째서야……'

어이없다는 듯이 말한 미로의 중얼거림은 맹렬하게 달리는 아쿠타가와의 움직임에 지워졌다.

이렇게 세간을 떠들썩하게 만든 『아카보시 1호』의 만행을 저지하고자, 호걸 부부와 고뇌하는 파트너를 등에 태운 채…… 아쿠타가와는 딱히 아무런 고민도 없이 부지런히 이미 하마의 문을 뛰어넘었다.

같은 무렵.

어두운 방. 원통형의 푸른 약액으로 가득한 용기 안에서…….

'아카, 보시.'

태아처럼 몸을 만 가느다란 몸이, 꿈틀 움직였다.

"……또인가. 안 돼. 아직 일어나지 마……."

어둠에 가려진 백의의 남자가 그곳으로 걸어가서 속삭이듯 말했다.

"마음껏 복수하게 해주마. 몸이 제대로 완성될 때까지, 지금은 그저 쉬고 있어……."

백의의 남자가 용기의 밸브를 조작하자 약액의 색이 바로 짙어졌고, 생긴 지 얼마 안 된 혈관이 떠오른 피부는 그 푸른 색에 가려져서 서서히 보이지 않게 되었다.

'아……카……보시…….'

그러나, 그 눈은.

칠흑으로 빛나는 그 안광만큼은, 닫히지 않고 푸른 용기 안에서 찬란하게 빛났고…….

무언가를 생각하듯이, 어두운 불꽃을 피워올리고 있었다.

【계속】

녹을 먹는 비스코 3

초판 1쇄 발행 2020년 7월 10일

지은이_ Shinji Cobkubo
일러스트_ AkagishiK, mocha
옮긴이_ 이경인

발행인_ 신현호
편집부장_ 윤영천
편집진행_ 김기준 · 김승신 · 원현선 · 권세라 · 유재슬
편집디자인_ 양우연
국제업무_ 정아라 · 전은지
관리 · 영업_ 김민원 · 조은걸 · 조인희

펴낸곳_ (주)디앤씨미디어
등록_ 2002년 4월 25일 제20-260호
주소_ 서울시 구로구 디지털로 26길 111 JnK디지털타워 503호
전화_ 02-333-2513(대표)
팩시밀리_ 02-333-2514
이메일_ lnovelpiya@naver.com
ㄴ노벨 공식 카페_ http://cafe.naver.com/lnovel11

SABIKUI BISCO Vol.3 TOSHISEIMEITAI 「TOKYO」
ⓒShinji Cobkubo 2019
Edited by 전격문고
First published in Japan in 2019 by KADOKAWA CORPORATION, Tokyo.
Korean translation rights arranged with KADOKAWA CORPORATION, Tokyo,
through Korea Copyright Center Inc.

ISBN 979-11-278-5603-8 04830
ISBN 979-11-278-4991-7 (세트)

값 7,800원

데이트 어 라이브 1~22권, 앙코르 1~8권, 머테리얼

타치바나 코우시 지음 | 츠나코 일러스트 | 이승원 옮김

4월 10일, 새 학기 첫 등교일.
이츠카 시도는 평소와 다름없는 일상을 보내고 있었다.
갑작스러운 충격파로 파괴된 마을 한가운데에서 소녀와 만나기 전까지는—

세계를 부수는 재앙, 정령을 막을 방법은 단 두 가지.
섬멸, 혹은 대화

정령과 만나게 된 시도는,
세계의 멸망을 막기 위해 데이트로 정령을 꼬셔야하는 운명에 처하게 되는데!?

세계의 멸망을 막기 위한 데이트가 시작된다—!!

 ANIPLUS TV 애니메이션 방영 화제작!!

데이트 어 불릿 1~6권

히가시데 유이치로 지음 | 타치바나 코우시 원안 · 감수 | NOCO 일러스트 | 이승원 옮김

"……저는 이름이 없어요. 빈껍데기예요. 당신은 이름이 뭐죠?"
"제 이름은 토키사키 쿠루미랍니다."
기억을 잃은 채 인계라 불리는 장소에서 눈을 뜬 소녀,
엠프티는 토키사키 쿠루미와 만난다.
그녀의 안내를 받아 도착한 학교에는 준정령이라 불리는 소녀들이 있었다.
서로를 죽이기 위해 모인 열 명의 소녀들.
그리고 비정상적인 존재이자 빈껍데기인 소녀.
"저는 쿠루미 씨의 일행이자 미끼…… 미끼인가요?!"
"아, 미끼가 싫다면 디코이라고……."
"똑같은 의미잖아요!"

이것은 토키사키 쿠루미의 알려지지 않은 이야기.
자― 저희의 새로운 전쟁을 시작하죠

라이트노벨의 새로운 빛! L노벨의 신간은 매월 10일에 발매됩니다. http://cafe.naver.com/lnovel11